두려움은
소문일
뿐이다

두려움은
소문일
뿐이다

최현숙 산문

문학동네

일러두기

이 책은 『표준국어대사전』 및 『고려대 한국어대사전』을 기준으로 한글 맞춤법을 통일하였으나, 저자가 즐겨 쓰는 일부 표현은 그대로 살렸습니다.

소문과 속임수에 맞서나가는 이야기

글쓰기 강의중 "젊은 시절 여러분은 자기 자신이 이해가 좀 되셨나요?" "그 시절의 자신이 이해되기 시작한 게 언제부터인가요?"라는 질문을 하곤 한다. 자신을 이해하는 것에 어떤 고민도 없어 보이는 사람들이, 특히 태생이 착해 보이는 사람들이, 부럽고 싫었다. 도무지 나를 이해할 수 없었고, 수긍할 수도 포기할 수도 없는 자신을 죽이고 싶지는 않아 두 개의 나로 분리해, 맨정신의 내가 미쳐가는 나를 참고 데리고 사는 느낌이었다. 도벽이 발각된 후 망신의 시절을 그냥 견딜 수 있었던 것도, 그 유체이탈과 선 긋기 덕이었으리라. 파열할 것 같은 뇌를 목 위에 얹고 길거리를 지나며 쇼윈도에 비친 나를 보면서, 나중 언젠가의 나를 무작정 믿었다.

방황이 시작되었던 중학교 1학년 시절, 맨 앞자리에 앉은 나를 지목한 수학 선생님의 질문에 무어라 답을 했는데, 늙은 신경질쟁이였던 그가 지나가는 말로 "너는 좋은 아이구나"라고 말했다. 질문도 답도 기억에 없는데, 그가 흘린 한 문장을 주워 몰래 간직해서 지독한 혼돈의 시절을 건너왔다. 지나고 보니 그 방황과 혼돈과 시행착오들이야말로 내 길을 만드는 힘이었고, 내 글이 흘러나오는 옹달샘이었다. 이제야 어리고 젊은 시절의 나와 지금의 나를 심리적으로 연결해서 이해하고, 하여 나를 수긍한다. 그 연결 덕에 그 중간 35년여의 사회운동 시절의 열정도 뒤늦게 믿어지고, 앞으로도 그 길 위에 있으리라 믿게 된다.

이 책에 실은 글들 중 한 부류는 지금 혼돈하고 아파하며 자신을 믿지 못하는 젊은 사람들에게 건네는 먼저 늙어가는 사람의 말이다. 다른 한 부류는 노년 역시 살아볼 만한 시절이니 오는 대로 살아보자는 말이다. 쓸데없는 소문에 속아 노년을 대비하느라 젊은 시절을 종종거리지 말고, '지금 여기'의 자기 자신으로 살아가면 된다. 모든 생명이 결국은 늙어 죽는데, 나 하나 나이들어 늙고 죽는 게 두려울 게 뭐란 말인가. 끝이 있다는 것이야말로 궁극의 위안이다. 먼저 죽은 사람들 소식에 내 죽음을 떠올리며, 남은 삶에 더 자유롭고 충실해지기를 욕망한다.

특히 이번 작업을 통해 십대와 이십대 시절의 무저갱(無底坑, 한번 떨어지면 헤어나지 못한다는 바닥이 없는 구렁텅이)들을 제대로 까발려서 속이 후련하다. 내 무저갱에서 직립해 걸어나오며 까발리면서 얻은 힘줄로, 내게 시비를 거는 세상의 갖은 정상 타령과 불안과 혐오, 소문과 속임수에 맞서나가는 이야기들도 모았다. 나를 까발린 이유는 우선 나부터 좀 후련해지기 위해서고, 까발려야 제대로 통과하기 때문이며, 내 사례를 통해 혹 각자가 처했었거나 처해 있는 수렁과 두려움에서 직립하여 자신의 길을 만들어가자는 제안을 하고 싶어서다. 이 책이 나오기까지 애써준 책임편집자 김수현씨와 문학동네 편집부, 추천사를 써준 장일호 기자께 고마움을 전한다.

지난 4월 어느 주말 한나절 한강공원에서 아랫마을• 식구들과 발야구를 하고 놀았는데, 갑작스레 어깨 통증과 목 통증이 더 심해졌다. 작년만 해도 양쪽 어깨에 번갈아 오

• 아랫마을은 홈리스 인권운동 단체인 '홈리스행동'과 '빈곤사회연대' 등이 사무실을 나눠 쓰며 밥도 일상도 투쟁도 함께하는 공간이다.

던 통증이 이제는 한꺼번에 오기도 한다. 타자 속도가 느려졌고 오타도 늘었다. 책에 실린 치아 사정은 아직까지도 여전히 이어지고 있다. 죽을 때까지 네버 엔딩이리라. 양손에 식재료 보따리를 들고 언덕을 오를 때마다 "먹고살자고 이 무거운 짐을……" 하는 생각이 들더니, 올해부터는 "아유, 지겨워!" 하는 소리가 입 밖으로 툭툭 튀어나온다. 매번 언덕 아래로 굴러떨어지고 마는 바위를 하염없이 다시 밀어올리는 시시포스가 떠오르고, 그럴 때마다 왜 사는가를 다시금 떠올리며, 언제까지 살 것인지 가늠한다. 노쇠의 단계마다 잠깐 섭섭하다가 입으로 글로 떠들고 나면 한결 나아진다. 같이 늙어가는 사람들과는 수다를 떠는 재미가 있고, 젊은 사람들에게는 너네도 곧 그러리라는 걸 예고하는 맛이 고소하다. 많은 할머니들이 "그래도 지금이 내 인생에서 가장 좋은 시절"이라고 말하는데, 나 또한 그러하다.

그럼에도 자신을 이해하는 일은 전 생애를 바쳐도 부족한가보다. 아직도 나를 모르겠고, 인간을 모르겠고, 세상을 모르겠다. 육십일곱에도 괴상하고 졸렬하고 음흉한 나를 새롭게 확인할 때마다 혼자 깔깔 웃는다. 내 도둑질 습은 손맛 때문에라도 취미로 남아 있으니 주변 사람들은 조심하시라. 혹시라도 목격하거든 그냥 웃고 넘어가주시길.

2023년 여름

최현숙

차례

2부 두려움은 소문일 뿐이다
늙어가는 몸의 쾌와 불쾌 사이에서

3부 희망 없이, 하염없이
홈리스 곁에서, 살며 싸우며

1부

혼돈과 어둠 속에서

나와 가족을 타협 없이 직면하다

나는 도둑년이었다

돈에 관한, 보다 정확하게 말하자면 내 어리고 젊은 시절의 도벽에 관한 이야기는, 쉰 중반이 넘도록 그 기억과 느낌을 돌아보기 힘들었을 뿐 아니라, 남들은 고사하고 우선 내게도 해명이 불가능한 이야기였다. 돈은 젊은 시절 치명적인 상처이자 혼돈의 핵심이었고, 지금도 심리적으로 충분히 정돈되지 않은 의제다. 나아가 내 생애 67년간 갈수록 심각해지는 배금주의 세상을 통과하면서, 개인적이고 사회적인 혼돈 속에서 주관을 명확히 세우거나 실천하기 가장 어려운 의제이기도 했다. 하여 태도를 정한 채 일관되게 살아보려고는 하지만 문득문득 허점이 드러난다. 한편 나를 포함한 모든 사람에게 돈은 가장 정치적이고 일상적인 의제이기도 해서, 겸사겸사 돈이라는 주제로 내 살아온 이야기를 시작하려 한다.

지난 10여 년간 구술생애사라는 작업으로 타인의 생애와 상처를 듣고 가늠하고 기록하는 동안 당연하게도 내 생애와 상처를 자주 뒤적거리게 되었고, 그 김에 추적과 해석을 기록하는 작업도 이미 시작했다. 그러다가 최근 5~6년간 도벽에 관한 기억과 해석을 공적인 글이나 강의에서 다루게 되었는데, 물론 그전에 그 수렁 속으로 들어가 기억을 찾는 과정과 시간이 있었다. 많이 힘들었다. 멈춰 쉬기도 하고, 다른 주제의 기억들로 넘나들기도 하며, 어떤 부분은 지나쳐버렸다가 다시 돌아오기도 하고, 그 반복에도 불구하고 어떤 조각들은 기록과 공유를 포기할지를 고민하곤 했다.

그러나 어쨌든 더 미루지 않고 '돈에 관한 혼돈 속으로'라고 스스로 이름 붙인 이 작업을 이미 시작했고, 내 삶의 이 시기에 할 수 있는 만큼의 추적과 해명을 하고자 한다. 해명의 상대는 우선 나 자신이며, 해명의 목적은 그 시절에서부터 계속 이어져 현재에 닿은 나 스스로를 잘 이해하고 해석하기 위함이다. 이를 통해 내 도벽을 이야기할 때 함께 불려나오곤 하는 타인들도 개인적 존재이자 사회적 존재로 이해하고 해석하고자 한다. 사과, 용서, 화해 등의 단어는 너무 애매해서, 나는 거의 사용하지 않는다. 다른 필요라면 나와 관련자들의 아픔과 시행착오의 기록이 읽는 이들에게 다양한 쓸모가 되는 것이고, 그러길 바란다.

모든 생애 경험이 그렇듯 도벽에 대해서도 역시 무저갱 같았던 혼돈과 아픔에도 불구하고 후회하지 않는다. 그것들이 나를 키웠다. '나쁜 아이'라는 자책으로 스스로를 미워하던 내 속 아이, 이중인격자라는 자괴로 방황과 혼돈 속으로 나를 추락시키던 청년 시절을 나는 사랑한다. 그리고 지금의 나는 그 시절을 통과한 산물이다.

많은 심리학 연구에도 불구하고 도둑질 혹은 도벽에 관한 경험과 증상과 원인은 일반화하기 어렵다. 도벽이라는 단어를 검색하여 얻는 정보들로 나를 충분히 이해하거나 해명할 수 없다. 도둑질은 들키기 전에는 극히 내밀한 행위이며, 행위 안에 뒤엉킨 원인과 감정의 방어기제로 인해 자신조차 그 내밀함 속으로 들어가기 힘들다. 그러니 타인과의 충분한 소통 역시 쉽지 않다. 도둑질의 시작이나 도벽의 정도가 남들과 비교해 어떤지, 남들은 내 이야기를 듣고 나를, 혹은 자기 자신을 어떻게 생각할지에 대해 구체적으로 예상하기 어렵다. 내가 할 수 있는 최선은 내 경험을 최대한 상세하게 기억해내고, 그 기억과 해석을 차갑고 건조하고 진솔하게 기록하는 것이다. 도벽이라는 단어를 머릿속에 수도 없이 떠올리며 살았지만, 만 58세가 되는 2015년 전까지는 글로 쓰지 않았다. 종이든 컴퓨터 한글 문서든, 일기장이나 메모장에 꼭 써야 할 경우에도 '도○'이라고 써왔다. 2015년 초에 그 말을 온전히 쓰기 시작하고서도, 한동안은 그 단어 앞에서 잠깐씩 멈추곤 했다. 멈추어 생각하며, 심장이 빠르게 박동하는 가운데 내 생각의 가닥을 세세히 들여다보았다. 그러면서 차차 도벽이라는 단어가 익숙해졌고, 마침내는 소리 내어 읽기도 했다. 도벽盜癖. 한글이든 한자든 소리도 모양도 무겁고 어둡다. 지금도 나는, 나뿐 아니라 타인들에게 이 단어가 언급되는 모든 순간에, 저절로 심장박동이 빨라지고 혼신이 집중되며 숙연해진다.

도벽. 습관적으로 물건을 훔치는 버릇. 과거 한동안의 내 일면에 관한, 간결하고 정확하며 반론의 여지가 없는 설명이다. 아마 아홉 살, 초등학교 2학년 무렵부터 시작되어 간헐적으로, 때로는 집중적이고 병적으로 이어졌다. 스물둘 대학교 3학년 즈음 발각과 망신에 부닥치기 전까지, 동의할 수도 이해할 수도 발설할 수도 없이, 오로지 스스로만을 향해 인정할 수밖에 없던 습習. 발각 말고는 중단이 불가능하다며 스스로 핑계를 대왔었는데, 발각으로도 습이 제거되지는 않는다는 것을 망신의 시기를 한참 넘기고 나서 알았다. 중독의 습을 상당 정도 채워주거나 상쇄할 다른 대체물이 필요했던 거다(이 내면과 외면의 흐름을 당시에는 정확히 모른 채 계속 휘둘리면서 세월을 통과했고, 2015년 복기를 시작하면서야 지난 시간 속 흐름과 변화 혹은 전환이 보이고 해석/정리되어갔으며, 이후 계속 재해석/재정리되는 중이다). 다행히 나는 대학교 1학년 때부터 흡연이라는 다른 습이 있어 그것으로 상당히 대체되었다. 76학번인 내 시절 여성의 흡연은 도벽보다는 훨씬 약하지만, 나름 쾌와 독이 상당한 개인적이고 사회적인 일탈이었다. 시간이 더 지나면서 도벽은 한편으로는 돈에 대한 결벽으로 도착倒錯되었고, 다른 한편으로는 다양한 몰입 대상과 중독증들을 거쳐 최근에는 글쓰기로 이행되었다. 도벽이 이어지던 동안의 심리적 고통은 돈에 관한 어떤 문제도 만들거나 말려들지 않으려는 결벽으로 전환되었다. 그리고 음흉하고 분열적인, 치밀하거나 순간적 충동에 가까운 도벽증은 그대로 남은 채, 작금에는 글쓰기로 소위 승화라는 걸 하면서 내 속 음험하고 뒤틀린 욕망을 상당히 만족시켜주는구나 싶다.

일수놀이와 돈놀이 심부름

초등학교를 다니기 시작하면서부터, 학용품 구입 등에 필요한 돈을 부모에게 타내는 것이 내게는 아주 싫은 일이었다. 주로 엄마한테 먼저 돈을 달라고 했다. 엄마가 돈을 벌었고, 더 많이 가지고 있었다. 기분이 좋을 때면 엄마는 몇 마디 잔소리와 함께 별 탈 없이 돈을 주기도 했다. 그렇더라도 돈을 받아내기 위해 통과의례처럼 들어야 했던 엄마의 잔소리는 늘 충분히 지겨웠다. 엄마는 남편의 경제적 무책임이 평생의 깊고 오랜 원망인 사람이었다. 그러니 두 분 사이가 좋지 않을 때면, 엄마는 돈을 달라는 내 요청을 기회 삼아 아버지에게 시비를 걸었다.

"네 아버지한테 달라 그래!"

더 커서는 그즈음에서 포기하기도 했지만, 어릴 때는 엄마가 시키는 대로 아버지에게 가서 달라고 했다.

"뭐야? 네 엄마한테 달라 그래. 아침부터 여편네가!"

엄마의 속내를 아는 아버지는 내게 버럭 소리를 질렀다.

"엄마가 아버지한테 달라 그러래요."

학년이 올라가고 아버지에게 반항하는 마음이 쌓이면서, 엄마와 아버지에게 돈을 달라고 해야 하는 상황이 더 싫어졌다. 돈을 달라고 하는 나로 인해 또 부부싸움이 시작되었다는 자책감과 함께 불안과 두려움도 있었다. 학교 갈 시간에 엄마와 아버지의 신경질과 고함 사이에서 탁구공처럼 오락가락 넘어져야 했던 어린아이.

그러다가 부모 중 하나가 상대를 향한 욕이나 비난을 섞어 돈을 던지기도 했고, 결국은 내가 포기하고 그냥 학교에 가기도 했고, 혹은 내 학용품비를 계기로 시작된 부모의 갈등이 더 심한 싸움과 가정폭력으로 이어지기도 했고, 그 전초전이나 후유증으로 내가 매질을 당하기도 했다. 그러다보니 돈이 필요한 일이 생기는 순간부터 돈 받아낼 일에 심란스러워졌다. 가능하면 부모에게 돈을 받아내는 것이 아닌 다른 방법으로 돈을 확보할 방법을 찾고 싶었고, 실제로 찾아나갔다. 엄마 지갑에서 돈을 훔치거나, 액수를 속여 더 많은 돈을 받아내 다른 곳에 쓰거나 몰래 간수했다. 그렇게 생긴 돈은 쓸모 있게 사용되기도 했고 그렇지 않기도 했다.

'용돈'이라는 명목은 없었던 것 같다. 1960년대 중반에서 1970년대 말, 모두가 가난했던 시절이라고 뭉뚱그리기엔 우리집은 비교적 돈이 있었고, 또 나는 용돈을 받을 만한 일을 했다. 네 살경부터 초등학교를 졸업할 즈음까지, 우리 가족은 노량진 시장의 상가건물에 살았다. 일층은 가게고 이층과 삼층에 옥상까지 있는 길이 40여 미터, 높이 13미터 정도의 기다란 상가건물은 당시 동네에서 흔치 않은 현대식 건물이었다. 우리 가게 간판이 떠오른다. '영진상회, 6-4157.' 상호 뒤의 전화번호는 숫자보다는 "육 국에 사일오칠"이라는 소리로 기억에 남아 있다. 과거에 대한 기억이 적은 편인 내게 이 상호와 전화번호는 왜 이토록 또렷한지 그 이유를 모르겠다.

엄마는 잡화상이나 옷가게 등을 하며, 시장의 가게 주인들이나 노점상 주인들을 상대로 일수놀이를 했다. 아마 초등학교 2학년 무렵부터 엄마는 내게 자주 일수를 걷게 했다. 보통 열 개 내지 열다섯 개 정도의 가게를 돌아야 했다. 가게들이 매상을 올린 후에 일수를 걸어야 해서, 저녁밥을 먹고 나서 집을 나섰다. 잔돈이 든 가방과 커다란 노트와 인주와 도장과 일수 수첩•이 생각난다. 커다란 노트에는 일

• '일수 수첩'이라는 단어로 검색을 해보니 사진들이 나온다. 당시에 쓰던 건 요즘 나오는 일수 수첩(8.5×12.5센티미터)보다 더 작고 투박했다. 지금은 이 수첩이 개당 200원이란다. 당시엔 2원이나 했을까.

수를 쓰는 가게별로 백 개의 날짜가 적혀 있고, 일수 돈을 받으면 해당 날짜에 하루하루 도장을 찍어나갔다. 밀렸다가 여러 날 치를 한꺼번에 받아 여러 개의 도장을 찍는 경우도 있었고, 너무 많이 밀려 아예 일정 기간은 밀린 대로 둔 채 최근 날짜들에 도장을 찍기도 했다. 물론 일수를 쓰는 사람에게도 별도의 일수 수첩이 주어지며, 그 수첩 역시 날짜가 적혀 있고 마찬가지로 도장을 찍어나간다. 필요에 따라 나중에 그 두 기록을 대조하며 정산을 한다.

내가 초등학교에 입학한 해가 1964년이니 일수 심부름을 한 것은 1965년경부터다. 당시에도 담보가 없는 가난한 사람들은 은행 같은 공적 금융기관에서 돈을 대출받는 게 불가능해, 시장 상인이나 노점상 혹은 구멍가게 등 자영업자들은 일수 거래가 빈번했다. 다른 사채들은 대체로 월 2부에서 4부의 이자로 거래되었던 것에 비해, 일수는 이자율이 많이 높았다. 100만원의 돈을 100일간 쓰기로 하면 하루 1만 3천원씩 100일간 갚는 방식이어서, 최종적인 수금 총액은 130만원이 되는 셈이었다. 100일에 3할의 이자를 내는 것이다. 일수를 쓰는 사람 입장에서는 목돈을 얻고 적은 돈으로 갚아나가는 것이어서, 매일의 수입이 있는 소규모 자영업자들이 주로 일수를 썼다. 일수를 놓은 사람 입장에서는 이자율은 높지만 매일 걷는 수고를 해야 했고, 돈 쓴 사람이 떼어먹고 도망가는 위험을 감수해야 했다. 돈 쓴 사람의 사정으로 일수가 밀리는 일도 다반사였다.

'돈놀이'라고 불리던 일수나 여타의 사채놀이에 대해 당시에도 좋은 일은 아니라는 인식이 있었지만, 수요와 공급 양쪽 다 동네 안에 늘 있었다. 서민들로서는 그런 돈으로라도 장사를 시작하거나 계속하며 살림을 일구어나가야 했다. 공적이고 법적인 계약관계가 아니므로, 순전히 평소의 신용에 따라 돈놀이가 이루어졌다. 다른 말로 하면 언제고 사고가 날 수 있다는 이야기였다. "한강 물은 말라도 최씨 아줌마• 주머니에 돈은 안 마른다"고 하던 동네 사람들의 말이 떠오른다. 가까이서 본 내 입장에서 엄마는 평생 돈에 아등바등하며 살았다. 여든 중반에 인지저하증•• 을 앓는 중에도 엄마는 "내가 평생 윗돌 빼서 아랫돌 고이고 아랫돌 빼서 윗돌 고이며 살았다"는 말을 하곤 했다. 그랬을 거다. 큰아들이 명문대 교수가 되면서 엄마는 사채놀

• 엄마는 안씨인데, 당시 여성을 부를 때 남편의 성을 붙여 부르는 일이 흔했다.

•• 치매(癡呆)는 '미치광이'와 '어리석음'을 의미하는 한자어로 이루어진 말이어서 사용하지 않으려 한다.

이를 딱 끊고 주식 투자를 시작했고, 말년에 비싼 실버타운에 들어가서도 근소한 이자율 차이를 따지며 은행과 예적금 종류를 이리저리 바꾸곤 했다. 돈에 관한 감각과 영리함은 그녀에게 자부심인 한편, 양반답지 못하다는 자괴감과 돈 안 버는 남편에 대한 미움으로 평생을 헷갈리게 했다.

나는 다섯 살 아래와 여덟 살 아래, 여동생이 둘 있다. 여동생들이 크고서는 일수 심부름을 함께 나가기도 했지만, 대체로는 나 혼자 나갔다. 새로운 일수를 놓기 위해서나 고질적인 체불을 해결하기 위해 엄마와 함께 나가기도 했다. 엄마는 나와 열한 살 차이가 나는 막내 남동생에게는 돈 심부름을 시키지 않았다. 그는 어리기도 했고 몸이 건강하지 않아 돈 심부름을 시키지 않는 것을 당연하게 여겼다. 하지만 첫 자식이자 세 살 위인 오빠에게도 돈 심부름을 시키지 않는 것을 나는 당시에도 알아챘고 속으로 억울해했다. 하지만 그 억울함이 별로 문제가 안 될 만큼 돈 심부름은 내게 각별한 이득이었고, 오밤중 외출에서 느끼는 자유 또한 쏠쏠했다. 돈 심부름은 세 딸이 커가면서 차례차례 이어졌다. 쉰 안팎의 나이에 우리끼리 모여 이야기해보니 모두 돈 심부름중의 '삥땅' 경험들이 있었다. 하지만 동생 둘은 그러다가 만 것이고, 나만 도벽의 길로 빠져버린 것이다.

엄마는 사채를 놓는 사람이기도 했지만 쓰는 사람이기도 했다. 대부분 남의 돈을 조금 낮은 이자에 빌려 1~2부 정도의 이자를 얹어 남에게 빌려주었다. 그 위치에 있을 수 있었던 것은 그녀의 신용과 자원 덕이다. 친정이고 시댁이고 나름 '양반입네' '잘사네' 하던 집안이다보니 돈 많은 친척들이 있었고, 이웃이나 지인들에게서 돈을 빌리기도 했다. 엄마는 자신을 믿고 2부에 돈을 빌려준다는 '교수 부인' 이야기를 당신이 명문대 교수의 어머니가 된 지 20여 년이 지난 후에도 가끔 했다. 내 보기에 그 교수 부인은 떼어먹을 리 없는 엄마에게 사채를 줬던 거고, 엄마는 상대의 신용이나 급한 정도에 따라 적당히 이자를 더 붙여 남에게 줬지만 떼어먹히는 경우가 많았다. 내 중학생 시절 즈음부터 엄마는 가게와 사채놀이로 모은 돈으로 노량진에서 멀지 않은 대방동, 상도동에서 집 장사를 시작했다. 서울이 경기도권까지 야금야금 확장되던 시기였고, 그 지역들은 서울의 가장 끄트머리 혹은 이제 막 서울에 편입된 지역이어서 소위 개발이라는 것이 진행되는 중이었다.

아버지는 어땠을까? 2022년 9월, 아흔넷으로 사망한 날까지 평생 '양반'이 첫번째 정체성이었던 그는, 자신의 삼십대와 사십대 시절 어린 딸들이 밤길 돈 심부름을 하는 것을 알고 있었다. 내 십대와 이십대에 '계집애가 밤늦게 돌아다니는 일'로 그와 많이 부딪쳤지만, 그 일에 대해서만은 침묵했다. 혹 그가 어두운 길목에서 나를 기다렸던 적이 있던가? 그런 기억 역시 없는데, 이는 아마 그를 미워하기만 했던 그 시절에 관한 내 기억 일부가 삭제된 것일 수 있다. 내 나이 마흔 후반에야 그와 나 사이를 다시 돌이켜보니, 그는 나를 많이 돌보았던/돌보고자 했던 아버지였고, 나는 그가 원하는 딸이 도무지 되기 싫어 그를 거역하고만 싶어했던 딸이었다. 아내에게 경제적 가장의 책임을 지울 수밖에 없었던 젊은 가부장인 그의 침묵과 회피와 열등의식은, 당시에는 비겁함으로, 지금은 안쓰러움으로 내 안에 정리되어 있다.

지금의 돈 가치로 치면, 한 가게에서 걷는 하루치 일수 금액만도 최소 3만원은 되었을 것이다. 그러니 수금을 마칠 때면 30만원은 족히 넘었고, 거기에 다른 '돈놀이' 심부름까지 보태지면 액수는 훌쩍 커졌다. 큰돈이어서 겁도 났지만 당연히 유혹도 컸다. 조금만 머리를 쓰면 간단하게 넉넉한 돈을 꼬불칠 수 있는 기회를 놓치고 싶지 않았다. 어린 시절 엄마는 자주 아팠다. 많이 아파 여러 날을 계속 내가 일수를 걷게 될 것이 예상되면 나는 삥땅을 쳤다. 일수를 쓰는 사람이 가지고 있는 일수 수첩의 당일 날짜에는 도장을 찍어주고, 엄마의 장부에는 도장 찍기를 슬쩍 패스하는 방식이었다. 하루 장사를 정리할 시간 즈음의 가게 주인들은 바쁘기 일쑤였다. 집에 들어가기 전 그 액수만큼 따로 꼬불쳐 꼬깃꼬깃 접어 집 바깥 블록담 구멍이나 쓰레기통 구석, 마당 한구석 등 나만 아는 곳들을 늘려가며 돈을 숨겼다. 만에 하나 엄마가 내 주머니를 뒤져도 들키지 않기 위함이었다. 당시만 해도 전화기가 상당히 보급되었는데, 나는 전화가 없는 가게나 노점상의 일수만을 삥땅하는 영리한 아이였다. 그러니 엄마로서도 일수 쓴 사람을 만나 장부를 대조해보기 전까지는 내 삥땅을 알 수 없었다.

3학년 무렵 생선 노점 할머니 한 분이 일수를 끊어주면서 "어린 나이에 너무 일찍 돈을 알면 안 좋은데……"라며 걱정을 했다. 나는 이미 그 할머니가 말하는 안 좋은 사람이 되어가고 있었다. 할머니의 말은 당시의 내게도 암시로 여겨졌고, 그 이후 나의 수없이 다양한 도벽의 순간들에 그 할머니의 얼굴과 말이 자주 떠올랐다. 한편 그 장면 옆에는 다른 장면도 있다. 일수 걷는 심부름을 하면서 시장에서 반찬거리를 사 오는 심부름을 같이 하기도 했다. 생선 노점 할머니 둘이 나란히 앉아 마감 떨이를 하는 중이었다. 갈치 1천원어치를 사 오라는 심부름이었고, 두 할머니 앞에서 잠시 고민하다 500원어치씩 달라고 했다. 두 할머니는 내 속을 아는 듯 그런 나를 기특해했다. 그렇게 '공평'과 '도둑질'은 내 안에 공존하며 좋은 아이와 나쁜 아이로 나를 헷갈리게 했다. 나는 어떤 아이인가?

영리한 엄마는 늘 돈 계산에 철저했다. 내가 돈 심부름을 마치고 돌아오면 돈주머니와 장부들을 풀어놓고 같이 앉아 계산을 맞추었고, 엄마가 일수를 도는 날이면 밀린 일수를 확인하곤 했다. 그러니 내 도둑질은 자주 들켰다. 당장은 안 들키고 넘어가더라도, 시간이 지나면 결국 매번 들키고 말았다. 나는 한 번도 도둑질을 인정하지 않았다. 하지만 인정하든 인정하지 않든 내가 훔친 것으로 결론이 날 수 밖에 없는 일이었다. 그래, 그럴 때마다 엄마는 귀신이 곡할 노릇이라는 말을 자주 썼구나. 엄마는 나를 대놓고 의심하거나 도둑년이라는 욕을 섞어 야단을 치고 심하지는 않지만 때리기도 했다. 도둑년. 내게 그 말을 가장 먼저 한 사람은 엄마다. "내가 다 알고도 넘어간다"는 말을 자주 했고, 사실이 그렇기도 했다. 엄마의 말이 아니더라도 나는 열 살이 되기 전부터 스스로를 도둑년이라 생각했다.

처음에야 많이 떨렸지만 점점 불안도 줄었고, 돈이 주는 여유와 맛으로 도둑질 횟수도 금액도 차차 늘어났다. 수금을 위해 밤거리를 나설 때마다, 혹은 이어진 다른 도둑질의 현장마다, 나는 돈맛의 뒤편인 긴장과 쾌감에 점점 맛들인 거다. 대학 시절 새벽 시간 복도 사물함 뒤지기에서는 돈이 나오는 경우는 거의 없었고, 대체로 내게는 쓸모없는 다른 전공과의 책이나 물건들을 훔쳤다. 그러니 시작 때와 달리 훗날에도 도벽을 스톱하지 못한 이유 하나는, 그 행위의 준비와 실행 과정, 그리고 끝낸 직후 내내 나를 붙드는 위태로움과 불안과 긴박 등의 감정이며, 또다른 이유는 도둑질을 계속하는 사람으로서 자괴감과 수치감을 핵심으로 한 중독증이다.

모든 중독증의 밑바닥에는 자괴감과 수치감이 자리한다는 설명을 나는 신뢰한다. 몇 년 전 여러 언론에서 뉴스로 다룬 한 의류 도벽증 남자를 기억한다. 그는 의류 매장을 돌아다니며 많은 옷을 훔쳤는데, 매장 CCTV를 추적한 경찰에 의해 검거된 그의 집 방 하나에는 입지도 팔지도 않은 옷들이 그대로 쌓여 있었다는 후속보도도 있었다. 나는 빈 사물함 몇 개를 정해 훔친 책과 물건들을 재여놓았지만, 어떤 사물함에 내 장물들을 재여놓았는지조차 곧 잊어버리곤 했다. 매장 주인과 경찰에게 "나를 잡아줘서 감사하다"고 말했던 그의 심정을, 나는 홀로 깊이 공감했다. 화가 테오도르 제리코의 작품 〈도벽 환자의 초상〉에서 보이는 그 공허한 눈에 전적으로 동의한다. 아마 불안과 긴장에 붙들린 채 행위를 마친 후 혹은 발각 직후의 얼굴이리라. 발각된 후 도벽은 중단되었지만, 위태로움과 불안과 긴박에 대한 탐닉 증상은 잠깐의 휴지기를 지나 계속되었다.

입학 조건으로 4년 전액 장학금을 확정하고 들어간 대학이었지만 돈 버는 엄마는 여전히 큰딸의 용돈에 야박했고, 돈 '못' 버는 아버지는 자신을 거역하는 큰딸을 양반집 규수로 만들겠다는 꿈을 포기하지 못해 폭력을 쓰기도 했다. 당시로서는 스스로도 불가해했던 혼돈의 시절을 통과하며 오래도록 남은 것은, 돈의 공평함에 대한 문제의식, 그리고 아버지의 꿈과 폭력에 대한 거역이다. 미쳐버릴 것 같던 시절, 의학이 정하는 '미친년'의 경계를 넘어서지 않은 것이 요행이라면 요행이다. 그 시절 나는 시장 바닥을 돌아다니는 '미친년'들을 몰래 쫓아가곤 했고, 그녀들은 내가 살던 상도동 옆 봉천동 산동네의 시궁창 골목 안 '하꼬방'으로 들어갔다. 그곳의 시궁창냄새는 사춘기와 함께 시작된 내 액취증의 냄새와 닮아 도망가지지 않았다. 예순일곱인 지금, 나는 거리의 냄새나는 노숙인들과 쪽방촌 사람들, 어딘가에 중독된 사람들과 미쳐버린 여자들을 하염없이 쫓아다니고 있다.

엄마는 내게 그 일을 계속 시켰다. 가끔은 내가 저지르지 않은 일에 대해 엄마가 나를 대놓고 의심하기도 했다. 나중에 자신의 실수를 알게 되기도 했지만, 내게 미안하다고 말하는 경우는 없었다. 나는 억울했지만 평소의 내 도벽으로 인한 엄마의 의심을 당연하게 여기며 넘어갔다. 그러니 누명조차 크게 억울하거나 상처가 되지 않았다. 그렇게 많은 돈을 가지고 있는, 혹은 돈놀이를 하는 엄마, 노상 돈 심부름을 시키면서도 딸에게 적당한 용돈을 주지 않는 엄마, 필요한 돈을 줄 때마다 그토록 불편한 상황을 만드는 엄마, 그런 엄마에게서 상대적으로 적은 금액의 돈을 훔치는 나. 자기합리화의 여지는 많았다. 그럼에도 나는 스스로를 도둑질하는 아이로 규정했다. 돈의 정당한 필요와 가치와 용처 등에 대한 인지적·정서적 정리가 나름대로 되지 않은 채 억압되어 오히려 더 과도한 욕망과 도둑질을 부추겼고, 그로 인한 죄책감과 자괴와 불안과 원망 등이 어린 내 안에서 이미 뒤엉키고 있었다.

자기 멸시까지 갔던가? 그 시절에는 그런 단어조차 몰랐을 테다. 오십대 후반이 되어서 십대 초중반의 감정에 자기멸시라는 용어를 붙이는 것은 과잉이라는 생각을 했다. 멸시까지 가기에는, 나중의 '좋은 나'에 대한 희망을 놓을 수 없었다. 대체 그 희망은 어디에서 비롯했을까? 한편으론 그래서 더 죄책감과 자괴감이 컸을 거다. 지금도 도둑질이니 도벽이니 하는 단어를 만날 때마다 밀려오는 구체적 통증을 통해 40~50년 전의 그 아이가 얼마나 힘겹게 자신을 버텨내고 있었을지를 가늠해볼 뿐이다.

다행히 훗날 나는 나를 구했다. 그 시절의 자기합리화와 놓아버릴 수 없던 희망이, 나를 구했다고 생각한다. 내 도벽의 시작은 나보다는 부모가 원인이라고 생각했다. 그래야 견딜 수 있었다. 훗날 내가 부모의 당시 상황과 인간적 한계를 이해하고 부모의 오류를 수긍하게 된 것과는 별개로, 지금도 나는 내 도벽이 부모에게서 비롯했다고 생각한다. 아홉 살경 시작된 도벽은, 오래도록 나를 자기부정과 혼돈과 방황의 길에 가두었다. 부정할 수도 긍정할 수도 없는 나. 그 욕망들은 이후 위험과 어두움과 불온한 존재들과 상황들에 대한 떨칠 수 없는 호기심과 지향으로 내 안에 남아, 내 이성이나 소신과 섞이고 충돌하며 길을 만들어나갔다. 어린 시절의 억압과 내가 느낀 자괴는 이후 생에 대한 열정과 저항으로 전환되었다. 그 길 위의 기나긴 방황과 고통이 궁극적으로 나를 성숙하게 했다.

도벽의 발각과 망신

느리고 집요하게 뒤지며 기록하자. 지금도 그 장면으로 돌아가면 여전히 빨라지는 심장박동. 기억을 짚어나가며, 장면과 긴장과 자괴와 분노를 노려본다. 중학생이 되고 겨드랑이에서 암내가 나기 시작하면서부터 밤과 새벽을 좋아했다. 혼자 무엇이든 할 수 있는 시간. 아버지의 단속으로 할 수 있는 것의 범주는 아주 좁았지만, 혼자라는 것이 우선 좋았다. 내게 액취증은 타인의 접근을 내 쪽에서 먼저 피해야 하는 병이었다. 남들이 나를 밀어내기 전에 내가 먼저 그들을 밀어냈다. 그러면서 혼자 있는 것을 좋아한다고, 남에게도 나에게도 말했다. 성경에 나오는 나병 환자. 타인이 접근하면 소리를 쳐서 자신이 '부정한 자'임을 알릴 의무가 있던 사람. 사내애처럼 명랑하고 활동적이었던 내게 사춘기에 시작된 액취증은 무저갱이자 수렁이었다.

겨울 새벽 4시 10분. 아버지의 집을 빠져나와, 새벽길을 걷는다. 통행금지가 있던 시절이다. 새벽마다 하루치의 자유와 '새로운 나'를 갈망하며 밖을 나섰지만, 대체로는 하루치의 혼돈을 도돌이했다. 첫차는 4시 30분은 되어야 온다. 매서운 추위에 웅크린 채 정류장에서 버스를 기다려도, 아버지의 규율이 누르고 있는 집보다 훨씬 편하다. 첫 버스엔 승객이 거의 없어 액취증에서 자유롭다. 뒤쪽에 앉아 창문을 열어 얼굴과 몸에 쏟아지는 겨울바람을 이를 악물고 마주했다. 승객이 서넛뿐인 첫 버스가 1970년대의 어둡고 한가한 도로를 질주한다. 교회와 병원과 장의사의 네온사인은 밤새 켜져 있다. 대학 시절엔 상도동-노량진-한강-용산-삼각지-남영동을 거쳐, 서울역 정류장에서 내렸다. 5시 10분에 출발하는 교외선 순환 기차를 타러 구름다리를 건너 서부역으로 간다. 대학 내내 셀 수 없이 반복한 2시간 10분간의 순환. 떠돌이와 되돌이를 반복하는 하루치의 궤도를 나는 빠져나오지 못할 것인가? 멈춰 내려 내 길을 만들지 못할 것인가? 나는 누구이고, 내 길은 무엇인가? 아버지의 가치관을 수긍할 수 없다며 모조리 부정했지만 아직 내 가치관은 없던 시절, 비난과 자괴에도 불구하고 놓칠 수 없던 형벌로서의 자유. 파열할 것 같던 혼돈. 교외선을 한 바퀴 돌고 오전 7시 20분에 서울역에서 내려 종로 2가 운현궁에 있던 학교에 도착해도 첫 강의까지는 시간이 많이 남는다. 그렇더라도 새벽 도벽에는 늦은 시각이다. 새벽 교외선, 새벽 등교, 새벽 도벽. 때로는 새벽에 여는 용산 청과물시장과 노량진 수산시장에 갔다. 혼자와 군중.

학교에 더 일찍 도착한 날은 건물 복도의 사물함들을 뒤지곤 했다. 우선 복도의 끝에서 끝까지 걸으며, 한쪽 벽을 차지한 사물함을 지나쳐 강의실들이 완전히 비었는지를 확인한다. 교정엔 가로등만 켜져 있어 복도는 적당히 어둡다. 누군가 복도로 들어서는 소리에만 신경을 곤두세우면 된다. 흔해빠진 열쇠나 작은 핀 혹은 간단한 숫자 조합으로 대부분의 사물함 자물쇠는 쉽게 열린다. 의상학과 학생들이 사물함을 많이 이용한다. 한 번도 가져본 적 없는 수십 가지 색깔의 비싸고 고급스러운 색연필 세트와 물감 세트, 화려한 옷감과 장식 소품을 훔친다. 책들은 모았다가 청계천 헌책방에 팔아 돈으로 바꾸기도 하고, 가끔 낱장 사이에서 현금도 나온다. 하지만 비싸고 화려한 대부분의 장물들은 내겐 쓸모없는 물건들이고 돈으로 바꿀 수도 없다. 훔친 물건들을 아무도 사용하지 않는 빈 사물함에 넣고 자물쇠를 채워둔다. 그 사물함에 내 물건은 넣어두지 않는다. 혹 누가 열어보더라도 내 신분을 알 수 없다. 많은 경우 무엇을 훔쳤는지, 훔친 것들을 어느 사물함에 넣었는지 까먹는다. 그럼에도 반드시 찾아내야 할 무언가가 있는 듯 도둑질을 집요하게 반복한다. 발각되어야만 끝날 수 있다고 생각했다. 누군가의 등장이나 어느새 밝아진 복도를 이유로 하루치의 새벽 뒤지기를 멈춘다. 담배를 피우고 첫 수업 강의실이나 도서관으로 간다.

수많은 책을 읽어댄 도서관 역시 도벽 현장이었다. 책가방은 직원이 관리하는 사물함에 넣어 자물쇠를 채워두고, 지갑과 함께 몇 권의 책과 필기구 정도만 가지고 들어갈 수 있었다. 그러니 도서관에서는 주로 지갑을 노린다. 우선 실내 전체가 한눈에 보이는 위치에 앉는다. 누군가 책과 함께 지갑을 놓아둔 채 잠깐 자리를 비우고 출입구로 나간다. 목표물 근처에 누가 있는가, 사람들이 너무 많은가, 목표물에서 출입구까지 동선은 어떤가를 무심하고 빠르게 훑는다. 내 물건들은 그대로 놓아둔 채 비치용 신문철을 들고 목표물 옆자리로 옮긴다. 실수로 남의 물건 위에 얹어놓는 듯 목표물을 신문으로 덮고 주변을 살핀다. 민첩하고 조용하게 신문째로 목표물을 들고 일어서서 내 자리로 돌아온다. 목표물을 내 물건들로 가리거나 옷 주머니에 넣고 일어선다. 일부러 주머니가 큰 옷을 자주 입는다. 신문철을 제자리에 꽂고 출입구로 나온다. 도서관이 있는 본관 건물을 나와 다른 건물로 들어간다. 화장실 칸에 들어가 현금을 챙긴다. 신용카드나 현금카드는 없던 시절이다. 주민등록증, 학생증, 사진, 메모장 등이 들어 있는 지갑은 보통 내 장물용 사물함에 넣고 도서관으로 돌아온다. 이미 분실신고가 들어가 있기도 하다. 눈길은 책을 향한 채 귀를 열고 정황을 살핀다. 상황이 정리되는 것을 확인하고 도서관 사물함에서 내 가방을 찾아 나와, 교정 외진 곳에 가서 담배를 피운다. 심장은 두근거리고 욕망은 꿈틀거리며 관성은 질기다. 멈출 수 없다.

발각. 1978년이다. 그 기억은 아직 내 뇌와 몸과 심리의 밑바닥 구석에 꾹꾹 눌러 뭉개져 말라붙어 있으리라. 최대한 뜯어내보자. 나는 가정학과 3학년이다. 의상학과의 이론이나 실습 일부를 가정학과에서도 가르쳤다. 의상 실습을 하느라 실습실 작업대들이 번잡하다. 30명 정도의 학생들 모두 각자의 작업에 집중하고 있다. 가방은 실습실 뒤쪽 책상에 모아져 있다. 모두가 바쁜 틈을 타 내 가방에 볼일이 있는 듯 가방 쪽으로 간다. 내 가방을 열어놓고 주변 아무 가방이나 연다. 무작위여서 누구 가방인지 모른다. 그날 지퍼를 열고 화들짝 놀랐다. 이제 막 은행에서 뽑은 듯 빳빳한 만원짜리로만 5센티미터 두께로 가지런한 돈다발이 있다. 심장과 손이 떨리지만 물러설 수 없고, 서둘러야 한다. 돈다발의 크기에 놀라 주위를 살피지 못했구나. 2센티미터 정도를 뽑아들어 내 가방에 넣고, 가방을 들고 실습실을 나와, 같은 층 복도에 있는 내 사물함으로 간다. 자물쇠를 따고 문을 열어 책들 뒤쪽에 돈다발을 넣어 가린다. 자물쇠를 채우고 다시 실습실을 향해 복도를 걷는다. 실습실 쪽에서 같은 과 아이 하나가 나를 향해 오고 있다. 심장이 쿵쾅거리고 다리가 후들거리지만, 얼굴 근육은 그 아이를 향해 열은 웃음을 만든다. 눈빛은 의도한 것처럼 무심하게 비쳤을까? 그 아이의 표정은 기억나지 않는다. 누구였는지도 기억에 없다.

"돌려줘. 엄마 계 탄 돈 심부름하는 거야."

아무 말도 안 하고 돌아서서, 내 사물함으로 간다. 그 아이가 따라온다. 돈다발을 꺼내 돌려준다. 아이가 아무 말없이 돌아선다. 나는 반대 방향으로 돌아 복도 끝 계단을 빠르게 내려간다. 건물을 나오고, 학교를 나온다. 종로통을 걷다 정류장에 멈춰 아무 버스나 탄다. 자리에 앉아 눈을 감는다. 쌔까맣다. 기억 일부는 지금도 뜯어내지지 않는다. 죽어지지 않더라. 미치지도 않더라. 그 파열할 것 같던 시절, 한 번도 진심으로 죽고 싶은 적이 없었다. '나중 언젠가의 나'가 미쳐버릴 것 같은 나를 늘 구경하고 있었다. 한 달 정도 가출 후 돌아와졌다. 철면피로 망신의 시절을 견뎠다.

대체 그 욕망은 무엇이었을까? 규범에 대한 아슬아슬한 거부의 줄타기? 예순일곱인 지금, 십대에서 이십대 초반 동안의 습을 복기하며 뜯어내지만 그것은 지금 하는 해명일 뿐이다. 당시에는 그렇게 해석할 수 없었고 사실 그런 것만도 아니었다. 도벽은 끝났고, 도무지 긁어내지지 않는 수치심과 자괴로 인해 여러 중독증을 섭렵했다. 지금 남은 중독증은 흡연과 글 안 써질 때 깜빡 빠졌다 도망 나오는 한 게임 신맞고, 그리고 내 속 검고 퀴퀴한 냄새에서 올라오는 열정이다.

한 달 넘도록 떠돌다가 돌아왔을 때, 아마 학과장에 의해 그 절도는 '없었던 일'로 되어 있었다. 게다가 학과장 주도의 교수 간 논의로 결석도 모두 출석으로 처리되어 나는 마지막 학기까지 전액 장학금을 받고 졸업장을 손에 쥘 수 있었다. 졸업식은 가지 않았다. 당시 집으로 돌아왔다는 소식을 아마 엄마에게 전해들은 학과장이 만나자고 연락을 했고, 그 자리에서 그는 "똑똑한 젊은이가 방황이 많구나. 모든 일을 잘 정리했으니 너는 돌아오기만 하면 된다" 라는 말을 했다. 나는 아마 죄송하다고 말했던 듯하다. 돌아간 학교에서 학우들과 교수들 누구도 내게 그 일을 언급하지 않았다. 엄마의 독한 비난이 있었지만 자기 탓이라는 생각도 있었는지 길지 않았고, 나도 듣고만 있었다. 엄마의 비난을 들으며 "태어날 때 피를 뒤집어쓰고 나온 아이는 살다가 된통 한 번 망신을 당한다더라"는, 아홉 살 무렵 내게 엄마가 했던 말도 떠올렸다. 사실 이 부분에 대한 내 기억 중 발각 당시 상황은 삭제되거나 말라비틀어져 꼬인 채 아직 제대로 복원되지 않았고, 나머지 대부분은 여러 정황상 그랬을 거라는 추측이다. 누구에게도 피신 시절의 학교와 집 상황을 묻지 못했고, 돌아와 망신의 시절을 그냥 버텼다. 말라비틀어진 부분의 기억을 내 남은 생애에 복원할 수 있을지 모르겠다. 이 정도의 복원조차도 너무 힘든 일이어서 갈수록 더 늙어가는 몸과 정신 탓에 더이상의 진전이 가능하리라 여겨지지 않는다. 핑계인가. 글쎄, 그 시절의 도벽이 스스로에게 해명된 마당에 발각 당시에 대한 더 세세한 복원이 구태여 필요하다고 여겨지지도 않는다.

냄새나는 존재

어느 4월 오후 3시경 서울 용산구 대로변 그늘을 걷다가 검은색 겨울 코트를 입고 있는 여자 중학생에게 눈길이 멈췄다. 나를 향해 오고 있었고, 휴대폰을 들여다보고 있어 표정은 보지 못했다. 이상 기온으로 20도가 넘었고, 반소매 옷을 입은 사람도 많이 보였다. 주책없는 할머니처럼 거리에서 처음 보는 아이를 붙잡고, 괜찮다며 얼마나 힘드냐며 무작정 안아주는 상상을 했다. 걸음은 아이와 엇갈려 내 길을 걸었고, 생각은 그 시절 내 몸과 기억 속으로 빨려 들어갔다. 아직도 무겁고 어둡고 아프구나.

중고등학생 시절 나도 그 날짜 즈음까지 코트를 벗지 않았다. 특히 교실에서는. 두꺼운 옷으로 냄새를 가두기 위해서였는데, 그럴수록 땀이 더 나서 냄새가 심해졌다. 땀샘인 아포크린샘의 활동과 연관이 깊은 것은 확실하다. 겨드랑이를 붙이고 있으면 땀이 더 났고 겨드랑이를 떼고 있으면 냄새가 더 났다. 그렇다고 생각했고, 그래서 이도 저도 못했다. 가둘 수 없는 겨드랑이 냄새. 매일 빨아 입는 하복이나 춘추복과 달리 겨울 교복과 코트에는 항상 냄새가 배어 있었다. 드라이클리닝을 맡겨도 냄새는 사라지지 않았다. 교실에서 자리를 배정할 때면 난로에서 가장 먼 자리를 원했다. 무엇보다 짝이 없었으면 싶었다. '수업시간에는 코트를 벗으라'는 어떤 선생님들의 요구에 "감기가 심하다"라고 답하곤 했다. 아이들은 물론이고 선생님들도 내 냄새를 알고 있었다.

여름이 되면 냄새는 더 심해졌다. 겨드랑이에 소다를 발랐다. 교복의 겨드랑이 부분은 땀과 소다가 뒤섞여 누렇게 변색되었다. 빨아도 냄새와 얼룩은 말끔히 없어지지 않았다. 하루에도 몇 번씩 손수건에 물을 묻혀 화장실에 들어가 겨드랑이를 닦았다. 손수건을 여러 장 가지고 다니며 바꿔가며 겨드랑이에 덧대기도 했다. 향수도 뿌렸다. 향수 냄새와 겨드랑이 냄새가 합해져 고약한 냄새를 만들었다. 그 고약한 냄새가 겨드랑이 냄새보다는 낫다고 생각했다. 향수를 뿌린다고 선생님들에게 혼나기도 했다. 많은 아이들이 나를 피했고, 어떤 아이들은 일부러 곁을 지나가며 킁킁거리고 인상을 쓰고 코를 막았다. 스컹크라고 쑥덕거리기도 했다. 나는 화를 내지 못했고, 미안하다고도 말하지 않았다. 내가 먼저 그들을 피했지만 교실 안에서는 그들을 피할 수 없었다. 귀와 눈이 예민하게 열렸고, 귀도 눈도 막힌 듯 수치와 모멸을 견뎠다. 한 아이가 "겨드랑이 땀샘 제거 수술을 하면 냄새가 훨씬 약해진대"라고 말했다. 조용히 다가와 말해주는 그녀에게 고개만 끄덕였을 뿐 고맙다는 말을 하지 못했구나. 나도 이미 아는 이야기였다.

주변 어른들이 쑥덕이는 말에서 액취증보다 '암내'라는 단어를 먼저 들었다. 중1 때 학교 도서관 국어사전에서 '암내'를 찾아 읽었다. 암내는 2차성징이 나타나는 사춘기에 시작된다. 아포크린샘이 과하게 발달해서 생기는 증상으로, 아포크린샘은 페로몬을 분비하기 때문에 암내 역시 일종의 페로몬이라는 주장도 있다. 실제로 동물들 사이에서는 '암내가 난다'는 말이 발정기에 들어선 암컷이 종종 번식을 위해 수컷을 부르느라 몸에서 냄새를 피운다는 의미다. 그러니 암내는 여성을 성적 존재로만, 종족 번식을 위한 본능적 존재로만 보는 멸시가 담긴 단어이기도 하다. 정숙해야 할 여자가 암내를 풍긴다는 것은 성적으로 과잉되었다는 증거여서, '나쁜 년' '더러운 년' '얌전치 못한 년' '되바라진 년'의 의미로 쓰인다. 암내는 유전으로 증상을 물려받은 남자와 여자 모두에게 난다는 면에서, '암' 자는 적절하지 않다.

초등학교 입학 전부터 졸업 즈음까지 나는 동네에서도 학교에서도 남자아이들을 다 이겨먹는 활동적이고 명랑한 여자아이였다. 여자 친구는 물론 남자 친구들과 함께하는 놀이와 운동도 좋아하고 잘했다. 중학생이 되면서부터 체육 시간을 싫어했고, 내 냄새로 인해 먼저 타인을 멀리했다. 그들이 나를 밀어내기 전에 내가 먼저 그들을 떠나 소외를 적극적으로 선택했고, 혼자 떠돌았다. 혼자가 가장 편하고 좋았다. 낙천과 우울, 명랑함과 소외, 활동성과 멈춤, 낮과 밤 등 수많은 이항대립 속에서 미쳐버릴 것 같았다. 자괴감과 수치심과 모멸감의 무저갱. 도피의 한 방편으로 도서관에서 홀로 많은 책을 읽었다. 사람이 많은 장소와 대중교통을 피해 다녔고, 아는 사람을 만나도 피할 수 있으면 피했다. 낮이 아닌 새벽과 밤을 탐했고, 빛이 없는 어둠과 그늘과 추위를 좋아했다.

중3 때 땀샘 제거 수술을 해달라는 내 요청을 아버지는 '여자 몸에 칼을 대면 안 된다'며 반대했다. 그에 대한 미움이 극심해진 계기였다. 딸은 십대 초반부터 냄새보다 흉터가 차라리 낫다고 생각했지만, 아버지는 거절했다. 스물셋에야 그는 수술을 허락했다. 딸 몸의 불가피한 냄새와 흉터 중에서 후자를 더 '여자답지 않게' 여겼던 아버지는, 딸의 방황을 한참 보고 나서야 결국 흉터를 선택했다. 중3 때든 스물셋에든, 내 몸에 대한 결정을 그가 했다. 겨드랑이 표피 아래 아포크린샘을 긁어내는 수술—당시에는 외과용 칼로 긁어내는 시술이었고, 지금은 레이저로 아포크린샘을 태운다—을 통해 냄새가 줄었고, 나이가 들고 생리가 없어지면서 남은 증상도 점점 더 약해졌다. 수술로 냄새가 줄어든 시기와 도둑질의 발각과 망신으로 도벽증이 정지된 시기는 거의 같다. 발각과 망신과 수술 얼마 후 나는 아버지를 배반하고 그의 집을 나왔다. 큰딸을 현숙(賢淑, 어질고 맑음)한 양반집 규수로 만들고 싶었던 그의 꿈은 어느 무렵부터 접히기 시작했을까. 냄새는 그에게서 유전된 증상이다. 어린 시절엔 냄새를 물려준 아버지여서 더욱 미웠다. 구순 무렵 아버지 방에서 나는 냄새를 느끼며, '내 방에서도 내 근처에서도 사람들이 내 냄새를 느끼겠구나'라는 생각을 했었다. 그 냄새는 남성인 그의 생애에 어떻게 작용했을까. 내 냄새는 그에게 어떤 것이었을까. 큰딸에게 물려준 냄새로 인해 그는 생애 동안 많이 미안하고 아팠을지도.

고모도 액취증이 있었다. 내가 스물, 그녀가 마흔 즈음 고모네 집에 갔다가, 그녀 주변과 방에서 풍기는 냄새로 그녀의 긴 고통을 알았다. 시누이에 대한 엄마의 불만을 많이 듣고 자란 큰딸이다보니 공연히 미워했던 고모였다. 액취증으로 인해 그녀가 어리고 젊은 시절에 어떤 아픔을 겪어왔을지를 가늠하며, 한 세대 선배 격인 여성에게 마음이 쓰였다. 그녀의 액취증을 자식 중 딸이 물려받지 않았기를 바랐다. 내 경우 두 아들 중 큰아이가 물려받았다. 내 잘못이 아님에도 평생의 미안함이다. 냄새가 시작된 중2 때 수술하겠느냐고 물었고, 그는 크게 신경쓰지 않는다며 마다했다. 사람에 따라 다르겠지만 대체로 냄새는 여성과 남성에게 다르게 인식되고 다르게 취급받는다.

액취증 때문에 옷 입는 일이 늘 난감했다. 내 옷들에는 항상 냄새가 배어 있었다. 그 냄새는 물세탁으로 완전히 없어지지 않았다. 새로 산 옷에도 금방 냄새가 뱄다. 냄새 때문에 옷에 관한 많은 것을 일찌감치 포기했다. 쉽게 빨아 쉽게 말릴 수 있는 옷이 선택의 핵심이었다. 늘 겨드랑이 부분에 얼룩이 생기니, 흰색이나 옅은 색 옷은 거의 입지 않았다. 새 옷, 예쁜 옷, 비싼 옷, 드라이클리닝을 해야 하는 옷 등 좋은 옷에 대한 욕구를 포기했다. 깔끔할 수 없었고, 그로 인해 점점 더 깔끔하지 않은 사람이 되어갔다. 깔끔하기를 단념했고, 깔끔 자체에 대한 욕망을 접었다. 내 몸에서 냄새가 나는 상황과 사람들의 반응에 점점 익숙해졌다. 옷을 벗으면 다른 사람에게 냄새가 더 심하게 느껴지리라는 염려 때문에, 아예 대중탕 가는 것을 포기했다. 액취증이 많이 사라진 지금도 나는 대중탕에 익숙하지 않다.

생애 동안 다양하게 이동해온 내 중독의 근원 중 하나는 액취증으로 인한 수치심과 모멸감이다. 도벽에서 시작된 중독 성향은 사는 동안 다양한 출구를 열정적으로 뚫어나가게 했다. 그 무저갱을 겨우 빠져나오고, 빠져나오고, 빠져나오면서, 액취증은 내게 더러운 사람, 소외된 사람, 갇힌 사람에 대한 마음가짐과 태도를 만들어주었다. 냄새로 인한 상처가 사람과 사건과 상황에 대한 감수성을 만들어주었고, 세상 속 내 입장과 방향을 찾아주었으며, 스스로에 대한 자긍심과 자부심으로 되살아났다. 사람에게서 나는 어떤 악취에도 나는 고개를 돌려 피하거나 쳐다보거나 표정을 바꾸지 않는다. 남들이 피하고 떠나는 냄새나는 사람 옆에, 견디기 힘들더라도 남아 있는다. 쉰 즈음 어느 여름부터 소매 없는 옷을 입고 버스와 지하철 손잡이를 잡아 겨드랑이의 흉터를 드러내곤 한다. 무례일 수 있지만, 수치와 모멸로 감춰두었던 부위에 바람과 빛을 주는 행위로 여겨 즐기기로 했다. 아직도 한여름 땀이 많이 날 때는 몸과 옷에 신경을 써야 할 만큼 냄새가 고이곤 한다. 그럴 땐 타인에 대해 마음이 쓰인다. 그 마음 씀은 이젠 그들과의 관계를 위해 내 쪽이 하는 배려다. 더는 내 냄새를 이유로 남들을 멀리하지 않는다. 타인과 사회에서 스스로를 소외시키지 않는다.

생애 언젠가부터 혼자 있을 때면 그 냄새는 익숙하고 편안하다. 그 냄새는 내 정체성이다. 냄새는 나의 상태이며 내 몸이다. 타인을 만나러 갈 때 씻는 것 이외에 구태여 냄새에 신경쓰며 시간과 마음을 허비하지 않는다. 묵은지처럼 쿰쿰하고 곰삭은 먹거리를 문득 찾아 즐기듯, 가끔 겨드랑이를 손바닥이나 손등으로 훑어 퀴퀴한 '나의 냄새'를 음미한다. 그러니 내 냄새가 문제가 되는 순간은, 남들이 알아챌 때다. 그 알아챔을 확인하는 경로는 타인의 시선과 표정과 나를 피하는 태도 등이다. 전에는 큰 상처였던 타인의 반응들이 이제는 별다른 흔적을 남기지 않고 그저 스쳐지나간다. 내 냄새가 타인을 불편하게 한다는 것을 수긍한다. 혹 누가 내 냄새를 알아챈다면, 그런 나 자신으로 그들과 관계 맺는다. 그들의 눈치를 보는 것이 아니라 그들을 관찰한다. 불가피함에 갇힌 당사자에 대해 혐오를 드러내는 상대의 태도를 보며 그의 사람됨을 가늠하고, 알아들을 만한 사람이면 지적한다. 내 상처가 하는 맛깔나고 타당한 복수다.

강추위에 맞부딪히면 지금도 내 뇌리에는 '냄새'라는 글자와 나의 냄새가 떠오른다. 냄새를 가려주는 것 중 상당히 유효한 것은 추위였다. 땀이 나지 않아야 냄새가 덜했다. 한겨울 새벽 첫 버스의 뒷좌석에 앉아 창문을 활짝 열고 얼굴을 내밀어, 문자 그대로 치를 떨며, 살을 에는 겨울바람에 온 마음과 몸으로 맞서, 좋아했다. 좋아했다는 것은 슬펐다는 거다. 아팠다는 거다. 눈물은 흐르기도 전에 바람에 날려 사라졌다. 겨드랑이 냄새는 열세 살 이후 내내, 내 몸과 마음에 각인된 독한 통증이자 콤플렉스였고, 아주 힘들게 마침내 내 태도의 향방이 되었다.

겨드랑이에서 날개가 나기는커녕 냄새가 나는 나. 냄새의 내력은 온전히 내 것이고 나의 향방이다. 위가 아닌 아래로, 상승이 아닌 추락으로, 냄새나는 존재들에게로, 나를 이끈다. 아름다움이니 고상함이니 풍요로움이 아닌 더럽고 냄새나고 불온한 존재와 상황 속으로 가게 한다.

64세에 무작정 마음이 설레, '냄새'로 왈가왈부되는 노숙인들과 함께하기로 정하고 그들이 사는 곳 가까이 이주했다. 무작정한 설렘은 내 몸과 생애 내력이 나를 부르는 신호다. 67세인 지금도 '냄새'라는 단어를 이물감 없이 듣거나 발음하지 못하며 늘 우선 멈춘다. 나는 냄새나는 사람이다.

아버지를 미워한 힘으로

허우샤오센 감독의 영화 〈동동의 여름방학〉 중 말썽만 피우던 작은아들이 결혼 허락을 받지 않은 채 자신의 아이를 임신한 여자와 함께 사는 집에 아버지가 뒤늦게 찾아가는 모습을 보며 내 한 시절의 장면들이 떠올랐다.

여러 차례 이어지다 마침내 최종적 가출이 된 내 동거는 결혼 허락이라는 걸 받으러 간 나와 전남편에 대한 아버지의 분노와 반대에서 시작되었다. 결혼 허락이라는 절차를 나는 원하지 않았지만, 전남편은 원했다. 그도 나도 당연히 반대를 예상했고, 그럼에도 그는 그 절차가 필요하다고 생각했다. 아버지의 분노와 폭력을 피해 도망치다시피 집을 나왔고, 내겐 마지막 가출이자 '아버지의 집'에서 한 출가가 되었다. 곧 임신해 아이를 낳았고, 그 소식을 들은 그가 어느 날 내가 살던 셋방 주인집으로 전화해 나를 호출했다. 출산 직후 찾아왔던 엄마를 통해 주인집 전화번호를 받았을 거다.

"○ 서방하고 같이 아기 데리고 한번 와라!"

나의 결혼과 출산에 대해 그의 의견도 이견도 허락도 뒤늦은 합의도 필요 없다고 생각하던 터여서 제안이 내심 귀찮았지만, 갔다. 그와 나 사이의 반목이 잠정적 합의에 이른 것이고, 그날 아버지는 식구들을 모두 한자리에 불러모았다. 말하자면 공인을 위한 의례였고, 그 며칠 전 어느 날 그는 나를 자신의 손에서 내려놓았지 싶다.

며칠 후인 1981년 어느 날, 그가 구로공단 인근 독산동 닭장집•에 살고 있던 나를 보러 왔다. 나와 우리 식구를 보러 왔다기보다 근처 다른 닭장집 방 한 칸에 다른 자식들

• 당시 구로공단 노동자들이 많이 살던 곳이다. 삼층 혹은 사층 건물에 작은 방 서른 개가 다닥다닥 붙어 있었다. 방 하나에 수도가 하나 딸려 있는 형태였고, 공동 화장실을 사용했다. '벌통집' '토끼장' '콩나물집'으로도 불렸다. '닭장집'이라는 말은 본디 영등포구 도림동에 있던 마을 이름으로, 닭장을 지었던 곳에 사람이 들어와 산다는 뜻에서 유래했다. 지금은 시설이 열악한 공동주택을 일컫는 말로 주로 사용된다.

과 살고 있던 내 시아버지를 만나러 온 것이었다. 물론 ○ 서방을 통해 사전 예고와 날잡기가 있었다. 사돈어른은 당시 53세였던 그보다 스무 살은 족히 더 많은 노인이었다. 아버지에게 그 자리는 양가 혼주의 첫 상견례였다. 시아버지는 "죄가 많아 뵙기가 송구하다"며 얼굴을 돌려 앉으셨고, 그를 대하는 아버지의 얼굴은 예를 갖춰 절차를 밟아 나가는 사람이 아닌, 마음을 다하여 사람을 대하는 얼굴이었다. 그의 뒤통수를 친 내 지난 선택들이 그날 그 얼굴 앞에서 좀 미안했던가. 당시야 그도 나도 닥치는 대로 좌충우돌하며 길을 만들어나갔던 건데, 지나고 보니 그의 그날 행차는 양반을 찢어버리고 나간 딸년을 뒤쫓아와 양반의 도리—더하여 사람의 도리—를 다시 갖추게 하는 의례였구나 싶다. 내가 저지르고, 그는 나를 따라다녔구나.

따져보니 만으로 3~4세 무렵인 것 같은데, 사실 연도는 헷갈린다. 때에 관한 추적은 늘 뭉개져버리는데, 장면은 상당히 선명하다. 그는 어딘가로 출퇴근을 하며 직장을 다녔다. 훗날 엄마의 이야기를 되짚어보니, 우리 식구가 상경한 초기 그가 공무원으로 농림부를 다닐 때다. 반공일 근무를 마치고 토요일 오후 퇴근해 오면, 그는 노란 서류봉투에서 붉은색 알록달록한 표지의 안데르센 동화책 두 권을 꺼내주었다(검색해봐도 그 표지는 나오지 않는다. 그렇다면 내 기억 속 표지는 다른 동화책일 수 있다). 그러고 보니 나를 향한 환한 웃음도 떠오르는 듯하지만 이건 상상이 확실하다. 나도 신이 나서 방긋 웃었겠지. 그 시절 그와 나는 그런 웃음을 나누었겠구나. 그 끝에 그가 나를 안아올리기도 했을까? 위로 아들은 낳고 얻은 딸이니 그럴 만도 하다.

겨울이면 아가인 내가 추울까봐 자신의 배에 올려 안고 잠을 재우곤 했다는 이야기를, 미워하고 분노하며 가출을 거듭하다 마침내 그의 집을 떠나 내 둥지를 만들고 살아가던 서른 초반 언제인가 엄마가 해줬다. 그 이야기를 들으며, 울지 않으려고 이를 앙다물었다.

토요일마다 두 권씩이었다. 아침부터 나는 그를 기다렸겠지. 중2 무렵부터 집을 탈출하기까지 내내, 그가 있는 집에 가능한 한 늦게 들어가는 것이 매일의 중요한 목표였다. 그런 내가 그의 귀가를 기다린 시절이 있었구나. 예닐곱 살이었을 오빠는 이미 한글을 익혔을 때고, 나도 완벽하지는 않더라도 글씨를 배워나갈 때다. 조금 나중 이야기겠지만 오빠 옆에서 더 먼저 배워버려 오빠의 미움을 사곤 했다는 것이 엄마의 기억이다. 안데르센 동화집을 나도 떠듬거리며 읽었겠지만, 누군가 읽어주기도 했을 것 같다. 오빠 아니면 아버지다. 엄마도 바쁜 돈벌이 틈틈이 읽어주었을까. 그러고 보면 내 첫 기억은 노량대교의 물난리 구경이 아니라, 아버지가 건네주던 안데르센 동화책이겠구나. 전에는 동화책 기억이 더 나중이라고 생각했었다. 하지만 그가 농림부에서 잘린 게 1960년 4·19로 인한 것이니 동화책은 그전의 기억이다. 기억나는 장면은 두세 가지가 전부다. 출근하는 아버지의 모습, 낮에 퇴근하고 와서 노란 서류봉투에서 붉은색 알록달록한 표지의 책 두 권을 꺼내는 모습, 그리고 그 책을 애지중지하던 나. 나머지는 내 아득한 기억을 오빠나 엄마와 이야기하는 과정에서 되짚어 찾아낸 맥락에서 나온 이야기들이다.

퀴퀴한 다락방 낡은 책들의 작고 흐릿한 글씨에 아직 맛들이지 못하던 내게, 예쁘게 장정된 새 동화책 두 권은 더없이 귀하고 소중한 선물이었다. 갖가지 새로운 이야기가 담긴 동화책 두 권을 일주일 내내 되풀이해 읽었다. 나이를 먹으면서는 동화책과 오빠의 국어책을 아예 외우다시피 했다. 사실 동화책에 비해 '영희야' '철수야' 하는 오빠의 국어책은 너무 시시했다. 학년이 올라가면서 오빠의 국어책도 차차 수준이 높아졌다. 일인 다역의 연극처럼 일어서서 자리까지 움직여가며, 여러 등장인물의 목소리를 다르게 만들었다. 여러 번 반복하다보면 저절로 외워졌다. 오빠와도 그 놀이를 했고, 동생들이 자라면서는 동생들을 객석이나 무대에 앉혔다. 바로 아래 여동생을 힘들게 한 언니였다는 것이 내 쪽 기억이었는데, 그녀는 2013년 여행중 그 연극 놀이 기억을 먼저 꺼내 나를 덜 미안하게 했다. 점차 다락방의 아버지 책들에도 익숙해졌다. 동화의 세계와 다락방 책의 세계, 그 두 세계를 그때부터 넘나들기 시작했다. 낮의 세계와 밤의 세계, 그 상반과 배반은 젊은 시절의 내 혼돈 그 자체였다. 지금도 나는 남들처럼 낮밤을 사는 것에 길들여지지 않는다. 밤에 홀로 조용히 책을 읽고 글을 쓰는 시간을 확보하는 것을 최우선으로 하고 낮의 일정과 잠을 조정한다.

그를 거역하고 떠났던 시절에도, 붉은색 알록달록한 표지의 안데르센 동화책이 잊히지 않았다. 어쨌든 '아버지의 안데르센 동화책'은 순서가 헷갈리는 내 첫 기억군 속 한 장면이자, 그를 온전히 미워하지 못하게 한 그와 나 사이의 끈이다. "어릴 적 아버지가 토요일마다 사 온 안데르센 동화책 덕에 글을 쓰게 되었나보네요." 2019년 출간한 『할매의 탄생』(글항아리)을 그에게 선물하면서 면지에 쓴 내 메모다. 오십대 말 어느 날 문득, 그 시절 아버지의 선물이 나만의 것이 아닌 오빠와 나 둘을 위한 것이었겠다는 생각이 들었다. 아니 그림책이 아니라 동화책이었으니 따지자면 내 선물이라기보다 오빠에게 주는 선물이었다. 나는 같이 보거나 물려 보는 아이였을 거다. 그와 달리 따지기 좋아하는 딸년의 판정이다. 그동안 나만을 위한 선물이었다고 착각해왔으니 얼마나 다행인가.

언젠가는 강원도 화천 어디로 아버지가 우체국을 지으러 갔었다. 엄마가 투자한 한 건설회사가 입찰받은 공사였다고 동생은 기억했다. 엄마와 아버지가 집 장사를 하면서 수많은 집을 짓는 동안, 아버지는 현장감독을 했고 설계도 직접 했다. 전공을 한 것은 아니지만, 현장 경험은 많았다. 한동안은 직접 블록 공장을 운영하기도 했고, 건재상이나 지물포도 했었다. 그러니 집 짓기라면 웬만한 관리 일은 다 했을 테고, 설계가 다 나온 우체국 시공 현장감독이야 익숙하지는 않더라도 충분히 할 만했을 거다. 그는 꼼꼼하고 정직한 총감독이었으리라. 동생은 엄마가 아버지를 그 건설회사의 간부로 취직시키는 조건으로 그 회사에 투자를 했다고 설명했다. 그런 사실을 전혀 몰랐던 나로서는 아버지의 당시 행보가 아주 낯설었다. 아버지가 공사 현장의 총감독으로, 더구나 지방에 장기 출장을 갔다니. 두고두고 나는 아버지의 그 시절을, 그가 그래도 가장으로서 책임을 감당하고자 노력했던 사례로 기억한다. 그 외에도 아마 그 가까운 시절, 그가 청계천에 당구장을 열기도 했다. 나는 방학인가 방과후인가에 당구장 일을 도와주러 가기도 했었다.

강원도 우체국 일은 아마 두번째 가출 후 집에 들어왔던 대학교 3학년 즈음인가보다. 엄마가 나더러 강원도에 있는 아버지에게 무언가를 가져다주라는 심부름을 시켰다. 강원도 혼자 여행이 좋아서 거절은 안 했다. 하지만 그 멀리까지 아버지를 만나러 간다는 사실 때문에, 그 여행이 흡족하지는 않았다. 아버지와 엄마 사이에는 모종의 의논이 있었을까? 내가 가져간 것은 마른반찬 몇 가지여서, 꼭 필요한 심부름은 아닌 느낌이었다. 오빠는 군복무중이었고, 다른 동생들은 어렸다.

1970년대 말 서울과 강원도 사이의 교통은 지금처럼 편하지도 빠르지도 않았다. 잠시간 방문만으로도 하룻밤을 자야 하는 길이었다. 특히 밤시간 딸의 외출을 아주 싫어하는 아버지이다보니 당일치기 길은 아버지도 나도 염두에 없었다. 그는 현장 사람 한 명이 운전하는 승용차를 타고 버스 터미널로 마중을 나와 있었다. 이미 날이 저물고 있었고, 우리는 근처 식당에 가서 밥을 먹었다. 그런 뒤 공사 현장으로 갔고, 그가 현장을 설명해주었다. 전에 없던 자신감과 부드러움이 그의 얼굴에 엿보였고, 낯설지만 나도 그 모습이 좋았다. 나도 그를 좋아했던 순간들이 있었구나. 그는 내게 자신이 일하는 현장을 보여주고 싶었을 거다. 현장감독의 숙소로 정해놓은 무슨 장莊에 그는 방 하나를 얻어 쓰고 있었다. 다른 노무자들은 공사장 인근에 따로 숙소를 썼다. 습관대로 새벽 4시 반경 잠을 깨서 주변을 둘러보았다. 국내여행이든 해외여행이든 낮 동안은 일행과의 일정을 그대로 따르되, 새벽 일찍 시작해 아침식사 약속 직전까지 혼자 나도는 산책이나 동네 구경이 내게는 오히려 진짜 여행의 맛이다. 강원도의 풍광은 서울내기에게는 언제나 휴식이다. 특히 그 시절의 강원도는 어디든 시골이라는 느낌이었다. 딸이었고, 딸 단속이 심했던 아버지 때문에 나는 그때까지 지방 여행을 거의 해본 적이 없었다. 그 덕에 대학 내내 서울 서부역에서 출발하는 새벽 교외선을 무지하게 맴맴 돌았다. 그런 내게 혼자 오고가는 강원도행 시외버스 여행은 그것만으로도 숨통이 트이는 일이었다.

다음날 아침 서둘러 그와 시외버스 터미널로 간 건 9시경이었다. 오전 10시에 출발하는 서울행 표를 끊고 인근 식당에서 아침을 먹었다. 식사하는 동안 무슨 이야기를 어떤 분위기로 했는지 전혀 기억에 없다. 딱히 좋지도 나쁘지도 않았다. 식사를 마치고 그가 "지금도 차멀미를 하지?"라고 물으며 캡슐로 된 멀미약을 까서 건네주고 물을 컵에 따라 내게 밀어주었다. "근처에 약국이 없어서 며칠 전에 미리 사놓았다"는 말도 했다.

그는 내 멀미를 기억하고 있었다. 초등학생 때까지 나는 신작로 옆을 걷기만 해도 멀미를 했었다. 단체로 대절하는 버스를 타고 조금만 멀리 소풍을 가도 토하곤 했다. 그와 어디를 갈 때도 멀지 않은 거리면 버스 대신 걷자고 했다. 신작로를 따라 걸을 때 그와 나는 손을 잡았을 거다, 초등학생 때니까. 중학교와 고등학교를 다니며 버스 타는 통학 시간이 점점 길어지면서 차멀미는 차차 없어졌다. 그걸 알 기회가 그에게 없었던 거다. 중학교 1학년 때부터 그와 나는 멀어졌다. 아니 내가 그에게서 멀어졌다는 말이 정확할 거다. 하지만 서울에서 강원도까지 하는 먼 여행이라면 차멀미에 대비를 해야 했다. 사실 나는 전날 먹고 남은 멀미약이 하나 있었다. 고맙다는 말도 못하고 겨우 웃음만 보이며 멀미약을 삼켰다. 인근 가게에서 그가 간식거리를 사서 가방에 넣어주었다. 차에 오르기 직전 내 손을 잡으며, 그제야 그는 정작 하고 싶은 말을 했다. 그가 나를 이곳까지 오게 한 용건일 터였다.

"엄마 걱정시키는 일은 이젠 하지 않았으면 좋겠다."

대학 들어가서 두번째인 내 가출에 대한 말이었다. 내 평생 그가 내게 그토록 부드럽고 간곡하게 말을 한 적이 있던가? 우리는 부드럽게 말할 기회를 서로 놓쳤다. 그의 마음은 모르겠고 나는 늘 그를 싫어했다. 그러니 최소한 내가 그에게 기회를 안 준 것은 명확하다.

그와 잠깐 눈을 마주쳐 서로 웃고, 몸을 돌려 버스에 올랐다. 자리로 가는 동안 그가 서 있는 반대편으로 얼굴을 돌려 손바닥으로 눈물을 훔쳤다. 나는 자리에 앉았고, 그는 바깥에 서 있었다. 그가 웃으며 손짓으로 빠이빠이를 했고 나도 따라 했다. 그는 버스에서 15미터 정도 떨어진 거리로 가서 섰다. 그 시간의 어색함은 아마 나만의 것일 거다. 어색함을 느끼기엔 그는 마음을 더 보이고 싶었을 거다. 나는 어색함을 면하고자 가방에서 책을 꺼냈다. 그 시절 실존주의류의 책들을 읽었다. 부모에 대한 배반은 실존의 시작이다. 책을 향하던 눈길을 그에게 주었을 때 그가 산을 보고 있어 다행이었다. 버스가 움직여 다시 그를 바라보았고, 내 눈길을 기다리던 그는 웃으며 빠이빠이를 했다. 그날 돌아오는 차 안에서 멀미는 없었고, 머리가 아프도록 울었다. 그다음해, 나는 그를 결정적으로 배반했다. 그리고 아버지를 미워한 힘으로 내 길을 만들어나갔다.

2015년 부산 가족여행에서 그가 증손녀에게 빠이빠이를 가르치는 모습을 보며, 37년 전 1978년 어느 날 강원도 시외버스 터미널에서 그가 내게 한 빠이빠이가 떠올랐다. 그가 여든과 아흔을 살고 내가 쉰과 예순을 사는 동안, 그를 방문하고 헤어질 때마다 그는 내가 시야에서 사라질 때까지 내 등을 바라봤다. 그러니 나도 여러 번 그를 돌아보며 어서 들어가시라는 손짓을 하게 됐고, 그럴 때마다 그는 빠이빠이를 했다. 그러다가 2022년 9월 어느 날, 그는 빠이빠이를 해주지도 받지도 않고, 문득 홀로 죽음으로 들어갔다.

아버지 사망.

2022년 9월 5일 오전 8시 30분경 아버지 사망이 확인되었다. 사망진단서를 쓴 의사는 사후경직이 상당히 진행된 것으로 보아 4일 밤 잠자는 중 사망했을 가능성이 크다고 했다. 실버타운 직원들은 아침에 식당으로 식사하러 오지 않은 아버지에게 방 전화로 연락을 했고, 전화를 받지 않자

아버지 방을 찾아갔다. 아버지는 침대에 누운 채 사망해 있었다.

딸네 가족의 해외 출장에 잠깐 동행한 바로 아래 여동생이 오전 8시 45분경 내게 전화해서 알렸다. 갑작스러운 죽음이어서 순간 놀랐고, 94세의 사망이니 각별히 슬픈 감정은 없었다. 모든 남매들과 2년 넘게 단절중이어서, 실버타운에서 연락받은 막내 남동생이 내게 직접 연락하지 않고 외국에 있던 누나를 통해 연락한 거다. 그 연락 후 나는 남동생에게 연락했고, 그들의 단체 카톡방에 다시 초대되었고, 이후 화장과 납골을 마치는 날까지 남매들과 장례에 동행했고, 납골을 끝으로 다시 단절로 돌아갔다. 2년여 전 단절을 결심했을 때, 남매들과 관계는 단절하되 아버지 관련 방문이나 죽음 자리까지는 내 몫을 하겠다고 했고, 납골 후 다음날 아침 단체 카톡방에 다시 단절을 공지하고 방을 나왔다.

2018년 11월 엄마의 죽음은 내게, 나를 낳은 여성 '신체'와의 작별이었다. 신체 이외의 다른 면에서, 그녀는 내 안에서 거듭 새롭게 돌아온다. 2022년 9월 아버지의 죽음 역시 내게는 그와의 신체적 작별이며, 엄마의 죽음처럼 차차 그가 내게 새로운 해석으로 거듭 돌아오려니 기대한다. 그런데 엄마의 경우와 달리 아버지의 사망을 통과하면서 든 생각 하나는, 죽음이 내게 한결 가까워지는 느낌이라는 거다. 부모가 다 갔으니, 이제 내 차례여도 된다는 생각이랄까. 시간에 대한 이야기라기보다 마음이 우선 그렇다. 그가 사망하자 바로 들었던 생각은 '이제 나도 죽어도 되겠구나'였다. 그가 초고령의 시기를 사는 동안 내가 그에게 해줄 최선은, 그보다 먼저 죽지는 않는 것이라는 생각을 해왔다. 특히 그와 나의 생애 동안의 상호 갈등과 관계 회복을 떠올리며, 내 쪽 마음이 그랬다. 피차의 아픔과 성찰을 거쳐 회복도 해명도 좀 이루어진 마당에, 자식이 먼저 죽는 것을 통해 초고령 노인의 뒤통수를 또 때리는 일은 하고 싶지 않았다.

한편 내게 긍肯과 부不의 체질을 고스란히 물려준 그가 94세를 사는 걸 보며, 마음 한편에 생의 지루함을 떠올리곤 했다. 사실 66세를 통과하고 있던 나 역시, 삶이 지루하다는 생각을 가끔 했다. 하물며 94세를 사는 아버지를 보고 있자니, 나도 저렇게 오래 살면 어쩌나, 나는 저 나이 훨씬 전에 죽음이 왔으면 좋겠다, 아니면 죽음을 집어들 계기가 오면 냉철하게 판단하고 결행해야겠다 등의 생각을 해왔다. 세대 전반으로 일반화해서 보자면, 1929년 농촌 봉건

사회에서 태어나 나름의 우여곡절이 있는 생애와 한 시대를 살다가 IT니 AI니 하는 괴상한 세상 속 한 귀퉁이에서, 더구나 코로나19라는 봉쇄의 시기를 겪으며 생의 끄트머리를 보낸 노인이었다. 그가 어떻게 느꼈는지는 정확히 모를 일이지만 보는 내 느낌으로는 '지루하겠다……' 싶었다.

사망 소식을 듣고 잠시 마음을 추스른 후 든 생각은 '복도 많으시네'였고, 체질을 닮았으니 내 죽음 과정도 그를 닮았으면 좋겠다는 욕심이 났다. 그는 엄마와 달리 죽음 근처의 쇠락과 장면과 감정 들을 싹둑 잘라내고 훅 죽음으로 넘어갔다. 엄마의 경우처럼 밀착한 기록•이 나오지는 않겠지만, 그의 생애, 그와 나 사이 등에 대해서는 두고두고 재해석하며 내 안과 세상 속에서 그를 살아 있게 할 생각이다.

• 2019년, 엄마의 죽음 과정을 세세히 관찰해 써내려간 기록을 『작별 일기』(후마니타스)라는 책으로 출간했다.

양반집 규수의 산업사회 분투기

1972년 8월 3일 박정희는 '8·3 사채 동결 조치'(정식 명칭은 '경제의 안정과 성장에 관한 긴급명령')를 선포했다. 이는 자본주의 자유기업경제에서는 상상하기도 어려운 전무후무한 조치였지만, 동네 골목과 시장 바닥의 수많은 돈놀이에는 거의 영향을 미치지 못했다. 긴급조치의 골자는 '기업과 사채권자의 모든 채권·채무 관계는 1972년 8월 3일자로 무효화되고 새로운 계약으로 대체된다'는 것이었다. '채무자는 신고한 사채를 3년 거치, 5년 분할상환 조건으로 상환하되 이자율은 월 1.35퍼센트로 하라'는 강제 명령이다. 신문이나 뉴스에 긴급조치에 따른 우호적 사례들이 홍보 차원에서 나오기는 했지만, 우리 동네에서 채무자가 신고를 했다는 사례는 들어보지 못했다. 긴급조치에 대한 정권의 목적이 사채시장 큰손들에게 묶여 있는 기업들의 편을 들어주자는 것이었으니, 동네 시장과 골목에서 오고가는 돈놀이에는 관심도 없었고 별 영향도 없었다. 물론 돈 빌려준 사람들은 마음을 졸이며 말조심을 하는 눈치였고, 돈 빌린 사람들의 눈빛과 말본새 또한 영판 달라졌다는 말들이 돌긴 했다. 하지만 만일 신고까지 간다면, 그 사람은 아예 동네에서 먹고살기 힘들어질 거라고 서로들 쑥덕거렸다. 엄마도 채권자들에게 많은 전화를 받았고, 엄마 역시 많은 채무자들에게 전화를 하며 심중을 떠보는 눈치였다. "그럴 사람은 아니지" "그러다간 천벌을 받지" "내 걱정은 마세요" "내가 누구 덕에 사는데" "만에 하나" 등의 말들이 술렁거렸고, 나름대로의 선물들과 '날짜 미뤄주기'가 오고가기는 했다. 열흘 남짓 엄마의 전화와 외출이 더 잦아지기는 했지만, 빌린 사람으로서든 빌려준 사람으로서든 엄마에게 별일은 없었다.

1972년이면 내가 중학교 3학년 때고, 우리 가족은 상도동 강남여중(현 강현중) 정문 근처에서 잡화 가게를 하던 때다. 집 장사를 하느라 지은 많은 집 중 하나였고, 가게가 딸린 삼층집이었다. 내가 고등학교 입학시험을 앞두고 있어, 돈 심부름에서 좀 벗어나 있던 시기다. 그 긴급조치는, 실제 내용과 달리 내게는 빚 탕감이라는 의미로 다가왔다. 그래서 나는 성경에 나오는 '희년'을 떠올렸다. 50년마다 모든 채무자의 빚을 완전히 탕감해준다는 고대 이스라엘의 희년. 당시 여호와의증인을 열심히 다니던 엄마가 그 희년을 모를 리 없건만, 희년을 이해하는 엄마의 뇌와 긴급조치를 이해하는 엄마의 뇌는 완전히 분리된 채 결코 연결되지 않았다. 그것은 내가 어른들의 이중성을 몰래 비웃었던 숱한 기억들 중 열여섯 살의 또렷한 한 토막이다.

여든 넘어서도 엄마는 당신의 삼사십대 시절 자신에게 2부 돈을 자주 빌려준 사람 하나를 왕왕 거론하곤 했다. 바로 여호와의증인 왕국회관을 함께 다니던 '교수 부인'이다. 엄마가 다니던 왕국회관에서 상당히 책임 있는 위치에 있던 한 남자가 교수—나는 당시도 지금도 정확히 모르는 데—였는지 엄마는 그의 아내를 '교수 부인'이라고 호칭하며 묻지도 않은 이야기와 감사함을 여러 번 언급했다. 엄마 말대로라면 "지독하고", 모두가 인정하듯 영리하고 현실적이고 타산적이었던 엄마가, 현 세상을 사후 세계를 위한 징검다리 정도로 여기는 여호와의증인이었다는 것이 나는 두고두고 이해가 되지 않았다. 그 교수 부인 이야기를 들으며, 나는 당시 엄마의 신앙생활 한 귀퉁이가 짐작이 갔다. 엄마에게 왕국회관은 2부 돈을 빌려주는 교수 부인에게 자신의 신용을 확인시켜주는 공동체였으리라. 그러니 엄마의 뇌 속에 구분되어 있던 '희년'과 '빚 탕감'의 괴리 정도야, 신앙이라는 단어를 끌어붙여 각자의 욕망을 쫓아다니는 사람들의 흔해빠진 모순이라 할 수 있겠다.

엄마는 대체로 2부로 얻은 돈을 3부나 4부에 놓고, 그 차익을 챙기는 돈놀이를 했다. 엄마가 2부로 돈을 얻을 수 있었다는 건, 그만큼 신용이 좋았다는 이야기다. 물론 엄마는 담보도 충분했다. 남의 돈이 얼마가 들어 있든지 간에, 엄마에게는 늘 몇 채의 집과 부지가 있었다. 당시 돈놀이 바닥의 신용이나 담보는 요새같이 법적이고 공식적인 수치로 증명되는 것이 아니었다. 평소의 행동거지와 사는 형편, 남들의 평판과 집안 됨됨이 등으로 감을 잡았다. 엄마는 여러 면에서 유리했다. 엄마가 늘 투덜거렸듯 "식구들한테는 무책임하지만 바깥에서는 법 없이도 살 양반" 소리를 듣는 아버지는, 사실 엄마의 대외적 신용을 높여주는 핵심 요소였다. 게다가 어디 내놔도 빠지지 않는 다섯 자식들 역시 엄마의 신용에 덕이면 덕이지 흠이 되지는 않았을 거다. 봉건 신분사회를 막 빠져나와 온갖 정치사회적 격변을 거쳐 산업사회가 마구잡이로 성장하기 시작하던 1970년대 초반의 서울이지만, 너나없이 '신분'의 끄트머리를 놓치지 않거나 속여서라도 끌어 잡으려던 시기였다. 시댁과 친정의 양반들에게 싫은 소리를 들으며, 그럼에도 양반을 벗어던지고 맹렬한 돈벌이에 나선 엄마지만, 남들에게 '양반답다'는 소리를 듣는 것은 엄마의 돈놀이에서 더없이 중요한 전략이었다.

장남이자 자신이 키워낸 가부장이 마침내 교수가 되자 엄마는 큰 손해를 감수하면서도 돈놀이를 딱 끊고 주식 투자로 전환하면서 다시 양반으로 복귀했다. 젊어서 '교수 부인'은 못 됐지만 늙어서 '교수 어머니'는 마침내 된 것이다. 평생 돈 한푼 안 벌어온 허울뿐인 양반이어서 너무 미웠던 가부장 서방과도 더 늙어 실버타운에 들어가서는 늙은 잉꼬부부 한 쌍으로 다행스러운 4~5년을 지냈다. 그러다가 닥친 인지저하 증상으로 돈과 서방과 장남에 대한 얼토당토않은 왜곡과 악다구니로 자신과 서방과 자식들을 잠깐씩 불행 속으로 끌고 들어가 당신 평생의 족쇄와 궁지가 무엇이었는지를 날것으로 드러내며 구술생애사 작가인 내게 각별한 공부거리를 제공하더니, 그 기운도 다 빠져 마침

내 죽음에 도착했다.

'돈놀이'라는 말에는 여러 뉘앙스가 들어 있다. 우선 돈을 가지고 짭짤한 재미를 본다는 의미가 있다. 그런데 '재미'니 '놀이'니가 암시하는 바는, 소위 고리대금에 해당하는 큰 이익이나 해결사류의 폭력, 사채업자류의 큰 규모와는 거리가 멀다는 뜻이기도 하다. 이는 '고리대금업자=나쁜 부자'로 보던 사람들의 시선과 취급과 질시와 그로 인한 위험 등을 피하고자 하는, 돈을 놓는 사람 입장에서는 면피용 단어였다. 돈을 얻어 쓰는 사람 입장에서도 '돈'과 '놀다'라는 상스러운 느낌의 두 단어를 통해, 돈을 굴려 돈을 버는 사람에 대한 질시와 고까움을 슬쩍 얹을 수 있었다.

'집 장사'라는 표현 역시 그렇다. 1970년대의 서울은 개발과 도시 확장 붐으로 부동산값이 천정부지로 치솟았다. 자고 일어나면 강남 지역을 중심으로 벼락부자와 깡통 차는 사람들이 숱하게 새로 뒤집어지곤 하던, 재력과 신분의 혼란의 장이었다. 엄마는 그 벼락부자들과 자신을 단호하게 구분했고, 그 구분의 언어는 다름 아닌 '양반'이었다. 투기는 '쌍놈'들이나 하는 짓거리라고 하면서, 집 장사를 하는 자신을 강남의 '쌍놈 벼락부자'들과 냉큼 구분했다. 지금도 내내 궁금한 것은, 당시 엄마를 상도동과 대방동 등의 집 장사로만 묶어놓고, 잠실과 강남 등의 투기까지는 끌고 가지 않은 실제 요인이 무엇일까 하는 거다. 내 보기에는 돈이 적었던가 겁이 났던가 둘 중 하나다. 살아오면서 몇 번을 물어도 엄마의 답은 언제나 하나, '양반'이었다. 사실 이와 같은 반응은 엄마뿐 아니라, 봉건사회 '양반'의 물을 먹고 자라다가 산업사회 대도시에서 팔을 걷어붙이고 먹고살기와 자식 기르기에 투신했던 '물려받은 거 없는 양반들'의 혼돈하는 정체성을 고스란히 보여주는 사례일 게다. 그녀가 가고 없는 2018년 11월 이후의 세상은 갈수록 속 보이는 양반 타령조차 온데간데없이 날것 그대로의 돈 타령들만 난무하고, 그 각자도생의 세상에서 밀려난 발가벗겨진 빈곤한 존재들이 무작무작 늘어나는, 돈이 양반인 천박한 세상으로 달음질치고 있다.

젊은 시절 엄마는 '너그들이 나를 무시한다'는 자격지심을 갖고 있었다. 양반입네 하는 부잣집 막내딸로 귀하게 자라다 최씨네 양반집으로 시집와 전북 남원과 전주에서 스물다섯까지 사는 동안은 적당히 '양반답게' 살았다. 둘째인 내가 두 돌이 되기 전인 1959년 산업사회가 막 시작된 서울의 끄트머리 돈암동 산동네로 이주한 후, 1960년 4·19와 1961년 5·16에 발목 잡혀 공무원 자리에서 밀려나 돈을 안 벌기 시작한 남편을 대신해, 엄마는 자식 다섯을 키우며 당시 여자들이 할 수 있는 온갖 틈새 돈벌이를 해야 했다. (아버지의 정치 성향은 4·19를 지지하는 축 어디 즈음 속했다. 그럼에도 개인사와 현대사의 뒤엉킴 속에서 4·19로 인해 서른둘에 직장에서 뽑혀내졌다. 이후 제대로 된 직장 어디에도 다시 뿌리내리지 못한 것을 보면, 4·19로 인한 퇴출은 그로서는 억울했을 생의 불운이다. 남원과 전주에서 중고등학교 국어 교사를 하던 그에게, 산업사회 태동기에 수도 서울로의 이주는 원치 않는 일이었다. 상경의 계기는 아내의 욕망과 '서울로, 서울로'라는 당시의 대세였고, 이를 거부하지 못한 미끼는 자유당 국회의원이던 손위 처남이 만들어준 농림부 자리였다. 줄로 얻은 자리이기는 하지만 그의 실력이나 성실성으로 볼 때 그 자리를 감당하기엔 충분했다. 그는 삼십대 초반에 아내와 자식 둘을 위해 자신의 터전인 고향 근처 국어 교사 자리를 떠나 상경했다가, 생애 내내 자신의 자리를 만들지 못했다.)

'양반'으로서의 인적·물적 자원이 약간의 도움은 되었지만, 실은 "닥치는 대로 미친년처럼" 뭐든지 하며 살아야 했던 거다. 그런 자신에 대해 여전히 '양반집 여인네'를 정체성 중 하나로 여기는 열정적인 여성은 분열적일 수밖에 없었다. 엄마는 최씨네나 안씨네 사람들은 물론 남편과 자식들 모두가, 돈놀이에 미제 물건 장사에 집 장사를 하는 자기를 양반답지 않은 여자로 본다고 생각했다. 그게 엄마의 속마음이었고, 그러다보니 '양반'과 '산업사회 속 돈벌이' 사이에서 분열하는 정체성과 심리가 뒤엉켰다. 해결도 해석도 되지 않은 한창 시절의 딜레마는 그녀 속에 깊이 남아, 사망 1~2년 전 인지저하 과정에서 또 한바탕 열렬하고 아프게 폭발했다. 어떤 남편을 만났든 엄마는 소위 '살림만 하는 여자'는 될 수 없는 열정적인 여성이었는데, "남편이 벌어다주는 돈으로 살림만 하는 여자가 젤로 부럽다"는 넋두리를 자주 했다.

딸인 내가 보기에 그녀의 열렬한 돈벌이는 '하지 않을 수 없어서'가 아닌 능동적 선택이었고, 성취이자 자긍이었다. "닥치는 대로"만도 아니어서 나름의 기준들이 있었다. 강남 부동산 투기는 '투기'여서 안했고, 대방동과 상도동 집 장사는 '투자'여서 했단다. 물장사는 꿈에도 생각해본 적이 없단다. 하지만 돈벌이 자체나 돈벌이 방법들에 대해서 '양반답지 못한 여자'라는 자기 감시와 자기 멸시가 늘 존재했고, 그 자기 멸시는 타인의 시선과 맞물려 있었다. 그 타인 속에는 자신이 번 돈 덕을 보는 남편과 자식들도 당연히 포함되었다. 그들을 위해 아등바등 벌었는데, 그들이 악착 같은 자신을 싫어한다는 거였다. 자식들 앞에서 자신이 홀로 얼마나 고생하는지 강조하는 것을 넘어, 특히 딸들에게는 꼭 필요한 지출도 일단 거절부터 하면서 남편에 대한 불평과 당신의 고생에 대한 원망을 날것으로 드러냈다.

엄마는 실버타운 입주 2년 전인 2010년, 일흔여덟까지 주식 투자를 했다. 그렇게 모은 돈 일부로 당신과 서방의 실버타운 보증금 약 2억을 댔고, 둘의 생활비 월 400만원을 아들 둘과 분담했다. 자신의 돈으로 2003년 가족 납골묘를 구입해두었고, 2018년 11월 그녀가 가장 먼저 들어갔다. 사망 후 남은 그녀 돈으로 2022년 9월 서방의 사망까지 그의 실버타운 생활비 월 200여 만원을 마저 댔고, 남은 식구들 모임의 식사 등 공동 비용도 댔다. 그들의 회계에서 상당히 벗어나 있는 나로서는 정확히 모를 일이지만, 아마 한창 시절 엄마가 벌어놓은 돈은 부부의 노년 동안 실버산업에 고스란히 바쳐졌으리라.

관혼상제

—사람 노릇 하기의 고역

현재를 예상하거나 기획하고 한 선택은 아니지만, 지나 놓고 보니 일관성이 보이는 일들이 있다. 결혼식에 관한 내 경험들이 그렇다. 이혼으로 끝난 한 번의 결혼을 했고, 두 아들을 낳아 그들도 모두 결혼했는데, 세 번의 결혼식에 모두 불참했다.

가난과 원가족의 반대로 내 결혼식은 치르지 않고 지나갔고, 내심으론 그런 세리머니 따위를 하지 않아서 편했다. 그러고 보니 나는 의례에 대한 문제의식을 갖기 전부터 의례를 싫어했다. 1964년에 초등학교에 입학해 1980년에 대학을 졸업한, 다시 말해 학창시절을 온통 박정희 치하에서 보낸 사람으로서, 온갖 의례들에 동원당해왔다. 그러니 인식을 통해 입장을 정하기 이전에 이미 동원당함과 싫어함 사이에 상당한 감성적 상관이 있었겠구나.

내 이혼 직후 치러진 큰아들의 결혼식엔 그 가족들과 나 사이의 감정적 갈등으로 고민 끝에 불참을 결정했다. 결정 전후로 많이 울기도 했다. 작은아들의 결혼식 때는 나는 이미 혼인 제도 반대의 입장이 분명했음에도, 가게 된다면 가는 타협은 할 생각이었다. 다만 재혼한 전남편 가족들과의 감정 갈등에 휘말리고 싶지 않았는데, 마침 전남편과 재혼한 여성이 그 결혼식 참석을 강력하게 원한 덕에 내 불참 결정의 좋은 핑계가 되어주었다. 출산 경험이 없고 재혼인 남성과의 결혼이 초혼인 여성으로서, 그 결혼식 참석은 그녀에게 가족 안에서 자신의 입지를 다지는 중요한 기회였을 테고, 나로서도 충분히 이해가 되었다. 그 덕에 나는 양보라는 외피까지 쓰며 내 소신을 견지할 수 있었다. 물론 내 불참이 작은아들 부부와 나 사이에 어떤 문제도 되지 않았다. 아쉬움과는 별도로 내 불참 통보가 사실은 그들의 고민거리를 간단하게 해결해주기도 했다. 내심으로는 아들네의 고민을 해결해주었다는 느낌보다, 결혼식이라는 데를 안 가도 된다는 안도가 훨씬 컸다. 여러 상황도 상황이지만, 무엇보다 세리머니 참여에 대한 불편함을 피하고 결혼 제도 자체에 대한 반대 입장을 고수할 수 있어 안도했다.

해외 몇몇 나라들에서 이루어지고 있는 동성혼 합법화는 상당한 개선이지만, 개인적으로건 정치적으로건 나는 모든 결혼 제도에 반대한다. 결혼은 사회 구성원들의 재산과 자원을 대물림하게 하는 가장 보편적이고 막강한 제도이자 관습이며, 따라서 사회의 빈부격차를 유지·강화한다. 그러니 부자들이야 자신들의 이익을 위해서라도 제도에 복속하고 활용할 일이지만, 가난한 사람들에게는 물려줄 재산과 자원은 고사하고 빈곤과 그로 인한 갈등, 상처를 대물림하게 한다. 물론 가족 간 친밀감과 돌봄이 사람과 관계에 주는 긍정적 요소들이 많지만, 그 친밀한 관계라는 게 여차하면 평생 동안의 징그러운 굴레가 되어버리곤 한다. 돈 중심의 산업사회와 신자유주의사회에서 빈자들의 결혼은 국가와 기업에 납세자와 근로자와 소비자를 재생산해주고, 생활(생계)에 손발 묶인 노예의 삶을 물려받게 하는 제도에 가깝다. 가난한 사람들 속에서 함께 살며 관찰한 바로는, 그들의 혼인과 출산 욕망은 자신들의 빈궁함과 달리 자식들만은 성공한 삶을 살게 하겠다는 허망한 기대심리의 측면이 컸다.

하지만 나도 일관성에서 벗어난 경우가 있었다. 남의 결혼식에 몇 번 갔고, 심지어 결혼식 사회나 주례까지 맡은 적도 있다. 인간관계의 불가피함 때문에 참석한 적도 있고, 사회나 주례사의 경우 남성 일색의 판에 여성 사회자, 여성 주례사가 가지는 의미가 있어 수락하기도 했다. 하지만 지나놓고 보니 하지 않는 편이 더 나았다는 생각이다. 당시로서는 '결혼 제도에 대한 근본적 반대'라는 입장을 아직 명확히 세우지 않기도 했고, 어떤 자리는 타인들을 불편하게 하기 귀찮아서, 말하자면 싸우기 귀찮아서 타협한 경우도 있다. 심지어 조카 결혼식에는 조카네가 보내온 예단으로, 정확하게는 예단 비용이라며 보내온 돈으로 나 포함 여러 여자들이 고급 한복을 맞춰 입고 결혼식에 참석하기도 했다. 그 한복은 그 결혼식에 한 번 입고 더는 안 입었다. 그다음 다른 조카 결혼식 때 또다른 한복이 왔는데, 그 한복 역시 그때 한 번만 입고 동생네 집에 그대로 보관되어 있다. 도무지 동의할 수 없는 낭비와 겉치레를 거부하지 못한 것은, 아직 깰 각오를 하지 않았던 혈족관계 속에서 있을 자리에 '그저 있어주기만 하자'는 타협 때문이었다. 이제 그 혈족관계에서 벗어남을 명확히 했으니, 누구의 결혼식에도 갈 일이 없고, 그런 겉치레를 당하고 있을 일도 없다.

게다가 결혼식을 포함한 모든 종류의 의례 속 복장과 색깔과 소리와 표정과 말마디 들에는 억압과 속임수가 들어 있음을 모르지 않는다.

내 경우 다행이라면 나이가 들어갈수록 족族과 의례에서 점점 더 자유로워졌다는 점이다. 자유로워졌다기보다 작심하고 자유로워지기를 선택했다. 혹은 자유 쪽으로 나아갔다. 그 작심과 자유를 위해서는 타인들의 비난과 몰이해를 각오해야 하고, 가까운 사람들과도 피차간에 상처를 주고받음을 감수해야 한다.

엄마의 죽음 이후 원가족과 1차 단절하면서, 아버지의 죽음까지는 그를 방문하고 장례에 참여하겠다고 했다. 부모는 신체적으로든 정신적으로든 내 존재의 시작이라는 생각에서였다. 아버지의 죽음으로 원가족과의 모든 관계를 끝냈다. 사회적 지위와 가치관 면에서 전혀 다른 사람들과 함께하는 것이 내게는 고역이었다. 그들과 함께할 때 내 위치와 가치관을 드러내지 않아야 했고, 드러낼 때마다 갈등이 불거졌다. 하여 그 고역을 계속 감당할 이유가 없다는 결론을 내렸다. 혈과 단절하는 일은, 심리적으로 한동안 피를 흘리는 일임을 매번 통감한다.

육십 중반을 넘기면서 또래 사람들의 죽음 소식을 많이

듣는다. 오랜 투병 끝에 죽음에 도착한 경우도 있고, 불현듯 죽음으로 넘어간 경우도 여럿이다. 하긴 더 살아볼수록 또래의 부고가 점점 잦아지는 건 당연하다. 그러다가 어느 때부터 소식이 뜸해진다. 구십 중반까지 비교적 건강하게 살다 간 아버지는, 오래 산다는 것은 보고 싶은 사람도 가야 할 장례도 점점 없어지는 거라고 했다. 예순 중반의 죽음이면 요즘으로는 이르다 싶지만 너무 아까워할 것도 아니다 싶고, 한편 오히려 부러워할 일 같기도 하다. 지인의 죽음 소식을 들을 때마다, 내 근처 어디에 있을 죽음과 만날 때까지 사람의 몫을 잘하자는 생각만 한다.

죽음에 관해 가장 희한한 점은, 죽음으로써 모든 것과 무관해진다는 것이다. 죽은 자는 산 자들의 왈가왈부와 의례는 물론 자신이 붙들거나 붙들렸던 문제와 숙제들에서 완전히 벗어난다. 끝에 이르러 얻는 온전한 자유. 살아서는 누구도 누릴 수 없는 자유를 죽으면 모두 누린다는 것이, 죽음에 담긴 불가해한 희망이다. 그러니 장례란 산 자들의 일이라는 생각에, 죽은 자에 관한 마음 때문에라면 참례할 필요를 도무지 느끼지 않는다. 사회적으로 이름을 얻은 사람들의 죽음에 장례 불참은 물론 '명복을 빈다'는 유의 댓글조차 달지 않는 게 내 소신이다. 죽음 이후에 어떤 복도 고통도 없다는 이유에서다. 흔하고 다양한 애도의 의례 역시 개인적으론 관심이 없다. 고인 생애의 긍과 부를 개인적이고 사회적으로 잘 분석하고 정리하는 것이 진정한 애도라고 생각한다. 시간이 되면 무연고 사망자들의 공영장례에는 참석하는 편인데, 혈이니 애증이니 의무니 하는 것과 무관하게 오로지 고인의 마지막을 함께하려는 마음으로 모인 사람들이 만드는 '단출한' 의례가 좋아서다. 내 죽음은 공영장례로 간소하게 하기를 바라며, 이를 위해 직계비속인 아들에게 시신 인도 포기를 약속받아놓았다. 장례의식과 상관없이 나를 잘 아는 사람들이 내 생애의 긍과 부를 충분히 난도질해 각자의 것들을 추려내기를 바란다. 사망 후 무력한 시체를 거쳐 뼛가루가 되어서라도 나를 족으로 퇴행시키는 일은 하지 말기를, 글과 말로 떠들며 미리 준비도 하고 있다. 내 죽음을 놓고 혹 뭐라도 해야 한다면, 나를 잘 이해하는 가난한 친구들이 주선하고 원하는 족이 참례하는 단출한 공영장례를 해달라. 비용은 나라가 대고, 뼛가루는 따로 담아 보관하지 말고 허공에 뿌려달라. 죽음 자리에 온 사람들에게 따스한 밥 한끼는 내가 쏘겠다.

엄마의 인지저하증

2008년부터 8년 동안 노인 돌봄 현장에서 요양보호사와 사회복지사로 일하면서 다양한 유형의 인지저하 노인들을 만나왔다. 또한 2015년, 엄마가 여든셋을 기점으로 인지기능 저하를 보이기 시작하면서, 한 여성 노인이 노쇠와 인지저하를 거쳐 죽음에 도착하는 3년의 삶과 돌봄에 관한 관찰 기록을 『작별 일기』로 출간하기도 했다. 그 외에도 나이와 상관없이 뇌기능장애로 인지능력이 낮아진 사람들과 일상을 나누거나 글쓰기 모임을 해왔다. 그 과정에서 늘 내 쪽 고민은 그들을 좀더 이해하고 잘 소통하는 것이었다. 인지기능 저하와 뇌기능장애가 비당사자인 내가 보기에 무언가를 점점 못하게(혹은 잘하게) 되는 과정이라면, 지금 하는 말과 행동과 드러난 표정과 감정의 내용 및 변화의 구체성을 실마리로 그들의 인지와 감정의 경로 속으로 들어가, 그들이 지금 하고 싶은 것과 할 수 있는 것을 알아내 함께 즐겁게 지내려고 했다.

엄마가 가신 지 4년이 넘었다. 거리 두기를 통한 관찰과 기록이 사망까지의 내 애도였다면, 사망 후의 애도는 그녀를 돌보는 과정에서 무엇이 부족했고 오류였는지, 무엇을 더 깨달을 수 있는지를 되돌아보는 일이다. 후회하는 것이 아니라, 장차 만날 노인들이나 노인을 돌보는 사람들, 그리고 차차 더 노쇠해져갈 나를 위해 잘 정리할 필요성을 느꼈다. 엄마는 인지저하증 진단을 받기 수년 전부터 자기 안의 세상과 바깥을 얕게 또는 깊게 혼돈하며 들락거리기 시작했고, 그로 인해 차차 무언가를 못하게 되었다. 기억을 못하거나 왜곡했고, 자의든 타의든 가족들의 이야기 자리에서 소외되었으며, 화장하기와 옷 갈아입기가 혼란스러워지고 배변 관리 능력까지 저하되면서 좋아하던 여행과 외출을 한사코 거부했고, 날짜와 길 찾기에 대한 질문을 싫어했고, 나중에는 씹기와 삼키기 능력도 없어졌다. 초기에 보인 모습은 나름의 전략이었을까? 처음에는 예쁘게 나중에는 밉게 애와 증을 한껏 실어 날것으로 드러냈고, 더 나중에는 자기 안팎을 들락거릴 인지력과 기운마저 사라져 바깥과 불통했고, 그러다가도 아주 드물게 말과 소리와 접촉에 옅은 미소를 보였다. 감은 눈의 꼬리로 흘러나온 눈물은 무엇이었을까.

2010년경 엄마와 구술생애사 작업•을 했던 나로선 엄마가 드러내는 어떤 증상, 특히 '미운 인지저하' 과정에서 날것으로 드러낸 억지와 집착과 분노가, 외람되지만 흥미로운 공부거리이기도 했다. 생애 동안의 욕망과 보람과 좌절이 인지저하를 계기로 쨍쨍하게 드러났고, 그 덕에 맨정신으로는 딸에게조차(혹은 딸이어서 더욱) 말하지 못한 엄마의 내면을 좀더 이해하고 돌볼 수 있었다. 물론 충분하지 못했다. 엄마는 인지력은 저하되었어도 언어능력은 상당히 좋았다. "내가 아주 놈팽이가 된 거 같아" "(방안 살림살이나 장롱과 서랍의 옷들에 대해) 얘네들이 자꾸 숨어. 모두들 짜고 나를 놀리는 거 같아" "여기가 어디야? 왜 내가 여기 있어? 빨리 집에 가자!" "너는 왜 내 말을 안 믿고 나를 무시해!"…… 당시에는 내 쪽에서 짜증내지 않는 것을 최선으

• 『천당허고 지옥이 그만큼 칭하가 날라나?』, 이매진, 2013.

로 삼고 대강 반응하고 넘어갔던 엄마의 말과 표정들이, 두고두고 숙제로 남아 있다.

뇌손상으로 인한 신체능력의 저하, 배변 관리 능력의 저하와 상실, 운동 기피와 운동능력의 저하와 상실, 씹기(저작)와 삼키기(연하) 능력의 저하와 상실 등에 대해서는 대체로 오는 대로 겪는 수밖에 없었다. 뇌의 어느 부분이 먼저 망가지느냐에 따라 다르지만, 엄마의 경우 씹기와 삼키기 능력이 현저히 떨어지기 시작한 것은 사망 3개월 전부터다. 양볼에 오래 남아 있던 씹다 만 음식들. 차차 잘게 썰어서 드렸고, 갈아서 드렸고, 묽은 영양식을 아주 조금씩 입으로 흘려넣었다. 사레가 자주 걸렸고 식사량도 극히 적어졌다. 사망 1개월 전부터는 유동식을 삼키는 것도 거의 불가능했다. 이 시기부터 비위관 삽입(코와 위를 관으로 연결해 영양식을 주입하는 방법)을 통해 위에 유동식을 넣을 수 있었는데, 엄마의 경우 비위관 삽입을 하지 않는 것이 연명의료 거부의 실질적 첫 단계였다. 사망 15일 전이었다. 그 단계에서 연명의료 거부를 선택한 이유는, 인지와 감각과 다른 신체능력들이 거의 없어진 상황에서 사망을 더 늦추지 않는 것이 옳다는 생각이 들어서였다. 한동안 링거를 통해 영양수액를 넣었고, 주삿바늘 꽂는 것이 힘들어지면서 "이제 그만 보내주자"고 아버지가 먼저 말했다. 엄마는 의식이 없었고, 자식들은 이미 수개월 전 두 분 없는 자리에서 엄마의 연명의료 거부를 결정했지만 차마 말을 꺼내지 못하는 중이었다.

엄마는 사망 3년 전부터 걷기 운동을 싫어했고, 자식들이 지팡이나 보행보조기를 사용할 것을 다양한 방법으로 권했지만 끝까지 거부했다. 이 거부는 남들의 시선을 의식하는 심리적 요인이 발동한 것으로 자존감과 자존심의 문제였다. 지팡이나 보행보조기를 사용할 정도로 무능력한 사람으로 남들에게 보이기 싫은 것이다. 그러다보니 걷는 것이 더 힘들어지고, 그래서 더 싫어하게 되고, 결국 걷기 능력이 더 빠르게 악화된다. 정상성과 타인의 시선에 갇힌 측면이 있지만, 노인 자신의 자존감과 욕망의 발로라는 면에서 존중해야 할 거부다. 노인복지 현장에서 만난 많은 고령 노인들의 경우도 그랬다. 설득이 되면 설득할 일이지만, 설득이 불가능하면 관계를 위해서도 존중하는 것이 답이다. 다른 노인이 아닌 내 엄마여서 더욱 애를 태우며 여러 방법으로 설득했지만, 그럼에도 엄마는 안 했다. 기회가 있을 때마다 실버타운 내 복도에서 조금이라도 걷기 운동을 하자는 나와 자식들과 남편의 말을 듣기 싫어하며 엘리베이터를 애용했다. 다른 어떤 방법이 있었을까?

이제 와서 엄마가 싫어한 것들을 더 적극적으로 혹은 우회적으로 설득하지 못한 것이 잘못으로만 여겨지지는 않는다. 지팡이나 보행보조기의 사용이 엄마의 인지능력 저하나 사망을 지연시켰을지는 몰라도 그 지연이 엄마의 말년을 더 행복하게 했을 거라고 생각하지 않는다. 한편 나 역시 타운 내 많은 노인들이 깜깜한 새벽부터 걷기 운동을 위해 돌아다니는 모습이나 도시 내 개천 변을 늙고 젊은 사람들이 오로지 걷기를 위해 한 방향으로 휩쓸리는 모습을 볼 때면, 마치 건강이나 생명 자체를 삶의 최고 목적으로 삼은 듯 느껴져 외람되지만 섬뜩하다는 느낌도 든다. 개개인의 맥락이야 일일이 모르니 판단할 생각은 없고, 휩쓸림에 대한 거부감이자 '대체 왜 걷는가?'와 '대체 왜 사는가?'에 관한 우선 나를 향한 질문이다.

한편 사망 3년 전 증손주까지 10여 명이 함께한 부산 가족여행에서 자식들은 휠체어를 준비했고, 아버지는 끝까지 거절한 휠체어를 엄마는 엄살과 애교까지 부리며 애용했으며, 걷기 능력이 더 나은 아버지보다 훨씬 더 많은 곳을 돌아다니며 즐거워했다. 가족들 말고는 자신을 아는 사람들이 없어 휠체어를 즐겨버린 거란다. 노쇠해갈수록 여러 욕망과 가능성들 사이에서 선택과 포기가 더욱 자신다워진 사람이었구나 싶다. 그것이 엄마의 마지막 여행이었음을 나중에야 알았다. 자손들에게 돌아가며 밀게 하면서 휠체어를 타고 훨훨 구경과 여행을 즐기던 엄마의 모습이 두고두고 참 좋다.

뒤엉킨 조각들

—엄마의 성애, 아버지의 돌봄

"내가 뭐 성적으로 뭐를 하자는 그런 욕심이 있어서 그러는 거는 아니야. 그냥 밤에 와서 내 침대에서 같이 자자는 거야. 그러면서 서로 정도 생기는 거잖아. 그런데 니네 아버지는 아주 독하고 인정머리가 없어. 그걸 안 들어주는 거야. 다른 걸로 잘해주는 거는 그냥 가식이고 거짓이야."

왜곡과 분노가 최고조에 달하던 시절, 어느 날 뜬금없이 차분해진 엄마가 큰딸인 나를 붙들고 한 말이다. 뜬금없는 정도가 아니라, 내 평생은 물론이고 아마 그녀 평생을 통틀어 누군가에게 자신의 성애적 욕망을 저렇게라도 말로 털어놓은 것은 처음이리라. 내용만 보면 인지저하의 기미조차 없이 나름 일목요연하고 타당해 보이지만, 저 주장 뒤의 핵심은 아흔 넘은 남편이 자기를 공동 케어홈으로 보내버리고 방에 다른 여자를 들여 아기까지 가졌다는 거다. 밤마다 남편에게 휴대폰으로 전화를 해대고, 받지 않으면 더 바글바글 속을 끓이다가, 찾아오는 남편이나 자식들에게 한바탕씩 퍼부어댔다. 엄마에게 당분간은 휴대폰이 없는 게 낫겠다는 간호사와 자식들의 말을 듣지 않은 벌을 아버지는 톡톡히 받고 있는 거고, 귀 잡순 덕에 밤잠이라도 푸욱 잘 거라는 게 자식들 생각에 다행이라면 다행이었다. 각각의 독립 거주 공간을 쓰다가 노쇠와 인지저하가 심해진 엄마가 공동 케어홈으로 옮긴 2018년 1월 1일 이후 새롭게 드러난 증상이다. 그전까지 엄마의 집착과 인지저하에 의한 왜곡은 돈과 장남에 대한 것이었는데, 공동 케어홈과 휠체어에 '갇히'고서는 남편에 대한 왜곡이 단연 최고가 되었다.

만 20세에 결혼해서 주 생계 부양자가 뒤바뀐 것으로 인한 갈등이 극심했던 부부가 아내 80세 남편 84세 나이에 실버타운으로 들어와 1~2년 사이에 '세상에 없는 잉꼬부부'가 된 것이 불가사의였는데, 이게 또 한번 회까닥 뒤집어진 거고 물론 가끔 다시 엎어지기도 했다. 과일과 간식을 챙겨 하루 세 번씩 아내를 찾아와 휠체어를 밀며 실버타운 정원을 산책하던 남편은 다른 노인들과 직원들과 자식들, 때론 손주며느리에 증손주 앞에서까지 난데없는 모욕을 당해야 했고, 끝까지 잘 견뎠다. 그런 아내를 이제 자기 방에 데려가지 않는 것은 그로서는 감정을 유지하기 위한 최소한의 방어였고, 이를 아는 자식들은 "아버지 방에 가봐야겠다!"는 엄마의 맹렬한 주장을 아버지 몰래 가끔 들어주면서—아버지가 다른 자식들과 있는 동안 엄마를 아버지 방에 데리고 가 휠체어째 들어 방에 들여놓고 엄마 눈으로 직접 확인하게 하는 방식으로—양편의 요구에 응해왔다. 물론 엄마가 확신하는 증거는 나올 리 없었다. 그러면 "니네들까지 다 한통속이 돼서 나를 바보로 만든다"고 했다. 우리가 미리 알려줘서 그 여자와 아기를 빼돌렸다는 거다.

그러다가 또 어느 날은 행복해져서, "니네 아버지는 나보다 훨씬 인품이 좋은 사람"이란다. 그 김에 설득이라는 걸 해보려고 예의 그 억지를 들먹이면, "내가 언제 그랬냐? 나는 그렇게 교양 없이 막돼먹은 여자는 아니다. 한국 남자들이 다 거기서 거기지만, 나는 그런 거 가지고 남자를 못살게 구는 여자는 아니다. 양반집 여자는 그러면 안 된다"는 거다. 그 애와 증, 제정신과 딴 정신 사이를 오가느라 우선 엄마가 가장 힘들었고, 남편과 자식들과 사위, 며느리 모두 괴로움을 넘어 때로 기가 찼고 민망했지만, 나로서는 각별한 공부거리여서 몰래 흥미로웠다. 워낙에 열정적인 여성이었으니, 성욕 역시 비교적 많았을 수 있다. 다만 평생 남편을 미워하느라 드러나지 않았을 수 있고, 혹은 눌러 가둬 놓았을 수 있고, 혹은 그럭저럭 하고 살아놓고도 남은 욕심이 있는 걸 수도 있다. 인지저하로 자타의 감시에서 자유로워진 채 나오는 말과 감정들을 통해, 나는 무성적 존재로만 여겨지는 할머니들의 성애에 대해 모처럼 사례 하나를 확보한 거다. 게다가 그녀는 3년간 나와 구술생애사 작업을 한 적도 있는 내 엄마다. 이리저리 옆구리를 찌르며 끌어내려 했던 성애에 관한 내 질문에 거의 완전히 입을 싹 씻었던 그녀가, 인생 막판에 와서 사실이든 왜곡이든 투사된 방어기제든 성애에 관해 말과 감정을 털어놓고 있는 거다. 거기에 무심결에 내게 말했거나 내가 보았던, 혹은 딸의 성을 단도리하느라 했던 잔소리의 기억들을 끌어내 역추적해서, 그녀의 성애에 관한 경험과 인식과 표리부동과 분열 등을 나름 정리해볼 수 있었다.

"쪼그만 계집애가 벌써!" 일곱 살 즈음 이불 속에서 자위를 하다 들킨 내게, 눈을 흘기며 누구 들을세라 속삭이듯 빠르게 뱉은 엄마의 잔소리가 내가 정리한, 성애에 관한 그녀의 첫 발언이다. 내게 그 잔소리를 한 걸 보면 엄마도 이미 자위의 꿀맛을 알았던 거다. 중학생이던 어느 날 학교에서 돌아와 안방 문을 열고는 둘이 섹스하는 장면을 보고 놀라 얼른 문을 닫았다. 둘 중 누구와도 눈이 마주치지는 않아 다행이었지만, 둘은 정말 내가 본 것을 몰랐을까? 하여튼 누구도 그 일에 대해 일언반구를 안 했고, 나로서는 다행이다 싶고 안정감도 느낀 장면이었다. 내 기억에 젊은 시절의 둘은 노상 싸우고 미워했다. 한편 다른 병은 없던 엄마가 그 시절 툭하면 아팠던 게 수많은 인공유산과 자연유산 때문이었다는 걸 일흔 끝의 엄마를 붙잡고 한 구술생애사 작업중에야 알고는 일말의 배신감도 들었다. 그렇게들 싸워놓고 임신되는 일은 그토록 열심히 했다니. 게다가 평생 자기주장이 확실했던 여자라 싫어도 별수없이 대주기만 하지는 않았을 것이고, 엄마 역시 섹스를 좋아했을 거다. 마찬가지로 평생 지긋지긋하게 싸워온 노부부의 딸인 내 친구가 어느 날 "엄마는 왜 이혼할 생각을 안 했어?"라고 묻자 "니네 아버지랑 한 잠자리는 매번 좋았어"라는 답이 돌아왔고, 친구는 그 뻔뻔한 답에 놀라면서도 한편 "그

거라도 좋아서 다행이라는 생각이 들더라"고 했다. 딸인 우리들은 낄낄거리며 희한해했다.

"이젠 당신하고 나하고 둘밖에 없는 거야. 나한테 당신 말고 누가 있어? 그런데 못 보게 하잖아. 당신이 아프다는 말만 하고, 저 못된 것이 데려다주지를 않는 거야. 죽더라도 나 보는 데서 죽어야 할 거 아냐? 독감 옮으면 같이 죽으면 되지 뭐."

휠체어에서 벌떡 일어나 달려 안기기라도 할 듯 엄마는 행복에 겨워 있었고, 여든여섯 아내의 손을 하염없이 매만지고 있는 아흔의 남편은 벌써 울음이 삐져나오고 있었다.

인지저하증과 집착이 뒤엉켜 영감을 의심하며 볼 때마다 모욕과 망신을 주는 아내를 한동안 안 만나다가 다시 만난 것은 2주 만이었다. 그 2주를 두 양반 다 한 달이 넘었다고 우겼다. 아버지가 독감에 걸려 엄마한테 옮길까봐 당분간은 못 오신다는 핑계를 꾸며 자식들과 아버지와 직원들까지 입을 맞췄던 건데, 영감을 만나야겠다는 아내의 막무가내 요구에 영감은 결국 마음을 돌려먹었다. 또 망신을 당하더라도 만나야지 어쩌겠느냐는 거다. 다행히 엄마가 '다른 여자'랑 '애기'는 다 까먹은 듯하고 당장 뒤집어지지는 않을 것 같아, 예순둘의 못된 딸년은 자리를 피해주었다.

"이제 너그 아버지 안 모실란다"라며 별도 공간을 사용하겠다는 게 2012년 실버타운 입주 때 엄마가 제시한 조건이었다. 나는 몰래 반가웠다. 여든 나이에 마침내 '자기만의 방'을 갖겠구나 싶었다. 한국전쟁중이던 십대 말 좌익운동 단체 여성 부장을 했던 짧은 경험은 한때의 불장난으로 후다닥 묻어버렸지만 성차별에 대한 감수성은 지워질 수 없었고, 그래서 엄마의 내면은 더 분열적이었다. 1953년 휴전 직전 혼인해서, 농촌 봉건사회를 떠나 서울로 이주한 후 다섯 자식을 키우며, 돈은 안 벌고 권위적이기만 한 서방을 무지 미워하면서 주 생계 부양자로 맹렬하게 살았다. 남편 몫까지 실버타운 보증금 약 2억을 선뜻 지불할 경제적 능력은 있었지만, 실버타운 입주 전까지 자기만의 방은 언감생심이었다. 결혼생활 60년 만에 이혼이나 별거에 대해, 그것도 서방이나 두 아들은 빼고 세 딸들한테만 묻곤 했지만, 말만 무성했지 실천은 불가능한 나름 '양반'이었다. 그렇다면 실버타운 내 같은 층 30미터 거리의 개별 공간이 너무 늦었지만 합의 가능한 대안이겠다 싶었다. 의식주를 위한 돌봄노동을 제공받게 한 돈, 피차의 자기만의 방, 아버지의 무조건적인 져주기 등 덕분에 둘은 원앙 같은 부부로 지냈는데, 알츠하이머성 인지저하가 시작된 엄마는 난데없이 서방에게 애교를 부리고 어리광까지 부렸다.

부산 가족여행에서 두 분 방문을 열었던 나는 "아이쿠!"만 민망하게 소곤대며 얼른 문을 닫았다. 소변을 가리지 못하는 아내의 팬티를 갈아입히던 서방이 아내의 엉덩이를 찰싹찰싹 때리며 둘이 좋아하고 있었다. 귀 잡순 할배도 인지저하인 할매도, 딸의 노크 소리나 "아이쿠!" 따위에는 관심이 없었다. 그즈음 이미 영감은 아침식사를 위한 외출 준비를 도우러 이른아침마다 아내에게 와서 샤워를 시켜주었고, 그때마다 이 영감 마나님은 여러 놀이를 즐겼을 거다. 나는 방문 때마다 1박을 하며 엄마와 함께 긴 목욕을 했는데, 그때마다 엄마는 내 늘어진 젖을 우스워하며 자신의 볼록한 젖과 뽀얀 피부를 자랑하곤 했다.

엄마가 독립생활이 힘들어져 공동 케어홈으로 옮겨야 했던 건 2017년부터였는데, 엄마도 엄마지만 아버지가 마다해서 따로 간병인까지 들이며 독립 공간 사용 기간을 늘렸다. 그렇게 알콩달콩하다 말고 결국 2018년 1월 1일 공동 케어홈으로 완전히 옮겨갈 수밖에 없었으니, 인지저하든 울화든 자식들과 영감에 대한 분노와 의심과 왜곡과 생떼는 한편 당연하기도 했다. 혹은 늙어 죽어감의 가차없음에 대한 한 생명의 마지막 절규였으리라.

항상 아등바등하는 엄마로만 생각했는데, 장례식에 쓸 영상을 준비하느라 뒤져본 앨범에는 화사한 생애 장면들이 챙겨져 있었다. 하긴 사진이라는 게 대체로 좋자고 찍는 것이니 편향될 수밖에 없다. 죽음 직전까지도 늘 주머니에 빗을 넣고 다니며 아내의 백발을 빗어주던 영감은, 아내만 먼저 들어간 가족 납골묘에 보물을 넣듯 그 빗을 넣어주었다.

대체 자식은 부모를 얼마나 아는 것일까? 한편 그 빗을 보며 나는 내 어린 시절 그토록 미워했던 아버지가 아침마다 나를 앉혀놓고 머리를 땋아주던 기억이 떠올라버렸다. 어릴 적 집안에서 아버지의 폭력과 아버지의 돌봄(책 선물, 마당의 꽃과 나무 가꾸기 등)이 어떻게 공존했는지, 혹은 내 기억이나 정서 속에 그 상반된 것들이 어떻게 공존하는지 여전히 연결도 이해도 되지 않는다. 정리가 불가능하다. 그 상반됨은 연결 불가능한 제각각 다른 누군가의 일처럼 느껴져, 마치 전혀 다른 가족, 전혀 다른 아버지에 관한 이야기여야 자연스럽다. 하지만 그 둘은 공존한다. 뒤엉켜 있다.

여든여섯 할머니의 임종 관찰

혈연에 관한 건조한 글쓰기는, 특히 족들에게는 위험하고 혹 폭력적일 수 있다. 부모의 늙음과 죽음에 관한 것이라면 더 그렇다. 그럼에도 내가 포기하지 않는 이유는 사적인 것 속의 정치사회적 측면을 드러내고자 함이고, 늙음과 죽음에 관한 통념에 딴지를 걸고 싶어서다. 죽음에 대해서는 사회 전반에 유난히 감정이 과잉되어 있다. 내가 죽음에 대해 유독 건조하게 쓰는 이유다. 남매들 사이에서는 내 글쓰기가 이미 논란이 되어왔고, 나는 이 논란이 더 확장되기를 바란다. 그들과의 논란 향방이 내가 원하는 쪽으로 나아갈 기미는 보이지 않지만, 비단 가족 안에서뿐 아니라 바깥에서도 끊임없이 논란되어야 할 의제다. 가족과 늙음과 죽음에 대해서는 막강한 고정관념이 작동하면서 다양한 소수자들을 억압한다. 그래서 엄마의 죽음을 독하게 관찰하고 기록하고자 했다. 부자 노인이어서 내 관심 대상들과는 다르지만 내 엄마여서 최대한 밀착할 수 있었다.

2018년 11월 5일 새벽, 여든여섯의 여성이 죽었다. 7일 전 공동 케어홈의 간호사가 전화해, 목욕 후 임종방으로 옮기겠다고 알려왔다. 그 6일 전부터 의식이 거의 없어졌고, 그 5일 전부터 삼키는 기능이 없어졌고, 그 3일 전부터 씹는 기능이 없어졌다. 씹지 못하면서부터는 유동식 영양식을 수저로 떠 넣었고, 자주 사레가 들렸다. 삼키지 못하면서부터는 링거를 통해 영양과 수액을 공급했다.

삼키지 못하는 단계에서 선택할 수 있는 비위관 삽입을 하지 않았다. 정확히 말하자면 그녀가 죽음에 도착한 경로 중 하나는 굶어서다. 그녀가 '곡기를 끊은' 게 아니고, 주변인들이 '곡기를 끊게' 했다. 그녀의 죽음 이후 나는 가끔 '엄마는 굶어 죽었다'는 문장을 떠올린다. 자식들은 약 3개월 전 연명의료 거부 서류를 제출했다. 아흔인 남편의 의견을 차마 물을 수는 없었는데, 그는 아내 죽음의 단계마다 자식들과 간호진에게 먼저 의견을 주었고, 그 의견은 연명의료 거부의 취지와 일치했다.

임종방에 옮겨진 다음날 그녀의 남편은 "어젯밤 많이 울었다"고 자식들에게 말했다. 속을 잘 드러내지 않던 아흔의 남자가 자식들에게 울었다는 말을 한 것을, 나는 다행스럽게 여겼다. 그날 그가 짜장면이 먹고 싶다고 해서 점심에 자식 둘과 중국음식점에 갔고, 닭고기와 견과류를 주재료로 한 요과계정이라는 요리를 처음 먹어봤다. 그날 밤 나도 울어졌다. 그동안 보아온 숱한 빈곤 노인들의 죽음과 달리 부자 노인들은 어떻게 늙어 죽어가는지를 관찰하기 위해 실버타운 근처로 이사해 밀착 관찰과 기록을 하는 중이라고 남매들과 지인들에게 공공연히 말하곤 했는데, 그날 나도 울어졌다.

임종방으로 옮긴 지 3일째 되던 날, 주삿바늘 꽂을 혈관을 찾기 어려운 팔목을 보며 남편은 수액 링거도 그만하자고 했다. 모두 비상대기 하며 자식 중 몇이 늘 임종방에 있었고, 밤에도 한 명은 그 방에서 잤다. 사망 15시간 전, 순간적 호흡 정지 증상으로 간호사가 인공호흡기를 사용했다. 상태가 나아져 인공호흡기를 빼는 간호사에게 남편은, "이제는 쓰지 말자"고 했다. 임종을 지키겠느냐고 자식 중 하나가 물었고, 그러지는 못하겠다고 흐리게 말했다. 엄마의 손톱과 발톱에 흑색 증상이 보였다 사라지곤 했다. 간호진이 몸을 닦고 옷을 갈아입혔다. 나를 배어 낳아 품고 젖 먹여 키운 어미. 여든여섯 해를 치열하게 살다 이제 죽어가는 사람의 맨몸을 주시한 이유는 죽음은 두려워할 것이 아님을 확인하기 위해서였다. 최대한 포개어 맨몸을 안았다. 그날 밤, 가능하면 잠을 자두자며 한 명만 남기고 일단 각자의 집으로 돌아갔다.

0시 2분에 휴대폰이 울렸다. 미리 챙겨놓은 캐리어를 끌고 집을 나서며, 다리가 후들거리고 있는 것을 느꼈다. 걸어서 10여 분 거리를 걷다 말고 오는 택시를 세워 탔다. 다섯 자식과 그들의 배우자들이 차례차례 모두 모였다.

주시하고 있는 내가 느끼기에 그녀는 홀로 담담하게 죽음으로 들어가고 있었고, 통증과 슬픔과 두려움은 없었다. 거의 모든 감각과 인지와 감정이 쇠한 상태였다. 손과 얼굴을 더 만지지 않은 것은, 하고 싶은 말을 소리로 내지 않은 것은, 죽음의 진행에 방해가 되지 않기 위해서였다. 숨이 잦아드는 동안 두 차례의 얕은 진저리가 있었다. 체온이 떨어지는 것을 몸이 마지막 힘을 발휘해 방어한 것이다. 들숨과 날숨 사이의 간격이 차차 멀어졌고, 어느 날숨 후 들숨이 오지 않았다. 모두가 침묵 속에 자리를 지키던 중, 새벽

2시 13분 간호진이 그녀가 사망했다고 공지했다. 손과 얼굴과 목을 쓰다듬고, 이마에 입을 맞췄다. 아직 따스했다. 그녀의 죽음 장면은 내게 두고두고 선물이다.

그 남자의 자리•

글쓰기란 우리가 배신했을 때
쓸 수 있는 최후의 수단이라고.
—장 주네••

구술생애사 강의나 인터뷰 중에 어린 시절 부모와의 갈등으로 인한 상처 때문에 아직도 힘들어하고 있는 사람들을 많이 만난다. 그럴 때 내가 자주 하는 말은 "자식 쪽 나이가 쉰 정도가 되면 상대가 다르게 보이기 시작한다"는 것이다. 사람마다 갈등의 양상마다 다를 테고 여타의 변수들도 작용하겠지만, 대체로 그렇다고 여겨진다. 그 나이 정도면 갈등이 컸던 부모에 대해 역지사지가 가능한 나이라는

• 이 글의 제목은 아니 에르노의 『남자의 자리』에서 빌려왔다.
•• 아니 에르노, 『남자의 자리』, 신유진 옮김, 1984books, 2022, 5쪽에서 재인용.

생각이다. 어린 시절 나와의 관계 속에서만 상대를 보던 내 쪽 시선이 바뀌어, 부모가 개인적 처지와 사회적 위치와 자기 생애사 속 서사와 맥락으로 이루어진 한 인물로 보이면서 거리 두기가 가능해진다. 내 경우가 그렇기도 했다. 게다가 부모라는 사람들은 자식에게 미움과 거역을 당하면서도 애정이든 욕심이든 눈이 늘 자식을 향하고 있는 동물이며, 그들 역시 시간을 경과하며 성찰도 성숙도 하는 존재여서 내가 언젠가부터 다시 만난 아버지도 이전과는 다른 인간이었다. 그리하여 시간을 거슬러가면서 '아버지 만나기' 과정을 정리해본다.

내 나이 51이면 2007년이고, 그는 79세다. 그래, 그즈음부터 아버지가 달리 보이기 시작했고, 다르게 다가가기 시작한 건 2008년 말부터다. 2009년부터 2012년까지 당시 칠십대 후반인 엄마의 구술생애사 작업을 했고, 그러느라 두 분이 살고 있던 성남의 아파트에 자주 갔었다. 내 보기엔 60년을 함께 살며 남편을 지긋지긋하게 미워하기만 했던 엄마의 생애 구술 과정에서, 나는 토막토막의 아버지를 새롭게 알았다. 엄마가 미움을 입증하느라 말하는 어떤 장면들에서, 나도 미워한 아버지가 아닌 다른 사람이 보였다. 밑바닥에 말라붙어 있던 그에 관한 여러 기억들을 뜯어냈고, 기억과 인식을 곱씹으며, 떠올리고 끌어내고 해석하며, 내가 못박아놓은 아버지가 아닌 1929년생 한 남자의 생애 조각들을 주웠다. 그리고 내 편협을 넘어 역지사지하면서 그를 보는 내 방식이 달라졌다. 내 아버지를 넘어 1929년생 한 남자로. 나와의 관계 이외에, 그가 겪고 욕망하고 누리고 좌절하며 버텨낸 시대와 계급과 지역과 성별과 가정과 사회 속에서 그의 생애와 내면, 관계들이 보이기 시작했다.

2008년 말 어느 날, 나는 그의 심혈관질환 정기검진에 동행하겠다고 자처했다. 사람 노릇이라는 흔해빠진 순리 때문은 아니었다. 어리고 젊은 시절 아버지와의 싸움과 서른 살 이후 몸담은 사회운동과 진보 정치와 여성주의 덕에, 나는 '사람 노릇'이나 '순리' 따위의 말들 속에 숨어 있는 속임수와 억압을 알고, '화해'나 '존엄' 같은 애매모호한 추상명사들의 의미를 늘 의심하는 사람이 되어 있었다. 지나놓고 보니 2008년 말 그에게 다가가기 시작한 경로는, 그해가 내 생애의 전환기였기 때문이다. 20여 년간 이어지던 사회운동 활동가 정체성은 죽을 때까지 내 안팎을 이루겠지만, 그 무렵 나는 약 10년간의 진보 정당 활동을 끝낼 생각을 하고 있었다. 나 죽기 전까지 제대로 된 진보 정당이나 진보 정치가 안정적 기반을 만들 것이라는 기대를 접었고,

무엇을 해 밥을 벌면서 내 소신을 이어갈지 다음 현장을 아직 정하지 않은 상태였다. 그러니 시간도 마음도 좀 널널했던 거다.

그와 함께 병원에 가겠다는 말에 가족들 모두 놀라며 반가워했다. 심리적인 불편뿐 아니라 남매 중 유일하게 자가용이 없는 나와 동행하는 것이 물리적으로도 불편했겠지만, 그도 반대하지 않았다. 아마 그와 나는 피차의 속내를 서로 가늠만 한 채, 되어가는 대로 하자는 생각이었나보다. 내 쪽에서는 자처하고 나니 그 김에 다른 생각이 들었다. 단절해버릴 작정이 아니라면 혈육 간 오해는 줄이자는 생각이었다. 미움의 시절 그는 나보다 힘이 셌는데, 이제 그는 나보다 훨씬 늙은 사람이라는 이유도 있었겠구나. 두려워할 상대는 아닌 거다. 그럼에도 두려움은 흉터로 남아 있었다.

동행중 좀 걸으며 그는 숨이 찼다. 작심과 망설임을 거듭하다가 그가 쉬느라 멈춰 선 참에 팔짱을 꼈고, 그는 말없이 팔을 내주었다. 그 일 이전에 손을 잡거나 팔짱을 낀 확실한 기억은 한 번뿐이다. 초등학교 입학식 날, 학교로 향하는 언덕을 힘겹게 오르던 내 손을 그가 잡아끌어주었다. 엄마는 돈 버느라 바빠서, 초등학교 입학식에 그가 동행했었다. 손잡은 적이 몇 번 더 있었을 텐데 내 기억 방식이 그런 기억을 지워버렸을 거다.

엄마와 했던 것처럼 아버지와 함께 '최○○의 구술생애사' 작업을 하는 것이, 그에게도 공정하고 어떻게 따져도 최선이었다. 2013년부터 2015년 중반까지 진행한 남성 노인 둘과의 구술생애사 작업•과 노인복지 현장에서 만난 많은 남성 노인들은, 아버지라는 남성과 남자 일반에 대한 내 시각과 태도의 결을 달라지게 했다. 엄마의 생애사 책 『천당허고 지옥이 그만큼 칭하가 날라나?』가 나오고 2년 후인 2015년 11월 그에게 필담까지 하며 작업을 제안했고, 그는 마다했다. 거절이라고 표현할 단호함은 아니었고, 뜬금없다고 느끼는 듯했다. 당연하다. 그와 나 사이에 기나긴 대화를 하다니. 더구나 그의 생애를 놓고. 나도 그의 거절을 다행으로 여겼다. 그의 청각장애도 문제지만, 우리 둘의 관계가 가장 큰 문제였다. 그가 덜컥 수락해버리면, 나는 명확한 계획도 확신도 없이 당위만을 이유로 지난한 과정에 내 예순 전후를 휘둘릴 수 있었다. 그는 여든일곱, 나는 쉰아홉이었다. 십대 이전부터 싸우기 시작해, 만 스물셋에 그의 등에 칼을 꽂고 떠났고, 스물다섯에 그의 연락으로

• 2016년, 『할배의 탄생』(이매진)이라는 책으로 출간했다.

다시 보기 시작했지만 그저 보기만 하는 사이로 지내왔다.

왜 그는 그렇게 일찍 연락했을까? 나는 왜 그 연락에 응했을까? "○ 서방하고 같이 아기 데리고 한번 와라"라는 말에 나는 감사는 고사하고 귀찮았다. 아버지를 배반하고 나온 내게 2년 만의 회복은 가당치 않은 일이었다. 나는 그가, 그의 가족들이 필요 없었다. 그런데도 나는 그가 전화에 대고 말한 문장을 고스란히 기억하고 있구나. 왜 그는 먼저 내게 연락했을까? 큰딸이 아예 망가져버릴 것을 염려한 건가? 망가짐을 막기 위해 나를 족에 다시 귀속시켜야 한다는 생각이었을까? 귀속이 목적이라면 그로서는 약간의 성공이고, 나로서는 또다른 분열의 시작이다. 족의 경계를 들락거릴 때마다 나는 늘 분열했고 죽을 때까지 그럴 것이다. 속하고 싶지 않고 아예 떨쳐버려야 속이 편하지만, 가족이라는 이유로 늘 나를 호출하고 환영하고 물질적 제공을 하는 사람들. 그러다가 결국 64세의 어느 날, 나는 아버지 이외의 다른 원가족과의 관계를 내 쪽에서 단절했다.

스물셋 이후로 그는 나를 완전히 놓았고 나는 그에게 관심이 없었다. 우리 관계를 나는 그렇게 여겼고 그 정도가 최선이라고 정리했다. 그러다가 병원 동행을 자처하며 손을 내밀었고, 그도 마다하지 않았다. 망설임 끝에 먼저 그의 팔짱을 꼈고, 좀더 지나 다시 작심하고 그의 손을 잡았고, 그는 그대로 있었다. 그렇게 그를, 그와 나 사이를 관찰하며, 만나기 시작했다.

2018년 여름. 엄마 사망 2~3개월 전

아버지는 요즘 외식을 나가자든가 어디 잠깐 바람을 쐬러 나가자는 제안에, 죽어가는 엄마를 두고 그런 제안을 받는 것 자체가 몹시 거슬린다는 표정으로 거부부터 했다가, 다시 물으면 수락한다. 마지못한 표정이지만, 그렇게 해야 한다는, 죽어가는 아내로 인한 심정에서 자신도 좀 거리를 두어야 한다는 작심도 보인다. 죽어가는 아내를 바라보며, 슬픔과 부정과 체념의 경계에서 그의 마음은 늘 간당간당하다. 그러니 일단 거절당할 생각을 하며 제안을 해놓고, 거절당하고, 조금 후에 다른 자식이 다시 제안하면, 그는 수락한다. 요즘 남매들과 아버지가 소통하는 경로 중 하나다. 그 역시 자신의 마음을 종잡을 수 없는 거다.

거절의 순간 그의 얼굴에 드러나는 거부감과 신경질의 표정과 말투가 매번 내 감정과 기억의 밑바닥에 쇠꼬챙이로 쇠판을 긁는 소리를 내며 예리한 통증을 만든다. 그와 맞서 싸우던 어린 시절부터 내 마음 바닥에 덕지덕지 쌓이고 눌려 있던 것들, 50년 넘는 시간 동안 쌓이고 이를 갈고 쏟아내다가, 다시 쌓이고 배반하고 미워하다가, 이제 충분히 미워했고, 미워했다고 하도 떠들어대서 좀 미안하기도 하고 마음도 풀렸는데, 아직 다 없어지지는 않았구나. 다 늙은 그가 여전히 두려운 것은 아니고, 예전에 느낀 두려움과 분노의 흉터들이 기억과 마음의 살갗에 도돌도돌 남아 있다가, 사소한 건드림에 화들짝 놀라 다시 어린 시절의 두려움과 함께 악문 어금니 속 분노를 쑤욱 밀어올린다.

'왜 이 남자는 지금 화를 내는가?'

'왜 이 남자는 내게 이런 식으로 화를 내도 된다고 생각하는가?'

그 두려움과 분노가, 나를 나로 살게 한 힘이 되었다. 지금은 노쇠한 가부장과 더 싸울 일이 아니라, 내 속에 아직 남아 있는 어린아이를 더 깊게 안아줄 일이다. 아버지 역시 많이 변했고, 어떤 것은 변하지 않은 채 죽을 거다. 아흔의 남자가 더 바뀔 것을 기대하지 말고, 그를 바라보는 내 태도를 바꾸는 것. 그것이 내가 그와 다시 만나는 방식이다. 그 또한 자신의 방식으로 내게 손을 내밀며, 젊은 시절 자기 속을 끓게 한 딸과 함께 자신 속 어린아이를 달래고 있는 중인 거다. 어긋난 채로 할 수 있는 만큼 더 만나고 헤어지자. 우선 나를 위해서.

아픔과 결핍이 때론 사람을 주저앉히기도 하지만, 상대에게서도 자신에게서도 거리 두기를 하며 잘 만지작거리면, 바로 그 아픔과 결핍의 자리에서 자신만의 힘이 만들어지고 성숙해진다. 상처가 힘이 되기 위해서는 분노와 저항을 거쳐 성찰과 만나야 한다. 나는 마흔 후반이 넘어서야 한 남자로서 아버지를 역지사지하게 되었고, 그 역시 어리고 불안했던 시절을 지나 시간과 삶 속에서 성찰도 성숙도 했다. 그 덕에 내 나이 쉰하나 이후로는 부정적 관계를 넘어 긍정적 관계로 서로를 배치하고 적당한 거리 두기를 한 채 서로를 바라보면서, 피차간에 영향을 주고받으며 각자의 삶을 살아가고 있다.

2022년 2월. 혼자 남은 아버지

코로나19 방역을 위한 사회적 거리 두기가 2020년 초부터 시작되었으니까, 그는 2년 넘는 시간 동안 실버타운 바깥으로 거의 못 나오고 있다. 아마 너덧 번의 외출이 가능했고, 큰아들네 집과 치과, 아내가 먼저 들어간 가족묘를 다녀왔을 뿐이다. 2년여를 갇혀 살다시피 하면서 코로나 발생 전해에 먼저 간 아내를 두고 “지나놓고 보니 니네 엄마가 죽을 때를 잘 타고났더라”며 부러워했다. 주 1회 자식네들이 순번을 정해 방문하고 있고, 나는 대체로 둘째 주 주말에 내 작은아들네 식구(부부와 세 살, 다섯 살 아기들)와 함께 그를 만나러 가고 있다. 아흔넷의 그는 살이 좀 빠졌을 뿐 정신적으로도 신체적으로도 좋은 상태다. “살이 좀 빠지신 거 같아요”라고 손짓과 표정으로 말을 건네면 “늙느라고 그런 거지”라고 답한다.

“내가 참 오래 살지야.” 그가 가끔 그렇게 말하며 웃고, 긴 말을 제대로 알아들을 리 없는 그를 향해 나는 활짝 웃으며 손을 만진다. 나는 그처럼 오래 살지는 않았으면 좋겠는데, 그가 자신의 초고령을 잘 수긍하고 있는 듯해 다행이다 싶다. 워낙에 그와 나 사이엔 구체적 소통이 적었는데, 코로나19로 인해 더 막혔다. 그러니 월 1회 정기적으로 그를 만나러 가는 것, 손을 만지고 눈을 마주치는 것, 거리 두기 단계가 격상되면 창문 너머로 귀 어두운 그에게 손짓과 표정과 큰 소리로 무언가를 말하고 그가 간단하게 답하는 것, 그가 내게 주던 5~10만 원을 이제 증손주 둘에게 주는 모습을 보는 것 등이, 요즘 그와 내가 만나는 방법의 최대한이다. 아쉬움이야 있지만 이 단출하고 느리고 반복적인 만남이 따뜻하고 깊게 느껴진다. 그러고 보니 엄마의 마지막 3년 동안 그녀를 자주 만나러 간 덕에, 덩달아 아흔 근처의 그를 한결 구체적으로 만날 수 있었다. 죽음을 멀리 두지 않은 노인들에게 코로나19는 생애 끝에 부닥친 무자비한 불상사다.

'아버지 만나기'에 대한 글은 부족할 수밖에 없고, 게다가 불공정한 작업이다. 당사자로서 세세한 발언 없이, 하필 그를 가장 미워했던 큰딸이 아비를 추적하는 작업이라서다. 더구나 나는 냉혹하면 냉혹했지 미화라는 걸 할 리도 없는 사람이다. 그를 찾아가는 일은 내게 뜬구름 잡기나 안개 속 헤매기에 해당하는 일이다. '무료'나 '무위'라는 단어도 떠올라, 정확한 의미를 확인해봤다. 무료(無聊, 흥미 있는 일이 없어 심심하고 지루함)는 그에 대한 내 느낌을 떠올리자면 해당되는 단어다. 무위(無爲, 아무것도 하는 일이 없음 또는 이룬 것이 없음)는 단어의 정확한 의미를 확인하고는 뺐다. 어려서라면, 사십대 정도만 됐더라도, '무위'라는 표현을 그에게 썼을 거다. 하지만 '일'과 '이루다'가 의미하는 영역에 대한 내 생각의 변화로 이 단어는 뺐다.

그의 삶을 무료나 무위로 단정했던 것은 내 주관적이고 폭력적인 규정일 수 있다. 그럼에도 그 단어들을 언급하지 않을 수 없다. 단정하지 않으려다보니 나는 그를 너무 모르고, 그래서 뜬구름이나 안개 등의 표현이 나온다. 그럼에도 내가 기억하는 그, 내가 볼 수 있는 그를 통해 1929년생 한 남자의 생애와 사회와 문화를 추적하고 싶다. 적당한 거리를 두고 보고, 추적하고, 정확하게 이해하려고 노력하면서, 생물학적 아버지를 넘어 사회 속 남자/아버지를 찾아나가자.

용서나 사과나 화해가 목적은 아니다. 아버지를 찾아나서는 첫번째 이유는, 나 자신에게 나를 해명하기 위해서다. 내 젊은 시절 가장 큰 걸림돌이었던 사람이고, 거역과 미움과 몰이해의 상대였다. 그도 나도 변하면서, 둘 사이의 마음과 시선도 변했다. 그에 관해 찾노라면, 구석구석의 나를 찾을 수 있을 것이다. 덮어놓고 숨겨놓고 눌러놓았던 나, 편협하고 괴상하고 징그러운 나, 서럽고 외롭고 두려워하던 나. 스스로도 이해할 수 없었던 나를 더 잘 이해하기 위해, 아버지를 찾아나서는 거다. 과거와 현재의 나를 해명하고 싶은 거다. 나아가 그의 시절 한 남자의 삶과 맥락을 찾고 이해하며, 세상과 공유하고 싶다. 그와 나와 세상 사이에서 가능한 소통을 하고 싶다.

일랑과 호랑을 만나며

작은아들 부부가 낳아 기르는 일랑과 호랑에 대해 할머니인 내가 느끼고 생각한 것들을 정리해본다. 일랑은 2018년 6월생이고 호랑은 2020년 8월생이며, 둘 다 비장애 남자 아가다.

호랑이 태어나지 않았을 때의 일랑 자라는 모습도 내게 많은 기쁨과 깨우침을 주었지만, 되돌아보면 대부분의 아가들과 크게 다르다고 할 수는 없다. 가족중심주의에 늘 신경질이 나는 사람이지만 갈등이든 친밀이든 혈족 간 밀착 관계는 각별한 것이며, 아가들로 인한 내 즐거움과 배움 역시 혈족 간 밀착의 덕이 크다. 호랑이 태어나면서부터는 일랑 호랑 각각의 모습과 함께 형과 동생 '사이'까지 보게 되니, 즐거움 이상의 다양한 감정과 인식이 생겨났다. 2차원을 거쳐 3차원의 관계가 되었다고 할까. 특히 형제간인 두 아가의 마음에 대해서는, 단지 즐거움을 넘어 짠하고 기특한 마음까지 섞인 호기심 돋는 관찰 욕망이 생겨나 흥미진진하고, 만날 때마다 또 어떤 새로운 모습을 보게 될지 기대하게 된다. 물론 손주와 할머니 사이라는 거리에서 보고 느끼는 즐거운 관찰이어서, 엄마 아빠나 전혀 무관한 남들과는 결이 많이 다를 것이다.

호랑이 태어나서 20여 일간의 조리원 돌봄을 거쳐 집에 들어온 첫날의 기억이 생생하다. 그날의 각별함에 관해서라면 일랑만한 사람이 있을까. 세계가 온통 뒤흔들리는 충격의 날이었으리라. 코로나19 때문에 일랑은 병원이나 조리원으로 엄마와 아가를 만나러 갈 기회가 두 번밖에 안 됐다. 엄마가 임신을 하고 배가 불러오면서 동생이 생겼다는 말을 이미 들었고, 두 번의 만남을 통해 동생이 태어났다는 것도 확인했고, 엄마와 영상통화를 하면서 그놈을 여러 번 보긴 했는데, 그 동생이라는 놈이 마침내 '내' 집에 쳐들어온 거다. 태어나서 2년 2개월이 지나는 동안 늘 나와 붙어 있으면서 오로지 나만을 챙겨주던 엄마가 어느 날 집을 나가 20여 일을 안 들어오다가, 그날 새빨간 생명체 하나와 함께 집에 돌아왔다. 엄마 아빠는 물론 이모와 할머니도, 호랑이 엄마 뱃속에 있을 때부터 태어나 집에 들어오는 날까지 일랑의 마음에 대해 많은 염려를 하여 전략을 짜기는 했다. 호랑 출산 직전 엄마는 일랑과 둘만의 여행도 갔다. 하지만 여행에서 엄마 배는 잔뜩 불러 있었고, 그 속에 동생이라는 게 들어 있었다. 집 나갔던 엄마가 돌아오던 날, 포대기 속 아가는 아빠가 안아 뒤로 빠졌고 엄마가 먼저 현관문으로 들어서며 "일랑아, 엄마 왔어!" 하며 환하게 웃었다. 할머니는 열흘쯤 그 집에 있을 예정으로 전날부터 와 있었다. 둘째를 임신했다는 말을 들었을 때부터 할머니는 일랑에게 더 마음이 쓰였고, "할머니의 첫사랑은 일랑!"을 일편단심 고수하겠다고 다짐했다. 내가 키우거나 보아온 아가들에 비해 일랑은 마음도 행동도 한결 섬세했고, 그 섬세함이 바로 가족 구성의 변화 속 일랑에 대한 할머니의 염려이기도 했다. 그러니 동생 들어오는 날 할머니의 마음과 눈길은 일랑에게 훨씬 더 많이 가 있었다. 물론 오늘 엄마와 동생이 온다는 것을 일랑은 미리 들어서 알고 있었다. 그날은 아빠와 이모도 조리원에 가고 할머니와 둘이서만 집에 있었다. 현관에 들어서며 자신을 부르는 엄마에게 달려들던 일랑. 그러다 눈길은 어느새 뒤따라 들어오는 아빠 품에 있는 포대기로 갔다. 아빠가 포대기를 풀어 "일랑이 동생이야" 하며 얼굴을 보여주었다. 새빨갛고 쪼끄맣고 못생긴 놈. 일랑이 그놈을 들여다보자 모두들 그놈에게 머리를 모았고, 일랑은 혼자 뒤로 물러났다. 모두 안방으로 들어가 일랑이 전에 쓰던 침대에 그놈을 눕히며 또 모여들었고, 일랑은 문턱을 넘다 말고 돌아나왔다. 한동안 안 보이던 침대를 얼마 전 아빠가 꺼냈고 동생에게 그걸 빌려주자는 말을 엄마가 하긴 했는데, 그게 이런 느낌일 줄은 몰랐으리라. 그 침대를 안 쓰기 시작하면서 엄마와 다른 방에서 자느라 한동안 얼마나 울었던가. 내가 곧 따라나오며 안으려 했지만, 일랑은 복잡한 얼굴로 몸을 뺐다. 일랑은 사실 며칠 전 아빠와 의논해서 그놈에게 줄 선물까지 준비해놓긴 했다. 한동안 일랑이 가장 좋아했고 잘 때도 늘 물고 빨던 공갈 젖꼭지(일명 쪽쪽이)다. 그 김에 이젠 필요 없는 우유병도 주기로 해서 어제 이모가 "좋은 형아"라고 칭찬하면서 소독했고, 오늘 쪽쪽이를 제일 먼저 주려고 식탁 위에 따로 챙겨놓기까지 했다. 복잡한 마음으로 마루를 걷다 쪽쪽이를 본 일랑은 그걸 저놈에게 주기는 하자는 생각이 들었나보다. 마음을 돌려 쪽쪽이를 손에 들고 안방으로 들어가 어색한 웃음을 지으며 아가에게 다가가는 일랑. 그러다 또 그놈에게 모여 있는 '내 사람들'의 모습을 보고 다시 돌아 방을 나오는 일랑의 머릿속은 어땠을까.

대체 이게 뭐지? 아, 저놈 때문에 무언가 확 달라진 거다. 다들 내 눈치도 보고 듣기 좋은 말도 하지만, 속마음들이 모두 확 뒤집어진 거다. 다 내 사람들이었고 다 내 것들이었는데, 어떻게 이럴 수가 있지? 동생이란 게 도대체 뭐지?

좀 조용해지는 듯해 방안을 슬쩍 들여다본 일랑이 목격한 건 더 충격적인 장면이었다. 엄마 품에서 '내 찌찌'를 빨아먹는 놈. 언젠가부터 이젠 그만 먹으라며 그토록 울어대도 절대 안 주던 젖을 침입자 주둥아리에 물려주고 환하게 웃으며 그놈만 보고 있는 엄마. 일랑의 '형아 되기'는 그렇게 충격으로 시작되었다.

사실 한동안 동생은 먹고 자고 울기만 했으니 그놈이 미울 일은, 아니 그놈을 미워할 일은 아니라는 걸 일랑도 알기는 했을 거다. 하지만 모든 건 그놈 때문이다. 어른들은 '형아니까' '동생이니까'를 들먹이며 일랑에게 이런저런 주문이 많아졌다. 그놈에게 웃어주고 뽀뽀를 해주고 얼굴을 만져주란다. 심지어는 '내 찌찌'를 먹는 꼴을 보라고 불러서는 "동생 예쁘지?" 하고 묻는 엄마. 그놈 얼굴을 밀어도 보고, 조동이에서 엄마 젖꼭지를 쑥 빼보기도 해봤지만 모두 허탕. 요놈은 어느새 엄마 젖을 꿀꺽꿀꺽 삼켜대고 있고, 다른 건 그럭저럭 일랑 마음을 알아주는 듯한 엄마 아빠가 찌찌에 대해서만은 오히려 일랑을 나무란다. 일랑한테는 절대 안 된다던 찌찌를 동생에게는 꼭 줘야 한단다. 더 복잡해진 건, 이놈이 형아를 보고 웃기 시작하면서부터다. 엄마 아빠 안 보는 틈에 한 대 쥐어박아주려고 갔는데, 눈이 마주치자 빵끗 웃는 동생. 그래도 쥐어박아버렸더니 앙앙 울어대는 동생, 달려온 아빠, 야단치지는 않지만 "동생한테 그러면 안 되지"라고 타이르며 일랑을 안아주는 엄마. 그런 엄마를 밀어내며 일랑에게 든 생각은 '나는 나쁜 형아구나……' 내면의 복잡함을 일랑도 할머니도 일일이 알아채지는 못한 채 시간은 지났고, 할머니는 할머니 일상으로 돌아왔다. 일랑도 자기 일상으로 돌아왔지만 머릿속도 세상도 달라졌고 훨씬 복잡해졌다. 그러면서 시간이 갔다.

랑랑(일랑과 호랑 둘을 합쳐 부르는 말이다)이 커갈수록 둘의 성격 차이가 또렷하게 느껴진다. 특히 엄마와 아빠는 일랑이 얼마나 덜 울고 덜 떼쓰고 상대적으로 키우기 쉬운

아가였는지를 호랑을 키우면서야 절감했다. 상대적으로 호랑은 울음도 길고 크고, 떼쓰기도 길고 강력하며, 웃음소리와 표정과 몸짓도 큰 아가다. 물론 성격이나 행동 역시 상대적인 것이어서, 호랑으로 인한 스트레스가 일랑의 성격에 영향을 미치는 것도 느낄 수 있다. 혼자였을 때는 대체로 순하던 일랑이었는데, 동생과의 갈등을 겪으면서 짜증도 화도 늘고 때론 거칠어지기도 하더란다. 게다가 늘 독차지하던 엄마 아빠의 관심이 호랑에게 나눠지는 게 일랑 입장에서는 관심을 빼앗기는, 엄마 아빠가 호랑에게'만' 마음을 쓰는 것으로 느껴졌을 테다. 그러니 일랑 자신의 말마따나 "생각이 많이 있어서 맨날맨날 삐"지게 되고, 그러다보니 "마음이 슬퍼"지는 거다.

한동안 동생의 가장 큰 문제는, 형아가 한창 재미를 붙이고 여기저기서 칭찬까지 받아 신이 난 다양한 블록 놀이 작품들을 와장창 부숴버린다는 거였다. 글을 쓰기 위해 랑랑 아빠가 SNS에 가끔 올리는 육아일기를 다시 보고 있는데, 일랑의 이런 마음을 잘 보여주는 사진이 있다. 방바닥 가득 무너져버린 건축물과 다양한 색깔과 크기의 블록조각들이 흩어진 가운데, 호랑은 일어서서 고개를 쳐들고 악을 쓰며 울고 있고, 일랑은 맞은편에 앉아 고개를 숙인 채 세상 복잡하고 우울한 표정으로 볼이 부어 있다. 이리 피하고 저리 옮겨가며 겨우겨우 건설 작업중이던 일랑이 동생의 와장창질을 당하고는 순간 그놈을 밀어버린 거다. 이때다 싶은 호랑은 벌떡 일어나 엄마 아빠를 향해 '들어라, 내 울음소리를!' 하고 있고, 과장된 악다구니에 기가 찬 일랑은 형아로서의 자책, 엄마 아빠에게 들을 잔소리, 저놈 울음이 과연 내 책임인가에 대한 헷갈림과 억울함까지 비벼진 복잡한 얼굴이 되어버린 거다. 할머니 관전평으로는 '일랑도 그래야 살지!' 싶고, 호랑이 무지 웃기고 좀 고소하다. 이럴 땐 같이 악을 쓰며 울어버릴 일인 것 같은데 일랑은 할매보다 생각이 깊은 아가다.

일랑 세 돌 호랑 한 돌 즈음의 영상은 처음 볼 때나 이후 여러 번 다시 보기를 할 때나 글을 쓰기 위해 다시 또 여러 번 볼 때도, 여전히 마음이 짠하면서 일랑의 깊은 속마음을 다시 가늠해보게 한다. 랑랑이 한창 갈등관계이던 시절, 둘이 한 목욕통에 들어앉아 있다. 장난감 오리를 씻겨주며 생각에 잠겨 있는 일랑, 목욕통 바깥에 서서 호랑과 물놀이를 즐기고 있는 눈치 없는 내 사돈 양반. 녹음된 소리는 일랑과 아빠의 차분하고 느린 대화다.

"일랑이는 맨날맨날 형아이기만 해."

"뭐만 해?"(말귀를 못 알아먹는 아빠)

"형아요. 나는 왜 맨날 형아이기만 하냐구. 동생 낳아달라고 한 적 없잖아. 엄마 아빠가 맨날맨날 동생이랑만 놀아줘서 그래서 내가 너무 심심한 거야."

"엄마 아빠가 동생이랑만 놀아줘서 심심했구나"

"응, 기래서 나 너무 힘들었어."(누구 영향인지 일랑은 가끔 'ㅡ'를 'ㅣ'로 발음하곤 한다. 가까운 주변인으로 황해도 사람은 없는 것 같은데……)

"일랑아 미안해. 아빠가 잘못했어. 이제 일랑이랑도 많이 놀아줄게."

"근데 일랑이는…… 생각이 많이 있어서…… 맨날맨날 삐져서…… 마음이 슬퍼. 그래서 내가 우는 거야."

"일랑아, 마음이 슬플 땐 엄마랑 아빠한테 동생만 예뻐해주고 나랑 안 놀아줘서 너무 슬퍼요, 그렇게 말해줄 수 있어?"

"그건 저번에 했잖아."

(한 대 맞고 멍한 아빠) "맞다, 그랬었지. 정말 미안해. 아빠가 더 노력할게. 그래도 아빠가 또 잘못해서 슬픈 마음이 들 때는 또 얘기해줄 수 있어?"

"알았어. 근데 아빠 얘기도 맞고 일랑이 얘기도 맞아."

"그렇구나, 고마워."

영상은 아빠의 반성으로 이어진다. 최근 찍은 사진과 동영상을 뒤져보니 호랑이 훨씬 많이 등장하더라는 자백(?)을 하더니 "그렇지만 일랑은 언제나 엄마 아빠의 1번!"이라나 뭐라나. 참, 랑랑 엄마는 딸만 둘인 집의 둘째고 랑랑 아빠는 아들만 둘인 집의 둘째. 둘째여서 겪은 설움에 대해 맞장구를 쳐가며 수다를 떨던 사람들인데, 둘이 이제야 좀 반성도 하고 언니와 형 입장을 역지사지도 하려나. 근데 또 아빠의 다른 마음 하나. 아이 크는 모습을 일랑 때 모두 보고 겪고 느껴서 호랑이 크는 게 사실 새로울 건 없는데, 그게 또 그렇게 예뻐서 자꾸 호랑을 향해 웃고 좋아하다가 문득 일랑의 눈과 귀와 표정을 느낀단다. 애비야, 조심해라!

동생이 생기고 그 난데없는 침입자와의 좌충우돌을 거치며, 이제 자기중심의 이기를 넘어 이타로 넘어가고 있는 일랑의 말과 행동이 우선 안쓰럽고 예쁘다. 저 전환에는 얼마나 복잡한 이해 불가와 갈등과 타협과 전략과 저항과 순응과 성숙이 있는 걸까. 호랑 입장에서는 태어나보니 이미 형이 있었던 터라, 욕망과 책임 사이의 갈등이 다르게 시작되어 전개되고 있을 거다. 호랑은 일단 우기고 악쓰며 울어대는 것이 자신에게 유리하다는 것을 알아채서 아직은 그 전략을 쓰고 있지만, 그게 무작정 통하지 않는다는 것도 이미 알아채기 시작했다. 아직은 주로 형을 따라 하는 것으로 실력을 키우거나 인정받고 있지만, 그 속에는 이미 차이에 따른 경합이 불가피하다.

2022년 9월 초 아흔넷의 왕 할아버지(나의 아버지)가 돌아가셨고, 장례 동안 다섯 살배기 일랑과 많은 이야기를 나눌 수 있었다. 장례식장의 수많은 사람들 틈에서, 특히 한창 막무가내로 들이받고 뛰어다니고 없어져버리는 호랑의 난리통에서 빠져나와, 둘만의 산책과 대화를 여러 차례 즐겼다. "할머니랑 둘이 산책 갈까?" 혹은 "우리 데이트할까?" 하고 물으면 좋아라 하며 얼른 따라나서는 일랑. 그러면서도 꼭 "동생은?" 하고 물었다. "우리끼리만 가자" 하면 잠깐 고민하다가 이내 그러자고 하곤, 동생이 어디서 뭘 하고 있는지 확인한 뒤 슬쩍 따돌리고 따라나섰다. 그럴 때마다 일랑은 "동생은 엄마 아빠한테 맡기면 돼!"라고 말했고, "그래, 고 녀석은 형아랑 할머니가 없어진 것도 모를 거야!"라고 맞장구를 쳤다. 랑랑의 씨름이 한고비를 넘어선 때였다.

"일랑이한테 동생은 어떤 거야? 동생에 대한 일랑이 생각이 할머니는 알고 싶어."

"없으면 편하고, 있으면…… 좀 행복한 게 동생이에요."

복잡한 마음에 관한 차분한 말, 말과 말 사이. '행복' '좀' 생각을 위한 쉼 등에는 어떤 느낌과 고민과 부조화가 뒤섞여 있는 걸까. 이율배반의 마음뿐 아니라 나를 포함한 어른들을 향한 전략도 담았을 거다. 게다가 말로는 도무지 자신의 마음을 충분히 설명하지 못한다는 것을 일랑도 나도 안다. 마음은 말보다 훨씬 더 복잡 미묘하며, 더구나 일랑은 생각이 많은 아가다. 몸으로 들이대는 동생과 달리 생각이 많은 형아. "할머니 생각에는 꼭 착해야 하는 건 아닌 것 같아" "어른들 말을 꼭 들어야 하는 건 아니라고 생각해" "동생도 자기 마음대로 할 수 없다는 걸 알아야 해" "할머니 생각이랑 일랑이 생각이 다를 때 할머니는 더 재밌어"…… 할머니의 말들은 일랑 마음과 생각에 어떤 틈을 만들까.

장례식장을 빠져나와 숲 옆으로 난 도로변 인도를 손을 잡고 걷기도 했다. 아침에 동생이 일랑도 좋아하는 유부초밥을 많이 뺏어 먹었고, 그걸 일랑이 일렀다는 사실을 아빠가 조금 전 할머니한테 일렀다. 그 장면에서 변하는 일랑 표정을 보며 할머니는 데이트나 가자고 했고, 일랑은 얼른 따라나섰다. '이르다'라는 단어가 일랑 마음을 납작하게 눌렀다는 생각이 들었다.

"일랑아, 동생이 유부초밥 뺏어 먹은 걸 아빠한테 말할 때 일랑이 마음은 어떤 거였어?"

"그럼 동생을 때려요? 그러면 안 되니까 아빠한테 말하는 거지."

그걸 질문이라고 한 할머니는 급 반성. 그걸 일랑 보는 데서 자기 엄마한테 이른 아빠라니.

"맞다. 동생이 잘못한다고 때릴 수는 없는 거지. 그래서 꾹 참고 아빠한테 말한 건데, 아빠는 그걸 또 할머니한테 말한 거네."

"맞아. 그래서 내가 슬픈 거야. 동생이 내 걸 뺏어 먹은 게 잘못이잖아. 근데 동생이랑은 말이 안 통해."

"그래, 잘못한 건 동생이네. 게다가 말도 안 통하고. 그럴 때마다 일랑이는 화가 나겠구나. 할머니는 일랑 마음을 잘 알겠어. 할머니는 동생이 셋이나 있었거든."

"동생이 셋이나? 그게 누구누구야?"

"나중에 안에 들어가서 알려줄게."

(한동안 생각을 잇더니) "할머니 참 고생했겠네."

우리는 이제 '고생'이라는 단어를 함께 쓰는 사이가 되었구나! '착한 일랑'에 대한 훈육과 전략, 추구와 실패의 고달픔, "나는 왜 맨날 형아이기만 해!"라는 말 속에 담긴 운명에 대한 항변.

어느 날은 이야기 주제가 죽음으로 흘러갔다. 일랑은 2주 전에도 만난 왕 할아버지가 하늘나라로 가셨다는 말을 엄마 아빠에게 들었고, 일랑 취향에 맞는 섬세하고 멋진 옷을 입고 엄마 아빠 따라 장례식장에 왔다. 넓은 방 안쪽 꽃이 많은 높다란 제단 위에 왕 할아버지의 멋진 사진이 놓여 있는 걸 보고 "아, 왕 할아버지다!" 하고 웃으며 좋아했다. 장례식 첫날 오전 아직 사람들이 많지 않을 때, 일랑은 동생이랑 같이 왕 할아버지 사진 앞에서 재미나게 뛰어놀았다. 일랑 외할머니는 일랑 엄마 스물 중반에 돌아가셨고, 엄마가 일랑에게 외할머니 죽음에 대해 말해주어 일랑도 '이제 만나지 못함'을 포함해 나름대로 죽음을 이해하고 있었다. 일랑이 내게 외할머니는 지금 하늘 위 구름에 있다고 알려주었다. 나와 동갑인 일랑 외할아버지는 은퇴 후 경기도 양평에 살면서 포도나무를 포함해 여러 과일나무와 채소와 가축 들을 취미 삼아 조금씩 키우고 있다(그 할아버지가 일랑에게 따준 포도가 너무 맛있는 바람에 그는 '포도 할아버지'가 되었고, 자연스레 하늘에 있는 할머니는 '포도 할머니'가 되었다).

"그럼 왕 할아버지도 로켓 타고 하늘 높이 올라간 거야? 저어기 구름 위에서 포도 할머니랑 같이 지내는 거야?"

그러고 보니 시신을 담는 관과 로켓이 좀 비슷하게 생기긴 했다. 그런데 현숙 할머니(일랑에게 이름으로 기억되고 싶어 나를 부르는 호칭을 그렇게 정해줬다)는 아가들에게 죽음을 이렇게 설명하는 것에 동의가 안 되는 사람이다. 그렇다고 어떻게 설명해야 할지 딱히 준비가 된 것도 아니다.

"글쎄…… 왕 할아버지랑 포도 할머니가 돌아가셔서 어디로 갔는지 할머니는 잘 모르겠어. 할머니도 모르는 게 많아. 할머니가 확실하게 아는 건, 사람은 모두 나이를 많이 먹어 늙게 되면 죽는다는 거야. 죽은 사람은 이제 만날 수 없는 거지."

"맞아. 왕 할아버지가 제일 나이도 많고 그래서 늙었어. 그러면 현숙 할머니도 나중에 죽는 거야?"

"그럼, 당연하지. 할머니는 지금 조금 늙었고, 나중에 더 늙으면 죽는 거야. 할아버지 할머니들이 죽으면 일랑이랑 호랑이 같은 아가들이 새로 태어나는 거야. 그러니까 죽는 건 당연한 거야. 죽은 사람을 다시 만날 수는 없지만, 대신에 새로운 사람들을 만나서 사이좋게 지내면 되는 거지."

일랑은 죽음에 관한 엄마 아빠의 설명과는 다른 할머니의 설명에 놀람도 의혹도 없이 귀기울여 들었다. 내 설명이 아가에게 어떻게 이해되는 걸까. 좀더 커서 내 말이 기억나면, 그때는 어떻게 해석할까. 어쨌든 우리는 죽음에 대해 슬프다거나 싫다거나 하지 않고 대화를 이어나갔다. 일랑은 한동안 죽음에 꽂혔는지 엄마 아빠에게도 죽음에 대해 자주 물었다. 그중 아빠와의 대화.

"그럼 나 죽고 나면 그다음에 동생도 죽겠네."

"태어난 건 나이 순서지만 죽는 건 꼭 나이 순서대로는 아니야."

영상통화를 하면 할머니는 첫사랑에 대한 다짐을 지키느라 일랑부터 찾는데, 종일 형아 뒤만 쫄쫄 따라다니던 호랑이 잽싸게 활짝 웃는 얼굴로 화면에 먼저 떡 나타난다. 일랑은 그런 거 내준 지 이미 오래다. 이젠 호랑도 말귀를 알아먹으니, 거기다 대고 일랑부터 찾을 수는 없다. 할머니도 눈치가 백단이다.

"앗, 우리 일랑이 동생 호랑이구나. 아고 이뻐라! 호랑아, 근데 형아는 어디 있어?"(할매 속마음: 요놈아, 너는 나한테 두번째야!)

그제야 일랑이 저 하던 놀이를 잠깐 멈추고 눈을 맞추며

"네, 할머니. 안녕하세요" 하곤 자기가 조립중인 블록을 들고 설명을 한다. 할머니가 제일 궁금한 건 이젠 동생이 좀 말을 잘 듣는지인데, 그에 대한 솔직한 대화가 이어지면 호랑은 금세 미간이 찌부러지고 눈썹이 올라가며 입이 삐뚤어진다. 이젠 작은 놈 귀를 조심해야 하는 일랑과 할머니.

2022년 늦여름엔 폭우가 잦았다. 비가 내리면 장화 신고 우산 쓰고 어린이집 가는 걸 즐기는 아가들이지만, 그 여름의 폭우는 기후 재앙이라 할 정도여서 많은 피해를 남겼고, 아가들도 바깥 놀이와 나들이를 제대로 하지 못했다. 그렇더라도 월 1회 아가들과의 만남을 포기할 수는 없었다.

"할머니, 비가 너무 오래 와. 그래서 나가서 놀지 못하니까 심심해."

"그러게 말이야. 정말 일랑이랑 호랑이랑 갑갑하고 지루하겠네."

"그래서 집에만 있으니까 동생이 더 말썽을 부려서 일랑이는 많이 힘들어."

"그렇구나. 참 힘들겠다. 근데 일랑아, 동생은 날씨 같은 거야."

"동생이 날씨라고? 동생이 어떻게 날씨라는 거야?"

"날씨는 사람 마음대로 할 수 없잖아. 비 오면 나가 놀기 힘들어도 참아야 하고, 그러다가 햇볕이 나면 나가서 신나게 뛰어놀면 되는 거잖아. 겨울 되면 추워서 힘들지만 대신 포도 할아버지네 가서 눈썰매를 신나게 탈 수 있고 눈사람도 만들 수 있잖아. 동생도 마찬가지야. 일랑이 마음대로 할 수 없는 거니까, 말썽부릴 땐 좀 참고 말 잘 들을 땐 같이 재미나게 놀면 되는 거지. 그러다보면 동생이랑 같이 잘 지내게 되는 힘도 일랑이 마음 안에서 자라날 거야."

"맞아. 좀 기다리면 돼. 지금도 동생이 예쁠 때도 많아."

'기다림'은 아가 마음에 어떻게 들어가서 자라고 있을까. 한번은 일랑이 '책임'이라는 단어를 스치듯 사용했다. 단어에 놀라 무슨 이야기중에 나왔는지는 까먹었다.

"일랑아, 근데 책임이라는 말이 무슨 뜻이야?"

"책임은 약한 사람을 돌봐주는 마음이지. 나는 형이니까 책임이 있는 거야."

네 식구가 공원에서 뛰어놀다 집에 돌아갈 시간, 동생은 더 놀자고 떼를 쓰며 땅바닥에 주저앉아 난리를 치다 운동화가 날아가고, 엄마 아빠는 "그럼 너 혼자 더 놀고 와" 하고는 뒤도 안 돌아보며 앞서간다. 안타까운 형아가 가서 달래고 운동화까지 주워다 신겨 손잡고 데리고 온다. 그러니 동생은 형아를 딱 믿는 거고, 형아는 자기를 믿는 동생 때문에 또 책임을 지는 거다.

요즘은 형아가 동생을 훈육하기도 한다.

"형아가 그러지 말랬지? 형아 말 안 들으면 돼, 안 돼? 손들고 있어!"

호랑의 대응은 바로 옆에 엄마 아빠가 있는지 여부에 따라 다르다. 시무룩해져 팔을 들기도 하고, 혀를 쏙 내밀며 메롱 하면서 엄마 아빠에게 달려가기도 한다. 그럴 때 엄마 아빠는 둘째를 밀어내고 모르쇠 한다. 제대로 책임지려는 사람에겐 권위를 인정해줘야 한다. 말썽꾸러기 둘째가 나의 첫사랑 앞에서 손들고 있는 모습이 너무 고소하고 귀엽고 웃기다.

네 돌 즈음 일랑이 무슨 말인가를 하다 "그건 할머니가 착각한 거야"라고 말했고, 나는 순간 일랑이 '착각'이라는 단어를 알고 똑바로 발음하는 것을 넘어 사용 자리까지 정확한 것에 놀랐다. 두 돌 반 즈음엔 '창피' 발음이 어려워 자꾸 '팡치'라고 했지만, 역시 사용 자리는 정확했었다.

여러 마음과 생각의 뒤섞임, 그 착종의 혼돈 속에서 일랑은 자신의 마음을 알아가고 만들어갈 테고, 마음과 행동의 괴리, 동생이나 어른들과의 타협, 자기중심과 타자에 대한 배려 사이의 균형잡기와 부조화를 알아갈 거다.

이제 랑랑은 갈등관계를 넘어 한창 친한 관계로 들어선 듯하다. 생각이 많은 일랑의 마음이 더 자라난 덕도 있지만, 막무가내로 들이대기만 하던 호랑도 이제 좀 말귀를 알아듣게 되면서 형아에 대한 생각이 바뀐 거다. '형아는 나를 책임지려고 하는구나……' 이걸 마음으로 느끼게 된 것 같다. 한번은 조카 바보 우니몽(태어나서 지금까지 일랑에게 이모는 엄마와 아빠 바로 다음가는 친한 사람이다. 이모 이름은 '운'으로, '우니몽'은 일랑네 식구들과 내가 이모를 부르는 애칭이다) 작가가 기획한 전시회에 여섯이 함께 갔다. 서울 시민청 전시실 바깥 공간에 어린이들이 참여할 수 있는 도장 찍기 놀이가 마련되어 있어, 나는 재미삼아 푸른색 잉크를 묻혀 내 손목에 도장을 찍고 마침 옆에 바짝 붙어 있던 호랑에게도 찍자고 했다. 찍힌 글씨는 '시민청'이었던 것 같다. 호기심으로 빤짝이는 눈으로 호랑이 얼른 손목을 내밀었고 할머니가 도장을 찍으려고 손목을 잡자, 조금 떨어져서 내내 이쪽을 주시하던 일랑이 얼른 다가와 동생의 손목을 채 가며 할머니에게서 떨어졌다.

"호랑아, 우린 그런 거 하지 말자. 그거 하면 지저분해져."

순간 호랑이 도장을 찍겠다고 고집을 부릴 줄 알았는데, 동생은 어떤 저항도 없이 형이 이끄는 대로 뒤도 안 돌아보고 휙 돌아서 할머니에게서 멀어졌다. 벙찐 할머니…… 야, 요 녀석들 봐라!

일랑은 유난히 깔끔한 아이다. 손이나 옷에 조금만 뭐가 묻어도 얼른 닦아달라고 하고, 좀 커서는 티슈나 수돗물로 알아서 닦는다. 호랑은 좀 덜 깔끔한 편이지만 할머니의 재밌는 놀이 제안을 형아의 제지에 당장 포기하고 쪼로록 따라갈 정도로 일랑의 판단을 믿는다. '형아가 나를 위해서 그러는 거야……' 일랑은 아무리 할머니 제안이지만 자기 생각에 지저분해지는 놀이를, 자신이 안 하는 것을 넘어 동생도 지저분해지지 않게 하려고 그토록 매정하게 동생 손목을 잡아끌고 가버린 거다. 배신감과 섭섭함은 잠깐이고 새로운 놀라움이었다. 아웅다웅하는 꼬맹이 형제간의 그 예쁜 책임감과 믿음이라니. 그런 마음은 어떻게 만들어지는 걸까. 한 달에 겨우 한 번 만나는 할머니와의 사이보다 싸울 때 싸우더라도 늘 같이 지내는 그네들 사이가 훨씬 더 가깝다는 걸, 두 놈도 빠삭하게 아는 거다.

한번은 호랑이 수족구병에 걸려 엄마와 호랑이 포도 할아버지네로 일주일간 격리를 하러 갔다. 그동안 일랑은 아빠를 독차지할 수 있었다. 반나절이 아니라 무려 일주일이나 아빠가 내 거라니! 그 김에 아빠와 평소 동생 때문에 못했던 놀이를 맘껏 함께했다. 아빠랑 동네 산을 돌아다니며 놀다보면 동생 따위는 금방 까먹는다. 풀과 꽃과 벌레에 관심이 많은데 아직 벌레는 좀 무섭기도 하다. 올챙이도 뱀딸기도 어떻게 생겼는지 배웠는데, 개천과 동산에 널려 있다. 다리가 아프다니까 아빠가 얼른 목말도 태워준다. 동생한테 으레 양보하면서도 진짜 샘나는 게 아빠의 목말이었다. 그 일주일이 너무너무 빨리 지나갔다. 그사이 엄마랑 동생이 보고 싶다고는 하더니, 어느 아침 아빠가 그들의 복귀를 알리니 심각과 한숨 모드로 급 전환! 그동안 숨겨놓았다가 드디어 꺼내놓고 맘껏 조립해서 가지고 놀던 기차와 로켓과 비행기와 로봇과 레이싱카 들을 둘러보며 일랑 입에서 나온 말.

"이걸 다 어디다 숨겨놓지? 호랑이가 정말 다 나았대? 너무 빨리 오면 바이러스를 나한테 옮길 텐데. 그러면 친구들도 옮게 될 거잖아……"

친구들까지 끌어다대며 공중보건을 앞세워 악동의 복귀 연장 시도. 그래 봤자 동생은 그날 저녁에 왔고, 고달픈 형 노릇은 다시 이어졌다. 한편 '바이러스'를 일상어로 사용하는 코로나19 아가들의 상황이라니, 진심으로 미안하다.

근데 솔직히 말해 26개월 차이의 두 아가를 놓고 요즘 할머니 마음이 좀 변절중이다. 몸 들이대기만 하다 이제 막 말을 시작한 요즈음의 호랑이 일랑보다 한결…… 귀엽고 눈에 선해서 자꾸 그놈 동영상을 무한 반복하고 있다. 말초적 감각과 이성의 다짐 사이에서 정신 빠짝 차리자! 내 첫사랑은 일랑! 작은 놈은 그냥 쪼끄매서 귀여운 거다! 여러분, 만에 하나 혹시 일랑을 만나더라도, 요 얘기는 절대 비밀입니다!

두 아가 이야기를 쓰면서, 이런 다복한 여건이나 환경을 갖지 못한 아가들, 그렇게 태어나 청소년이나 어른이 되어 아직 어린 시절 상처로 아파하는 사람들이 떠올라 조심스럽다. 한편 엄마 아빠의 사랑을 충분히 받고 자라는 두 아가의 모습을 보면서 아주 다행이다 싶은 마음 한쪽에 나의 유년이 떠오른다. 나도 그 시절 그 비슷한 사랑을 받았을 거다. 그걸 싹 까먹어버리고 좀더 큰 대여섯 살부터 시작된 부모와의 충돌과 상처들을, 상당히 나이들어서까지 계속 핥으며 내 힘을 키워왔다. 그러다 할머니가 되어 두 아기가 엄마 아빠에게 받는 사랑을 보면서, 뒤늦게 깊은 위로를 느끼며 또 철이 든다. 내 부모의 여건과 한계에도 불구하고,

그들 역시 나를 저렇게 사랑했겠구나. 딸이어서 홀대받았다는 내 평생의 예민한 차별의 기억과 인식과는 별개로, 첫아이로 아들을 얻은 그들에게 둘째 아기로 얻은 딸인 나는 참 반갑고 예쁜 아가였겠구나. 그러다가 아래로 동생 셋이 줄줄이 생기면서 집안일과 동생들 돌보기에 진력이 난 여자아이로 컸더라도.

결혼 제도와 가족의 결속력은 어린 새끼를 돌보아 성장하게 하는 요건이지만, 가족 간 갈등과 상처를 야기하고 사회 불평등의 원천이 되기도 한다. 그 징그러운 궁지의 막강함에 진저리를 치며 나 역시 여러 시행착오를 통과하며 내 길을 만들어가는 할머니로서, 아들네 부부와 랑랑도 관습과 제도 바깥의 사람과 상황에 대해 자신을 열어 어디에서 누구와 함께 즐겁게 살아갈지를 고민하며 공정과 균형을 위해 늘 흔들리기를, 마음으로 바란다.

2부

두려움은 소문일 뿐이다

늙어가는 몸의 쾌와 불쾌 사이에서

기나긴 대중교통 이용에 관한 사정

메모 1

2019년 10월 25일 오후 5시 20분경, 화서역에서 병점발 광운대행 1호선을 기다리면서, 빈자리가 좀 있으려니 했다. 러시아워에 약간 겹쳤지만 수원 쪽에서 일하고 서울로 퇴근하는 사람은 별로 없을 거라는 생각에서였다. 금요일이어서일까. 예상이 뒤엎어진 것까지는 아니지만 빗나갔다. 빈자리는 없고 붐비지도 않았다.

흰머리가 늘어나면서부터 이런 경우 보통 노약자석 앞으로 간다. 2019년 이야기니 사회가 노인으로 규정하는 나이인 65세가 아직 2년여 남았던 때지만, 여러모로 내가 나이보다 더 젊어 보일 리는 없어 요행을 기대해보는 거다. 일단 앉으면 폭삭 늙은 노인이 아닌 이상 자리를 양보하지 않을 작심을 한다. 그런데 이게 또 상황에 따라 변수가 많다. 일단 여성 노인들의 무릎 근골격 문제를 잘 알기 때문에 할머니다 싶으면 대체로 양보한다. 나 앉은 자리에서 멀리 떨어진 곳에 서 있는 할머니에게는 내 쪽에서 주시하며 눈이 마주칠 때를 기다렸다가, 눈짓과 손짓으로 여기 와서 앉으시라는 신호까지 하며 자리를 양보하기도 한다. 혹은 앉았던 자리에 가방을 놓고 일어나 할머니에게 다가가기도 한다. 물론 매번 이렇게 착하고 친절한 건 아니다. 그날의 내 컨디션이 가장 중요한 변수이고, 내릴 곳까지 남은 정거장 개수도 중요하다. 몇 개 안 남았으면 웬만하면 미소까지 묻혀 교양 있고 예의바른 중장년 여성의 말과 폼을 잡으며 양보라는 걸 하지만, 내릴 역이 까마득하면 일단 버티고 본다. 나도 죽겠는 거고, 언제 또 빈자리가 나는 요행이 올지 믿을 수 없는 거다. 물론 노약자석 근처에는 노인들이 더 많으니, 앉아서는 눈 처리가 중요하다. 서서도 책을 읽는 편이지만, 앉은 김에는 혹 서 있는 노인과 눈이 마주칠까봐 책에 눈을 붙들어둔다. 그래서인지 지하철 안에서 하는 독서는 질이 아주 좋다. 심지어 글에 써먹을 단상들도 잘 떠올라, 수첩을 꺼내 메모까지 하곤 한다. 이 글도 그날 그 지하철에 앉아서 내 속 꼬라지와 풍경을 급히 메모한 것에서 이어진 글이다.

그날도 지하철을 타자마자 노약자석 쪽으로 눈이 갔다. 그곳에 이십대로 보이는 남녀 2명이 앉아 있는 것부터 눈에 들어와 일말의 희망을 품고 그들 앞으로 갔다. 남은 자리 하나엔 남자 노인이 있었다. 둘은 한눈에도 일행은 아니었고, 둘 다 일어나지 않았다. 선 채로 책을 읽으며 주변을 힐끗거렸다. 인근에는 나보다 더 늙은 게 확실한 남자 노인 2명이 서서 그들에게 눈총을 주고 있었다. 혹 자리가 나더라도 내 차례는 아니다 싶어 마음을 상당히 접었다. 앉은 자리를 주는 것과 달리 빈자리를 차지하는 것에는 순서를 좀 생각한다. 서 있던 노인 중 한 명은 나보다 먼저 내렸고 다른 노인은 다른 빈자리가 나서 앉았다. 나는 금정역에서 내린 여성 청년의 자리를 물려받았다. 내 목적지인 가산디지털단지역까지 몇 명의 노인이 속을 시끄럽게 했지만, 아주 늙은 노인은 없어 그냥저냥 버텼다.

요즘 들어 더, 지하철 노약자석에 앉아 있는 젊은이들이 노인이 와도 일어서지 않는 경우를 자주 본다. 이런 경우 나는 일단 젊은이를 이해하는 가늠을 해버린다. 피곤해 죽겠을 수도 있고, 어디가 아플 수도 있고, 겉으로 드러나지 않는 장애가 있을 수도 있고, 여성이면 임신을 했을 수도 있다. 노인만 앉는 자리가 아닌 노'약자'석이며, 그들은 비가시적 혹은 일시적 약자에 해당할 수 있다. 사실 나보다 약간은 더 늙어 보이는 사람을 앞에 세워두고 앉아 있는 내 속 핑계가 그 비슷하다. 만에 하나 더 늙은 노인이 나더러 일어나라며 시비라도 걸어오면, 할말도 미리 준비하고 있다. "나도 나이라면 먹을 만큼 먹었다" "허리가 너무 안 좋은 사람이다" "무릎이 일찍 망가져 서 있기가 힘들다" "머리가 까맣고 젊어 보이셔서 어르신인 줄을 몰랐다" 등등 시비 거는 사람에 따라 적당한 대꾸를 얼른 뒤져 꺼낼 작정도 한다. 최악의 경우 "민증 까자!"라는 소리까지 나올 것에 대비해, "당신이 뭐 수사권이라도 있냐?"는 야무진 대꾸도 입안에 두고 있다. 하지만 이제껏 어떤 노인도 시비를 건 적은 없다. 내가 좀 애매한 중늙은이다 싶지만, 사실 이것도 핑계라는 걸 남들 눈총받기 이전에 우선 내가 안다. 백세 시대 타령에 63세는 중년밖에 안 된다. 그런 거 저런 거로 마음이 편치 않지만, 믿을 건 염색하지 않은 흰머리와 오랜 흡연으로 인한 검은 낯빛과 젊어 보일 리 없는 옷차림이다. 참, 맨눈으로 책을 읽었다가는 괜한 오해를 살까봐 안경은 꼭 머리 위에 걸치고 읽는다. 나는 '황금근시'여서 책 읽기에 돋보기가 필요 없을 뿐 아니라 근시 안경을 벗어야 더 잘 보이는데, 안경 쓸 정도로 나이는 먹은 사람이라는 걸 공지하기 위해 꼭 머리에 걸치는 거다. 안경이야 나이와 상관없는 도구이지만 내 속 요량이 그렇다는 거고, 이렇게 머리에 걸치면 좀더 늙어 보이기도 한다.

내 사정과 행동이 이렇다보니 노인들 마음이야 물론 이해가 되고도 남고, 노인이 와도 앉아 버티는 젊은이들 역시 미워할 수 없다. 오히려 앉아 버티고는 있지만 시끄러울 게 뻔한 그들의 속내가 안쓰럽다. 나 같은 중늙은이도 속이 시끄러울 정도면 젊은이들은 오죽하겠는가? 그 속내를 덮어둬버리자니, 그들의 표정은 가지각색이다. 진짜 자는지 가짜로 자는지 아예 내내 눈을 감고 있기도 하고, 방어적으로 굴려다보니 '싸가지 없는' 표정이 되어버리기도 하고, 무지하게 피곤해서 만사가 다 귀찮은 얼굴이기도 하고, 재수없게 왜 노인이 앞에 서 있느냐는 듯 짜증이 묻어 있기도 하다. 안 일어날 바에는 마음도 몸도 편하게나 있으라고 격려라도 해주고 싶어진다. 오죽 사는 게 힘들면 그러겠는가 말이다. 이 각자도생의 세상에서, 더군다나 아마도 부자일 리 없는 사람들이 타는 지하철 속 부대낌. 자가용 굴릴 여지가 없는 젊은이나 늙은이들은 지하철 속 재수에나 기댈 수밖에 없다. 부디 빈자리가 생기기를, 부디 나 앉은 자리 앞을 노인이 그냥 지나가기를, 부디 자리를 양보할 '싸가지' 있는 젊은이를 만나기를, 부디 뭐라도 좀 한탕 잘 터져서 자가용을 굴릴 수 있기를……

메모 2

운전을 하지 않는다. '액셀과 브레이크를 반드시 헷갈린다'는 농담으로 이유를 설명하곤 한다. 실제로 면허 취득 후 운전 연수 과정에서 그 둘을 헷갈려 대형사고를 낼 뻔한 경험이 있기도 하다. 하지만 작정한다면 남들 다 하는 운전을 못할 리는 없다. 진짜 이유는 돈과 생태적 관점에서다.

운전과 차 소유를 포기한 김에 기왕 타게 되는 대중교통을 최대한 즐길 방법을 찾는다. 그중 첫번째가 독서다. 어렵지는 않되 글과 생각 속으로 나를 끌고 들어가는 책들이, 내 방 책상에서보다 지하철과 버스 안에서 더 잘 읽힌다. 사람 풍경을 구경하는 일 또한 독서 못지않게 즐겁다. 그 김에 글에 써먹을 조각들도 모을 수 있다. 대중교통을 이용하는 사람들이라는 점만으로도 내 속에는 그들에 대한 편협한 옹호가 상당히 준비되어 있다. 싫은 모습들도 가끔 보지만, 그 외양에 눌어붙은 심리와 시대도 함께 보여 사람 자체는 밉지 않거니와 오히려 흥미로운 관찰의 소재가 된다. 물론 몰래몰래 관찰하며 기록도 한다. 아예 파일 하나를 따로 만들어 모아온 메모에 생각을 더해 글들을 정리해나가고 있다. 상대적으로 '없는 사람들'이 일상적으로 이용하는 것이 대중교통이고, 글쓸 거리를 찾아 멀리 가는 것보다 주변의 일상에서 훔쳐 내 것으로 만드는 것이 내 글 경향 중 하나이다보니, 글의 소재이자 현장으로 대중교통은 잠입과 관찰의 맛을 만끽할 수 있는 곳이다. 없이 살다보니 함께 뒤섞여 살아가는 사람들의 표정과 말들과 더불어 내면도 가늠할 수 있고, 혼자 칩거하면서는 보이지 않고 사람들 사이에 섞여 있어야 보이는 내 소갈머리도 문득문득 만난다. 젊은 시절 도벽의 남은 습이자 효험이지 싶다.

이 글은 2020년 8월까지 수원 안에서도 대중교통이 썩 좋지 않은 동네에서 약 2년 5개월 동안 살던 시절의 이야기다. 엄마의 노쇠와 죽음에 관한 글 작업을 하기 위해 실버타운 인근 수원 한 귀퉁이로 이사했다. 가능하면 외출을 줄이고 밀린 글들 진도나 빼놓자는 심사였지만, 돈 만드는데 글보다는 강의가 훨씬 효율적이라 아예 칩거를 할 수는 없었다. 강의뿐 아니라 글을 위해서라도 사람을 만나야 하는데, 대부분의 경우 서울로 불려다녔다. 문제는 오고가는 시간이었다. 내 집에서 넉넉히 쳐서 30~40분을 잡아먹히며 버스를 타고 화서역이나 성균관대역으로 나와야 했고, 거기서 서울 웬만한 데를 가려면 1~2시간은 보통이었다. 주로 강의나 회의 등으로 상경을 하고 가능하면 그에 이어 다른 약속을 잡으려다보니, 어떤 때는 서울에서 세 개도 넘는 일정을 해결하고 귀환하기도 했다. 알뜰한 상경 일정이어서 다행이다 싶다가도, 귀환하는 밤이나 다음날이면 무지하게 피곤하다가 결국 탈이 나는 경우가 늘어났다. 나도 늙기는 늙은 거다. 그래도 고마운 부름은 돈 주는 강의가 두 개 묶인 상경 일정이거나, 지하철 1호선 역 근처에서 해결되는 일정이었다. 인천 쪽으로 꺾어지는(꺾어진다는 표현은 순전히 지하철 노선도상의 그림 때문이다) 1호선 쪽 강의는 대부분 수락이야 하지만, 솔직히 약간 '노 땡큐'다. 노선도에서는 멀지 않은 수원과 인천을 질러가지 않고 쭈욱 올라갔다 신도림이나 구로역에서 갈아타고 다시 쭈욱 내려가는 느낌이어서 공연히 억울한 마음이 들었다. 말하자면 가까운 동네를 멀리멀리 돌아가는 미련한 짓을 하루에 두 번이나 하는 느낌이었다. 인천 쪽이나 경기도 다른 먼 곳의 경우, 집에서 나서는 순간부터 따지면 편도만으로 때에 따라 3시간이 넘게 걸리기도 했는데, 그런 날이면 '독서의 날'

이려니 하고 마음을 접어버린다. 게다가 시간 약속에 강박이 있는 나는, 중간에 무슨 일이 생겨도 늦지 않도록 일단 넉넉히 시간을 잡아 집을 나오니 여차하면 2시간 강의에 출발부터 귀가까지 10시간이 걸리는 경우도 있다. 가는 길이야 독서라도 한다 치지만, 오는 길까지 책을 읽기에는 몸이 이미 피곤해져 있다. 그런 날이면 강의를 거절하지 못한 나를 원망하기도 했다.

정 시간과 노고가 억울하면 상대에 따라 '노인네'를 팔아먹기도 한다. 강사비가 좀 적다 싶은 곳에는 노인네가 그 긴 시간을 도보와 대중교통을 갈아타며 강의를 하러 가니, 당연히 그에 대한 비용을 지불해야 하는 것 아니냐고 입을 떼는 거다. 물론 상대의 형편에 따라 누울 자리를 보고 다리를 뻗는다. 대부분은 안 먹히지만 때로 먹히기도 했다. 요즘은 오가는 시간과 비용에 대해 '이동 시간 보상수당'이라는 적절한 규정이 생겨서 이를 적극 요청하려고 한다. 강의 말고 꼭 만나야 한다는 제안에 대해서는, 보고 싶은 사람이 집 근처로 오라며 배짱을 부린다. 형편이 어려운 곳에서 작업이나 활동을 하는 사람들이 시간도 없는 경우가 많은데, 당장이든 나중이든 내가 억울한 마음이 들지 않기 위해서는 그 정도 요구는 하고 사는 게 낫다. 물론 어떤 영역, 어떤 활동가들에게는 꼼짝없이 내가 알아서 시간이고 돈이고 밥이고 다 내주기도 한다.

때로 상경한 김에 당시 서울에 살던 손주 일랑이네 집에 가서 1박을 하거나, 그 식구들을 불러내서 할머니 노릇을 하기도 했다. 특히 이틀 연속 서울 일정이 있을 때는 일랑이네를 여관방 삼기도 했다. 문제는 불려가는 장소에 따라 서울도 서울 나름이다. 성북구 한성대입구역에서 버스를 한 번 타고도 걸어서 언덕을 좀 올라가야 하는 곳에 일랑이네 집이 있다보니, 당일과 다음날 일정 모두가 그 동네에서 먼 경우에는 여러 고민을 했다. 수원 집까지 왔다갔다할지, 어디 싸구려 모텔이나 게스트하우스를 이용할지, 모텔비가 아까우면 24시간 찜질방을 이용할지, 여러 날 전부터 머리를 굴렸다. 돈과 시간도 문제지만, 나이가 들면서 몸 피곤해지는 것이 큰 문젯거리였다.

어느 날 2시간 강의를 위해 수원 장안구 조원동 집에서 동두천 동네책방 코너스툴에 다녀올 일이 있었다. 그날은 오전 10시에 시작하는 강의에 좀 일찍 도착하기 위해 오전 6시 20분에 집에서 출발했다. 장 아메리의 『자유죽음』 중 상당히 많은 양을 다시 읽었다. 마침 시간대와 방향이 출근 행렬과 겹치지도 않았다. 그럼에도 가는 데만 3시간

30분 정도 걸린 이 책 읽기 여행에는 예상치 못한 여러 돌발 상황이 끼어들었고, 그 덕에 마음을 다스리는 데에 책 읽기가 더없이 큰 도움이 된다는 것을 다시 확인하는 계기가 되었다.

운전을 하지 않고 지리적 공간감각도 아주 없는 나는, 일단 지하철 노선도를 통해 행차를 가늠한다. 내게 서울과 수도권의 지도는 일단 지하철 노선도다. 강의를 확정하던 9월 어느 날, 노선도상의 까마득한 거리와 2시간 27분이라는 당시의 소요 시간 알림에도 불구하고 성균관대역과 지행역이 둘 다 1호선이라는 것이 천만다행으로 여겨졌다. 수원 성균관대역에서 버스를 타고 집에 가자면 기다리는 시간을 포함해 족히 30~40분이 걸린다. 그러니 사실 오가는 시간 때문에 고사하고 싶은 강의였는데, 오랜 미군기지 지역인 동두천이어서 수락한 것이었다. 이럴 경우 나는 목적지 근처 어딘가에서 책을 읽고 기다릴 생각을 하면서 넉넉히 4시간 정도는 미리 출발하는 사람이고, 그날 역시 '아무리 그래도 새벽 6시는 너무 이르지……' 하는 생각으로 엉덩이를 누르고 누르다가 출발한 게 6시 20분이었다. 무엇이 어떻게 되더라도 시간 문제로 조바심을 낼 일은 없을 거라는 생각이었다. 나는 시간 강박이 있는 사람이다. 대부분의 시간 약속은 남들과의 약속이어서 나만 잘 지킨다고 무난한 것은 아니지만, 일단 내 쪽에서는 시간으로 인해 조바심이 날 상황은 만들지 않는 것이 중요한 습관이자 철칙이다. 그럼에도 내가 예상하거나 통제할 수 없는 돌발 상황들이 곳곳에 숨어 있기 마련이고, 이번에도 마찬가지였다.

첫번째 돌발 상황은, 수원 성균관대역에서 동두천 지행역까지 한 번에 가는 1호선 전철이 없다는 사실이었다. 성균관대역에서 소요산행 전철을 기다리느라 서너 대를 그냥 보냈다. 아무래도 이상해 스마트폰으로 검색을 해보고, 승강장에 붙어 있는 열차 시간표를 노려보며 해독을 하고서야 아차 하며 상황이 이해되었다. 이때부터 마음 한편에 심란함이 피어올랐다. 스마트폰이 없거나 제대로 사용할 수 없는 사람들, 열차 시간표를 제대로 해독하기 어려운 사람들, 특히 내 나이 언저리거나 나보다 더 늙은 노인들을 생각하니 신경질이 스멀거리며 올라왔다. 전철 역에 물어볼 직원이 없는 빌어먹을 세상이라니. 일단 청량리행 전철을 타고 자리에 앉아 신경질을 다스리기 위해 책 읽기에 집중했다. 사고라도 나지 않는 이상 전철은 청량리역까지는 제시간에 가줄 것이고, 대강 따져도 강의에 늦지는 않겠다 싶었다. 어쨌든 충분히 일찍 출발하고 보는 내 시간 강박과 습은 얼마나 다행인가.

성균관대역 승강장에서부터 올라오던 짜증을 다스리며 책에 눈을 붙들어두기는 했지만 용산역과 서울역 직전에 하는 차내 방송은 별수없이 또 귀에 거슬렸다. KTX 역과 이어지는 전철역에 정차할 때마다 나오는 홍보 방송이다. "이 역은 KTX ○○역과 연결되어 있으니, 기차표를 예매하실 분들은 코레일 홈페이지나 앱을 사용하"란다. 그놈의 기차표들을 '젊은 것들'이 모두 앱으로 예매를 하는 바람에, 명절이면 줄을 길게 늘어서서 예매를 해도 노인들은 입석표를 끊을 수밖에 없다는 뉴스를 여러 번 들었다. 앱이나 홈페이지에서 예약하는 젊은 것들이야 저 홍보 방송을 안 해도 이미 다들 잘 알고 있을 테고, 노인들이 점점 늘어나는 지하철 안에 구태여 저 방송을 해대는 이유가 마치 노인들을 약올리기 위해 하는 짓 같다는 억하심정까지 들 지경이다.

두번째 돌발 상황은 청량리역에서 내려 소요산행 승강장으로 계단을 오르내리며 이동하고 나서, 청량리역에서 소요산역까지 직행하는 전철은 30분에 하나씩이라는 사실을 알게 된 것이었다. 이때부터는 혹 강의에 늦을까 조바심이 일기 시작했다. 다행히 청량리역에서 내려 18분 만에 소요산행을 탈 수 있어 조바심은 가라앉았다.

소요산행을 기다리던 중 세번째 당황스러운 사건이 발생했다. 오줌 문제였다. 집에서 출발한 지 거의 3시간이 넘었고, 그사이에 오줌을 눴어야 하는 몸임을 깨달은 건 오줌이 마려워지면서부터였다. 나이들면서 장거리 여행중의 소변 문제야 늘 신경쓰는 사항이지만, 이번에는 돌발 상황을 거치며 열차를 갈아타고 시간을 신경쓰느라 깜빡 놓쳐버린 것이다.

나는 새벽에 일어나자마자 혈압약과 함께 찬물을 열 모금 마시고, 그다음 커피를 많이 마시고, 이후 녹차를 많이 마시는 습관이 있다. 이 습관을 당일 일정과 교통편에 따라 조절을 하기는 한다. 휠체어 장애인들은 외출하는 날이면 이 조절을 아주 철저하게 한다. 물은 물론 국물도 철저하게 안 먹는 것이다. 많은 휠체어 장애인의 경우 몸이 어느 정도 맞춰져버린 듯, 집 바깥에 나오면 소변이 마렵지 않다고도 한다. 그러다보니 방광이나 전립선 관련 질환을 앓는 사람이 많다. 그날 나는 새벽 4시 30분경에 잠을 깼기 때문에 별도의 조절은 하지 않았다. 집에 있는 동안 물과 커피와 녹차로 인한 소변 사이클이 한 차례 이미 회전했다. 문제는 가는 길이 너무 길었던 거다. 늘 그러듯 집을 나오기 직전 마지막으로 소변을 조금 보기는 했는데 서울역 쯤부터 다시 마렵기 시작했다. 녹차 탓이었다. 정 급해지면 어디서든 내려 해결을 해야겠다는 생각을 했다. 다행히 청량리역에서 소요산행 전철을 기다리는 18분 동안, 계단을 오르내리고 임시 출입구의 벨을 눌러 문을 열어달라고 해 화장실에 다녀올 수 있었다. 휠체어 장애인이나 무릎이 좋지 않은 노인이면 엘리베이터를 이용해야 하는 등 훨씬 더 복잡한 상황이 된다. 하여튼 그런저런 우여곡절 끝에 강의 장소 건너편 공원에서 잠시 책을 보는 여유까지 부렸고, 별다른 탈 없이 강의 일정을 마쳤다.

가장 황당했던 일은 오는 길의 똥 문제였다. 강의 이후 참석자들과 함께 점심식사와 지역 탐방 일정을 마치고 보산역에서 전철을 타자마자 바로, 갑자기 대변이 황급해졌다. 평소 아침 습관대로 열 모금의 찬물 이후 커피 마시는 동안 오곤 하던 대변욕을 바쁜 일정 때문에 몸이 알아서 건너뛰었고, 냉동실에서 챙겨 나온 떡 두 개를 가는 길에 먹고, 강의중 냉커피와 물을 마시고, 오후 2시가 되어서야 동두천 투어를 위해 도착한 보산역 인근에서 일행들과 점심을 먹었다. 이후 동두천 미군부대 인근을 걷다가 열차가 보산역에 도착하는 시간에 맞춰 일행들과 헤어져 혼자 열차를 탔던 건데, 타자마자부터 배가 꼬이는 듯 아파오더니 똥이 마렵기 시작했다. 30분에 한 번씩 오는 전철이라는 걸 이제는 알았지만, 아무리 생각해도 이 채로 청량리까지 가는 것은 불가능했다. 여차하면 사람들 많은 데서 옷을 입은 채 똥을 싸버리는 상황이 되겠다는 생각에, 결국 세 정류장 만인 덕정역에서 내려, 계단을 내려가, 임시 출입구를 통과해서, 화장실을 찾아, 똥을 쌌다. 그사이 내내 불안해하며 항문에 힘을 주어야 했고, 다행히 큰일까지는 벌어지지 않았다. 망신을 가까스로 면하고 홀로 들어앉은 화장실에서 만끽하는 배설의 쾌감과 다행스러움이라니…… 게다가 비교적 묽은 똥이었다. 널널하고 얇은 7부 바지였으니, 사고가 났다면 단지 냄새의 문제가 아니라 전철 바닥에 똥을 싸지르는 상황이 벌어질 뻔했다.

이 오줌과 똥의 문제가 나이듦으로 인한 사정인지, 아직은 그렇게까지 연결할 문제는 아닌지는 더 두고 판단할 일이다. 하지만 그 상황 내내 휠체어 장애인들과 더 늙은 노인들을 떠올리지 않을 수 없었다. 전철 승강장 공간에 화장실을 설치하라!

메모 3

2~3년 전만 해도 일반석이 비었으면 그쪽에 우선 앉았는데, 언젠가부터 노약자석에 앉게 된다. 노약자석이 모두 비어 있으면 무조건 노약자석이다. 그것도 가운데 자리로. 일반석보다 훨씬 편하게 '노인질'을 할 수 있어서다. 발이 아프면 신발도 벗고, 더 죽겠으면 아주 드물지만 욕먹을 각오로 양말을 벗고 볼펜 끝으로 발바닥 혈자리를 누르기도 한다. 목운동이나 무릎운동은 기본이고, 간단한 스트레칭도 한다. 자리에서 일어나 양손으로 각각 손잡이를 잡고 허리를 안으로 꺾어넣는 운동도 한다. 유명한 척추 전문의사가 유튜브에서 무지하게 강조하는 허리운동 자세다. 지하철 손잡이의 간격과 높이는 내 체격에 딱 맞는다. 떨어져 있는 젊은이들 눈치를 보지 않아도 되고, 근처 노인들끼리는 몸 사정이 비슷하니 이해를 할 거라는 요량이다. 아니면 말고. 자리가 없어 서게 되더라도 노약자석 쪽에 선다. 앉아 있는 젊은이들 앞에 노인이 서 있는 부담을 주고 싶지 않아서다(아주 피곤한데 상당히 붐비는 날은 일부러 젊은이의 양보를 노리고 일반석으로 가기도 한다). 지하철 안에서조차 노인과 비노인이 구분되는 것/스스로 구분하는 것이 좀 찜찜하기는 하지만, 젊은이들 앞에서보다 노약자석에서 노인

질이 편한 건 사실이다.

지하철에 사람이 적어 서 있는 사람이 거의 없으면, 앉은자리에서 발목운동을 하곤 한다. 다리를 뻗어 발목을 까딱까딱 하는 정도다. 워낙에 운동 부족이다보니, 다른 무엇을 할 수 없는 김에 그 운동이나마 하는 거다. 단순 동작이라 읽는 책이나 이어폰 속 소리에 집중하기에도 문제가 없다. 다른 사람들 마음을 불편하게 할 수는 있다고 생각하지만, 물리적 불편은 주지 않으니 그냥 뻔뻔해지기로 했다. 많은 경우 중년이나 노년의 여자들은 무심결에 내 운동을 따라 한다. 발목과 무릎 문제가 비등비등한 거다. 드물지만 젊은이나 할아버지들이 따라 하기도 한다. 늙은이들의 이 정도 주책은 젊은이들이 좀 견뎌줘야 한다는 배짱이기도 하다.

그날 낮에도 1호선 지하철 노약자석에 앉아 발목운동을 하며 책을 읽고 있었다. 그런데 맞은편에서 한 남자가 소리를 꽥 질렀다.

"뭐하는 거야, 지금!"

나를 향한 소리일 거라는 생각은 없이 괴성의 발화자에게 눈이 갔고, 그와 눈이 마주쳤다. 나한테 지른 거다. 기껏해야 나보다 두세 살 정도 더 먹어 보이고 흰 머리칼은 나보다 적다. 덩치가 크고 표정이 안하무인이어서, 참지 않고 맞장을 뜨기로 했다. 같이 늙어가는 처지에 이해할 만도 한데 말이다. 이럴 때 내 쪽 염치없음을 슬쩍 덮기 위해선, 염치도 모른 채 괴성을 지른 상대를 정확히 공격하는 게 수다.

"운동하는 거다!"

이 정도의 문장을 큰 소리로 내줄까 하다가 꿀꺽 삼키고, 표정 없이 주시만 했다. 물론 발목운동은 계속하면서. 똑같이 하면 똑같아지는 거다. 감정을 뺀 주시와 발목운동의 지속은 효력이 정확했다. 괴성을 지를 정도로 감정이 격앙되었던 그의 눈은 내 눈길을 길게 버티지 못하고 금세 흔들렸고, 그는 이내 시선을 피하며 "씨발"과 "여편네" 어쩌고를 점점 작아지는 소리로 중얼거리더니 일어서서 내가 안 보이는 자리로 옮겨갔다. 사라지는 그를 보며 잠깐 통쾌하면서도 생각은 내 속으로 향했다. 누가 더 주책인지는 차치하고, 시선에 대한 이야기다.

내 삶의 원동력 중 하나는 호기심이다. 구술생애사 작업뿐 아니라 다양한 소수자들에 대한 관심의 시작은 연민이니 연대니 이전에 우선 호기심이다. 알고 싶은 거고, 이해하고 싶은 거고, 내 고정관념을 깨고 싶은 거고, 좋으면 배워서 따라 하거나 널리 알리고 싶은 거다. 정치·사회·문화·섹슈얼리티·젠더 등 내가 가졌거나 가지고 있는 다양한 정체성 들에 대한 고민도, 시작은 호기심인 경우가 많다. 나를 잘 아는 후배는 내게 '호기심 천국'이라는 별명을 지어주기도 했다. '안 된다' '위험하다' 하는 것들에는 호기심이 더 발동해서 그 경계를 훌쩍 넘어버리곤 한다. 대부분 '아버지의 규율'이자 정상가족 이데올로기를 따른 것들이다. 젊어서는 혼돈과 방황 속에서 그 경계들을 넘어버리곤 했다면, 나이가 들수록 확장을 위해 경계를 넘는다. 그렇더라도 말이 그렇지 나도 관리라는 걸 나름대로 하고 살며, 몸 사릴 건 사리고 살아왔다. 아직 살아 있는 게 몸 사림의 증거이고 사회가 말하는 '타락'조차 제대로 못한 걸 보면 내 속에는 겁도 많고 규범도 많다. 특히 결혼 후 아이를 낳아 기르면서 몸을 더 사렸을 거다. 하지만 아이들이 크고 사회운동을 시작하며 여성 주체로서 인식이 단단해지면서, 여러 경계들을 훌쩍 넘어버릴 수 있었다. 족, 결혼, 정상의 성 등에 관한 경계를 넘는 맛이 유난히 컸고, 그만큼 아팠다. 그런 과정에서 다양한 소수자들에 대한 호기심이 커졌고, 단순한 호기심을 넘어 연대의 시작점이 되었으며, 연대의 실천까지 이어지지는 못하더라도 적어도 관점은 명확해졌다. 2009년 글쓰는 사람이 되고부터는 몸으로 하지 못하는 다양한 현장 속 실천을 글로라도 떠벌릴 수 있게 되었다. 그러니 내 시선은 사실 기록을 위한 꼼꼼한 관찰이 목적이다. 하지만 이것 역시 시선의 대상자들에게는 폭력일 가능성이 크다. 대상자는 내 의도는 고사하고 내가 어떤 사람인지조차 모른 채 시선을 받아내야 하며, 그가 가진 시선의 폭력에 관한 기억과 해석과 감정 들을 고스란히 떠올리게 될 거다. 그렇다면 필요한 것은 서로에 대한 이해이고, 이를 위해서는 경로 탐색과 시간이 필요하다.

외부의 무엇을 주시하는 일은, 내 안을 향한 주시와 동시에 진행된다. 혹시라도 부당한 혐오가 묻어 있나 내 속과 시선을 거듭 의심하고 단속한다. 낯선 대상이 사람일 경우, 서로 눈길이 마주치기 전에 얼른 피한다. 때론 피하는 데 실패하기도 하는데, 그럴 때면 얼른 호기심의 기운을 빼고 표정을 바꿔보려고 한다. 문제는 이 표정 바꾸기가 실패하기도 한다는 거다. 그 순간 나대로 해본다는 짓이 "지금 무슨 역이에요?"나 "목걸이가 참 예쁘네요" 정도의 뜬금없는 말을 건네는 것인데, 워낙에 뜬금없는 소리다보니 이상한 사람이나 주책없는 여편네 취급을 받기 일쑤다. 심지어는 "지금 몇시예요?"라는 시대에 뒤떨어진 질문이 튀어나와버리기도 한다. 모두가 휴대폰을 가지고 다니는 시대에 이런 멍청한 질문이라니! 그래도 나 비슷한 사람이 없지는 않아 아주 드물게 답을 듣기도 한다.

상대가 장애인인 경우, 내 마음은 여러 가지가 뒤엉켜 있다. 장애인들의 투쟁 덕에 나는 나이가 들수록 더 많은 이동 관련 혜택을 보고 살아, 늘 고마움을 느낀다. 그들의 불편과 고생에 대한 연대의 마음이 있는 한편, 다른 한편에는 내가 장애인이 아니어서 다행이라는 생각이 별수없이 또 있는데, 이 생각을 내가 아무리 숨겨봤자 상대는 늘 느끼고 있을 거다.

소수자성이 드러난 채 살아야 하는 사람에게는, 누군가 자신을 본다는 자체가 여차하면 모멸감이 드는 일이다. 열두세 살부터 시작된 액취증으로 다른 사람들의 시선과 표정과 쑥덕거림과 피해 다니기를 겪어야 했던 사람으로서, 그 모멸감을 모르지 않는다. 다른 이들의 다양한 소수자성에 대한 호기심은 내가 느꼈던 모멸감 덕이다. 간략하게 말하자면 모멸감은 내 생애의 자산이자 내 밖으로 나아가는 내 속 출발지다. 확장하자면 어떤 소수자들이 다른 소수자들과 연대하는 일 역시 자신이 느껴온 모멸감 덕이라는 것이 내 소신이다. 그렇다면 낯선 존재들에 대한 호기심과 소수자들의 모멸감 사이에서 어떤 경합과 만남이 가능할까? 그 경합과 만남에는 어떤 경로와 시간이 필요할까?

메모 4

노약자석을 선호하는 다른 이유는, 노인들의 구체적인 행태, 이를테면 움직임과 말들을 가까이에서 관찰하거나 들을 수 있는 기회를 누릴 수 있어서다. 수첩을 꺼내 메모도 하고, 대화가 좀 길어지는 노인들이 있으면 휴대폰 녹음 기능도 이용한다. 물론 바로 근처면 적당한 넉살로 대화에 끼어들기도 한다.

2022년 8월 어느 날도 처음에는 노약자석 가운데에 앉아 목운동과 스트레칭을 하면서 건너편에 앉은 한 육십대 후반 남자 하나를 무심한 척 훔쳐보며 메모할 것을 머리에 넣고 있었다. 짙은 갈색을 넘어 구릿빛 얼굴에 굵고 깊은 주름, 거친 손과 낡은 작업화. 행색과 얼굴로 보아 젊어서는 몰라도 최근 십수 년은 공사장 노가다로 밥을 벌고 있는 듯 보였다. 바닥에 내려놓은 검은 가방엔 아마 낡은 연장이 들어 있지 싶고, 피곤한 듯 대체로 눈을 감고 있었다.

그러다 어느 역에선가 연세가 아주 많아 보이는 할아버지 하나가 내 오른쪽에 앉았고, 나는 운동을 중지하고 왼

쪽으로 자리를 옮겼다. 노인과 나 사이에 빈자리가 생긴 거다. 딱 보니 이분은 평생 농부로 살아오셨네 싶었는데, 찌들고 어두운 구석이 없이 땡글땡끌하고 건강한 느낌이었다. 나이 차이는 차치하고, 같은 몸 노동으로 살아온 듯싶은 두 남자 노인의 외양이 다르게 느껴지는 건 왜일까 문득 궁금해졌다. 운동을 중단한 김에 수첩과 볼펜을 꺼내 머릿속에 떠올랐던 건너편 노인에 관한 생각과 두 노인의 차이에 관한 질문을 메모하고, 목운동과 무릎운동을 다시 시작하면서 계속 건너편을 훔쳐보며 틈틈이 적어나갔다. 그러고 보니, 옆의 땡글 할아버지가 어느 결에 내 운동을 따라 하고 있었다. 할머니 중에는 그런 사람이 많은데, 할아버지는 드물다. 어떤 할아버지들은 노골적으로 싫은 눈빛과 표정을 드러내곤 하는데, 땡글 할아버지는 싫어하기는커녕 내 운동 자세를 상세히 보며 따라 하고 있어 다행이다 싶었다.

하던 대로 건너편 노인에 대한 관찰 메모와 목운동을 해나가던 중, 오른쪽에서 시선이 느껴졌다. 슬쩍 돌아보니 땡글 할아버지가 눈을 가늘게 뜨면서까지 내 메모를 읽으려고 하고 있었다. 그것도 뭐 그런가보다 하고 있는데, 좀 있으니 노구를 기울이고 목을 쭈욱 빼 가운데 빈자리를 반

이상 넘어 내 쪽으로, 정확히는 내 수첩 쪽으로 시선을 두었다. 노인의 호기심이 재밌어 빙그레 웃으며 할아버지 머리통을 내려다보고 있자니, 그도 내 시선이 느껴졌는지 고개를 들어 내 얼굴을 향하다가, 눈이 마주쳤다. 땡글땡글하게 늙은 얼굴, 해맑은 웃음, 천진난만하달 정도로 호기심이 가득한 눈. 남의 수첩을 뚫어지게 들여다본 것에 대한 미안함이나, 남의 것을 훔쳐보다 들킨 사람의 당혹감이라곤 전혀 없는 눈빛이었다. 생각해보니 바로 옆에서 뚫어지게 들여다봤으니 몰래 본 것은 아니어서, 훔쳐본 사람의 당혹감은 그의 몫이 아니다. 그래도 남의 수첩을 뚫어지게 본 것에 대한 미안함은 느낄 법한데 그것도 없다. 이런 경우 젊은이들은 대개 주책없다거나 배려 없다고 느낄 테고, 나는 그 느낌도 틀리지 않다고 생각한다. 젊은이들은 상대적으로 개인주의와 타인과 충분한 거리를 두는 성향이 많고, 노인들은 곁을 쉽게 내주는 경향이 있다. 누가 옳고 그르고의 문제가 아니라, 문화적 차이라는 생각이다. 두 성향 다 장단점이 있다. 중요한 것은 그 차이가 만났을 때 저 사람은 저렇구나 하며 적당히 받아들이고, 내 성향이나 입장으로 상대를 판단하지 않으며, 그 김에 나와 다른 상대를 이해해보려는 태도를 장착하는 것이다. 나로 말하자면 이중적인 것을 넘어 다중적인 사람이라, 어떤 면에서는 지독하게 개인주의적이고 의제에 따라 날을 세우기도 하지만, 상대나 필요에 따라 곁을 내주거나 상대의 옆구리를 푸욱 찌르고 들어가는 경향과 기술도 있다. 내가 느끼기에 그 땡글 할아버지의 태도는 주책없음이나 배려 없음과는 전혀 다른, 그야말로 순전한 호기심으로 여겨졌다.

그 시선과 마주치자 나는 싫지는 않다는 마음을 전할 필요를 느껴 살짝 웃었고, 그는 해맑은 호기심에 부러움을 담아 "글씨를 아주 잘 쓰네, 잘 써. 좋겠어!"라고 말을 건넸다. 반말인 건 괜찮았는데, 문제는 목소리가 너무 컸다. 그러고는 이어서 "눈이 밝은가봐, 난 눈이 흐려서 잘 안 보여, 뭐라고 쓴 거야……" 정도의 말을 하다가, 급기야는 "몇 살 먹었어?"까지 갔다. 지하철 안 이런 대화도 할머니들과는 흔하지만 할아버지들과는 드물다. 그러니 나 또한 호기심이 확 돋아 큰 소리에 대한 염려는 치워버렸다. 이런 경우는 대부분 당신 귀가 어두워서다. 귀 잡순 양반이라 남의 말을 제대로 못 알아들어왔고, 그러니 제발 상대가 크게 말했으면 싶은 거고, 그러니 당신 목소리부터 커진 거다. 게다가 주변에 귀 어두운 친구들이 많다보니 큰 소리로 사는 거다. 아니면 입이고 귀고 닫아버리든가. 살짝 난감했지만, 노인 귀에 답이 들어가려면 내 목소리도 커야 한다. 내 나이가 뭐 국가 기밀도 아니고.

"아버지 눈을 닮아서 저도 눈이 밝아요! 올해 육십여섯이에요!"

"새댁이네, 새댁. 좋겠어. 내 막내딸이 육십셋이야. 춘부장께서는 연세가 어떻게 되셔?"

"1929년생이시니, 올해 아흔넷이셔요."

"아이고, 나랑 동갑이시네. 기사년 쥐띠! 그래, 춘부장께서는 잘 있으신가?"

친구 안부를 친구 자식에게 묻는 듯한 질문도 재밌지만, 더 재밌는 건 94세의 노인이 죽었을 거라는 전제를 아예 안 한다는 점이었다.

"네, 연세에 비해 건강하셔요. 그래도 어르신처럼 바깥을 혼자 다니지는 못하셔요. 건강하시니 참 좋네요."

노인은 신이 났다. 처음에 딱 봤을 때 내 아버지 정도 나이로 보였고, 그래서 반말이 괜찮았는데 다만 신기하기는 했다. 지하철에서 처음 만난 머리 꽤 하얀 여자한테 반말을 하는 초고령의 남자.

"제 글씨가 잘 보이시나봐요. 이렇게 처음 보는 여자 옆에 바짝 다가오셔서 읽으시는 걸 보니, 하하하."

이 천진난만한 노인을 좀 놀려볼 마음도 있었다.

"아니야, 젊어서 국문을 못 배웠어. 이제사 증손녀가 가끔 가르쳐주는데 너무 어려워. 새댁이 글씨 잘 쓰는 걸 보니까 너무 부러워서 들여다본 거야."

농촌 봉건사회에서 태어나, 개인과 사회의 갖은 산전수전을 겪고 살아남아, 21세기 IT사회 바깥에서 자기 시간을 살아가고 있는 노인. 배우지도 가지지도 못한 사람으로 그 시절들을 다 살아내는 건 실로 무리한 일이었을 거다.

이 모든 대화가 글처럼 매끄럽게 이어지진 않았다. 같은 대목을 큰 소리로 말하고 또 말하며 이어졌고, 그러다보니 저쪽 젊은이들까지 휴대폰을 내려놓고 대화의 진전에 조바심을 내는 사람들이 많았다. 말 끊기가 아까워서 나는 내릴 곳을 벌써 지나쳐버렸는데, 노인이 종점까지 간다는 말을 듣고 둘 다 너무 아쉬워하며 별수없이 작별을 했다. 나 내리는 걸 쳐다보는 걸로 봐서 다른 사람들도 이야기 끝나는 게 아까운가보더라. 아까우면 당신들이 더 이어보든가.

의료산업에 덜 속고 살기

아마 4개월 전 즈음 시작된 왼쪽 어깨 통증이 시간이 지나도 나아지는 것 같지 않지만 큰 불편함이 있는 것도 아니어서 그럭저럭 데리고 살다가, 너무 오래간다 싶은 생각도 들고 통증이 조금씩 심해지는 것 같아 집에서 가장 가까운 정형외과를 검색해서 찾아간 게 어제 오후 2시경이다. 여타의 진료 과목과 함께 정형외과도 나열된 병원이 아닌 정형외과 전문 의원을 찾아갔다. 들어서면서부터 상당히 규모가 크고 깔끔하다는 느낌을 받았다. 첫 방문 등록 및 접수, 간호사와 의사 면담, 엑스선 촬영, 물리치료, 병원 내부의 각종 안내 간판 등등을 통해 파악한 상황을 정리해본다.

삼십대 중반의 남성 의사 하나에 15명 정도의 직원(간호사, 간호조무사, 물리치료사, 방사선 기사 등등), 돈을 꽤 들인 듯 화려하고 넓은 대기실과 여타의 치료 공간들(척추 클리닉, 관절 클리닉, 족부 클리닉, 영양주사 클리닉, 체외충격파 클리닉), 각종 의료 기기와 설비, 도수 치료, 특수치료 등 갖은 진료 항목. 나는 이런 요란뻑적지근함 앞에서 과잉 진료나 비싼 치료비 의심부터 드는 사람이다. 삼십대 중반에 이 많은 경제적 부담을 지기로 작정했으니, 의사이자 사장은 돈 뽑아내기에 초집중 상태일 거라는 예감이 들었다. 게다가 그 많은 직원과 진료 항목에도 불구하고 의사는 단 한 명인 것으로 보아, 다른 직원들이 의사 업무 중 일부를 '땜빵'하거나 의사의 직접 처치는 아주 신속 간단할 거라는 의심도 들었다.

우선 의사 문진과 동작 시범 후, 의사는 엑스레이 촬영을 하자고 했고, 나도 동의했다. 혹 석회화 현상이 아닌가 하는 생각이 든다고 했더니, 석회화보다는 오십견일 가능성이 높다며 엑스레이를 찍으면 여부를 안다고 했다. 석회화와 오십견의 차이를 물었는데 그는 설명하지 않았고, 간호사에게 다음 환자를 들이라고 했다.

원장실을 나와 대기실 소파에서 기다리니 간호사가 A4

반 장짜리 안내문을 가지고 와서 진료 과정을 설명했다. 의사 면담(1차 했음)→엑스레이→엑스레이 해독(의사)→물리치료→주사와 운동요법 설명(의사)→처방전 발행 등으로 진행된단다. 초진비를 포함해 73,400원의 액수까지 적혀 있었다. 사실 그 안내문의 제목은 '신경소염 주사 치료(비급여) 안내 동의서'였는데, 그에 대한 설명은 대강 훑고 지나가고 다른 설명들로 시간을 끌었다. 간호사의 설명과 달리 내가 파악한 안내문의 핵심은 신경소염 주사 치료는 급여이고, 그 주사액에 2만원짜리 비급여 약물(약품 이름도 적혀 있었다)을 포함시키겠다는 점이었다. 요즘 비급여 항목에 대한 설명 의무화•가 강화되고 있는 마당이어서, 이 병원은 그 의무를 이런 식으로 때우고 있는 거다. 그러느라 '비급여'는 간단히 넘어가고 누구나 다 아는 '치료 후 관리 및 유의 사항'은 길고 친절하게 설명하면서 환자의 관심을 흩트리고는, 잘 알아들으셨으면 서명을 하라는 거다.

나는 직감적으로 그 비급여 약품이 그동안 노인복지 현장에서 만난 노인들이 숱하게 말한 통증 주사일 수 있겠다는 생각을 했다. 간호사가 '치료 후 관리 및 유의 사항'을

• 2021년 1월부터 비급여 진료시 환자에게 해당 비급여 항목과 가격 등을 설명하도록 하는 '비급여 사전 설명 제도'가 시행되었다.

길게 설명하는 동안 휴대폰으로 약품 이름을 검색해서 확인한 효능은 '주사 약물의 흡수 증진'이었다. 빠른 판단이 필요했고, 내 체질은 주사 약물을 잘 흡수할 것으로 믿기로 입장을 정했다. 비교적 건강한 사람이니 이런 결정을 편하게 한 거다.

볼펜을 건네주고 서명을 기다리고 있는 간호사에게 비급여 약물은 선택하지 않겠다고 하면서, 그럴 경우 급여가 되는 주사만 맞는 것이 가능하냐고 물었다. 어렵지 않은 문장인 내 거절과 질문을 간호사가 잘 이해는 했을 텐데 그전에 당황하고 있었고, 그러느라 내 질문과 상관없는 말로 좀 버벅거렸고, 같은 질문을 세 번 반복하는 동안 계속 말을 돌리다가 다른 간호사를 데리고 왔다. 그 과정에서 3명의 여성 간호진이 차례로 왔고, 마지막에 온 경력이 가장 많아 보이는 간호사마저도 내 말을 이해 못하겠다는 표정을 지으며 질문의 핵심을 비껴간 설명인지 설득인지를 하려고 애를 썼다. 하지만 그들은 이미 내 질문을 충분히 이해하고 있었고, 문제는 비급여 항목을 처방하지 않는 게 자신들이 결정할 수 없는 일인 듯했다. 나는 이 단계에서 노인네 환자 하나를 잘 처리하지 못해 간호사들이 나중에 의사에게 잔소리를 들을 수 있겠다는 생각을 했다. 그래서 세번째로 온 간호사에게 정 곤란하면 내가 의사에게 직접 이야기하겠다고 했고, 그녀는 원장실에 들어갔다가 3분 후 나와 "원장님이 면담하시겠다고 했다"며 나더러 들어가시라고 했다. 물론 간호사가 원장실에 들어가자마자 나는 휴대폰 녹음 기능을 켜놓았다. 원장실을 다시 들어서는 나를 향해 의사는 기분 나쁘다는 시선과 표정을 다소 노골적으로 드러냈다. 이럴 때 내 전략은 '무표정+상대의 눈을 정확히 바라봄+사회·문화적 수준이 좀 높은 단어 몇 개 사용+낮은 톤의 목소리로 정확한 질문과 의견 제시'다. 그 다음은 아래와 같이 진행되었다.

의사: (내 무표정과 시선에도 불구하고 초반에는 비웃음+무시하는 말투 유지.) "지금 어머니가 뭘 몰라서 그러시는데……" "가난한 사람들 사는 동네라 나도……" 등.

나: "어머니라고 하지 마시고 환자분이라고 불러주세요" "오십견이라는 퇴행성 관절염에 흔하게 사용하는 신경소염주사 처방을 하면서, 구태여 비급여 약품을 추가하는 것에 동의가 되지 않네요" "비급여를 선택하지 않겠다는 환자의 말에 의사가 가난 이야기부터 꺼내는 건 질문을 제대로 이해하지 못하고 있거나 이해하고 싶지 않은 것으로 느껴지

네요" 등.

의사: (당황한 듯 눈빛이 흔들리면서도 비슷한 말만 반복하더니, 답답하다는 듯 소리를 키우며 노인네가 의사 말을 이해 못하는 것으로 몰고 가다가, 중간에 이게 아니다 싶었는지 어영부영 말길을 돌리느라 다소 버벅거림.)

나: (의사의 다소 긴 딴전들 틈틈이) "비급여 약품 추가를 선택하지 않을 경우 신경소염 주사를 맞을 수 없는 건가요?"(똑같은 내용의 문장을 낮은 톤으로 세 번 반복.)

의사: (한숨을 쉬며 얼굴을 돌려 창밖을 바라봄. 동석하던 간호사는 원장실을 나가야 할지 말아야 할지를 고민하는 듯하다가 나와 눈이 마주쳤고, 그 순간 내가 보낸 미소와 끄덕임을 어떻게 해석했는지 그대로 머무름.)

나: "우리나라 국민건강보험이 제가 보기에 상당히 좋다고 여겨지는데, 개인 사업자인 의사들 입장에서는 어려움이 있으리라는 점도 이해가 됩니다. 주변에 의사인 후배들 통해 어려움을 듣고 있어요. 하지만 환자이자 소비자 입장에서는 의사들이 겪는 문제에 대해 가장 막바지 피해자가 되는 측면이 많다고 생각합니다. 아까부터 간호사 세 분을 포함해 지금 의사 선생님에게까지 내가 환자로서 하는 질문의 핵심은, 비급여 약품 추가를 선택하지 않을 경우 신경소

염 주사를 맞을 수 없느냐는 겁니다. 이 질문을 이해하지 못하는 건가요? 아니면 이해하고 싶지 않은 건가요? 아니면 진료 거부를 하고 싶으신 건가요? 답을 하시고 그만 정리하지요."(일부러 의료법상 명백한 불법 행위인 '진료 거부'라는 용어를 사용함.)

의사: (포기와 자존심을 담아) "알겠습니다. 정 돈이 없으시면……"

나: "내 말이 아직도 돈 문제로만 들리시나요?"

의사: "아, 아닙니다. 비급여 약품 뺀 주사약으로 준비하겠습니다."

물리치료 후 마지막 단계에서 다시 만난 의사는 일단 겉으로는 친절하게 주사를 놓아주었고 운동 방법도 알려주었다. 그 병원을 앞으로 서너 차례 더 갈 예정이다. 장차를 위해 치료 과정에서 간호사와 물리치료사 등에게는 조금 똑똑하지만 수더분한 할머니 모드로 전환했다. 공간이 워낙 넓어서 의사는 다른 직원들의 말과 행동과 진료 행위를 제대로 관리하거나 통제할 수 없어 보였다. 특히 물리치료사들은 동료들끼리는 물론 환자와도 다소 수다스럽게 여겨질 정도로 편하고 자유롭게 이야기를 나눴다. 물리치료사를 통해 오십견과 석회화의 차이를 상세히 배웠고, 의사보다 나이가 많아 보이는 남성 방사선 기사와의 간단한 대화를 통해 의사의 성질머리를 조금은 파악했다. 세 간호사들에게는 결제 과정에서 미소를 담아 "아까 깐깐하게 굴어서 미안해요"라는 말과 함께 "간호사들에게 한 게 아니고 의사에게 한 것"이라고 덧붙였다. 내 말에 대한 답으로 그녀들이 내게 보인 미소에 대해서는 아직은 정확하게 해독이 안 된다. 카드로 53,400원 일시불. 마지막으로 간호사가 "내일은 물리치료만 하면 되고 5~6천원 정도 나올 것이며, 앞으로 치료 과정에 비급여 항목이 있으면 빼겠다"는 말을 했다. 나는 무작정 빼지는 말고 왜 비급여인지 어떤 효과가 있는지 아는 대로 설명해달라고 했다.

진료 초반부터 아픈 거야 그렇다 치고 그 김에 글이나 하나 건지자는 작심을 하고 있었다. 집으로 돌아와 위 글의 초고와 함께, 병원 이용 과정에서 시민이자 소비자로서 겪었던 일들과 떠오른 문제의식들을 듣고 싶으며, 댓글들은 익명 처리와 가공을 거쳐 책에 사용될 수 있다는 글을 SNS에 올렸다. 올리자마자 댓글이 붙기 시작했고 이내 주르륵 달렸다. 글을 읽고 통쾌한 느낌이 들었다는 반응이 많았고, 그중에는 의사도 4명 있었다. 넷 모두 산업형 병원과는 다른 의료복지사회적협동조합• 소속 의사거나 인도주의실천의사협의회, 건강사회를 위한 치과의사회 회원이었다. 한 의사는 "액수로 봤을 때 그럼에도 좀 속은 것 같다"고 썼고, 나는 "그 정도야 속고 살아야지 어쩌겠냐?"고 답했다. 개인으로선 해결 방안도 답도 없다. 그저 모색을 해나가는 것뿐이다. 신자유주의사회에서 소비자로서 의료산업에 속지 않고 사는 것은 불가능에 가깝다. 다만 소비자를 봉으로 여기는 태도에 대해서는 시민으로서 방어를 해야 한다는 입장이고, 방어를 포기한다는 건 그 흐름에 일조한다는 말이기도 하다. 마침 두 달 전 의료복지사회적협동조합 소속 의사들의 모임에 가서 강의를 했다. 노인 돌봄 현장 노동자 경험을 바탕으로 의사들에게 하고 싶은 말을 편하고 신랄하게 해달라는 자리였다. 노인 환자와 의사들 사이에 있는 노인 돌봄 현장 노동자로서, 혹은 노인 환자와 그 가족 입장에서 여러 이야기를 나눌 수 있었다. 특히 의료산업과 의사들에 대한 근본적 불신을 비롯해, 다른 의사들과는 논의 불가능한 진지하고 솔직한 고민과 제언

• 공익을 목적으로 지역 주민과 조합원, 의료인이 공동출자해 함께 의료기관을 운영한다. 사회적 협동 조합으로, 진료 외에 건강 증진 활동 프로그램 등을 운영해 건강한 공동체를 만들어간다.

을 많이 나누었다.

시간이 지나면서 SNS에 올린 글에 더 많은 댓글이 붙었고, 대부분은 병원의 비보험 강요(강매) 분위기에 제대로 대응하지 못한 경험에 관한 이야기였다. 알고도 속고 모르고도 속는다는 말과 함께, 의사 앞에만 서면 주눅이 들어 따질 용기를 내지 못한다고들 했다. 의사라는 전문가 집단이 가진 권위, 그 권위를 악용해 사적 이익에 집중하는 것, 그에 대한 무대응 등도 문제겠지만, 이를 개인 간 문제로 여기거나 방치하지 말고 시스템을 잘 만들어 운영해야 한다는 요청도 있었다. 병원측에서 처음부터 실비보험 가입 여부를 대놓고 묻고, 가입되어 있을 경우 비보험 처방들을 쏟아낸다고도 한다. 의료산업과 금융산업 간 유착이자 과잉 진료의 현장이다. 이를 통해 시민은 금융산업에 당하고 의료산업에 당하는 것이다. 사회·문화적 자원이 상당한 사람들도 고스란히 당하고 있었고, 그중에는 경력 많은 약사나 간호사들마저 있었다. 나는 국민건강보험과 국민연금 말고는 어떤 보험에도 가입하지 않았다. 운전을 하지 않으니 자동차 관련 보험도 없다. 경제적 가난의 문제 이전에 신자유주의사회에 대한 내 입장과 태도의 문제다. 댓글 중에는 병원에서 '어머니' '어르신' 등의 호칭을 사용하는 것에 대한 불만도 많았고, 주민등록번호, 이름, 질환명 등을 다른 사람들 있는 자리에서 공개적으로 거론하는 것에 대한 불만도 많았다. 나도 비슷한 경험이 있었는데, 의사와 간호사에게 대놓고 지적을 했고, 그후 나를 기억하며 주의를 한다는 느낌이다.

한편 청각장애가 있는 1950년생 언니는 대화 자체가 어려우니 대응도 더 어렵다면서, 최대한 병원을 가지 않는 것이 속 끓이지 않고 사는 최선의 방법이라고 했다. 그러면서 나는 "안 당할 수 있는 능력"이 있는 사람이라고 댓글을 달았다. 장애 여부나 관련 지식을 포함해 여러 의미가 담긴 표현이라고 생각했는데, 어느 날 그 맥락을 더 잘 알 수 있는 기회가 생겼다. SNS에서 만나 내내 온라인 소통만 이어오다가 아마 알게 된 지 3년 정도, 그리고 "안 당할 수 있는 능력" 소리를 들은 지 6개월여 지나 언니를 직접 만나게 됐다. 온라인 소통에서는 서로 관점이 맞고 성격은 다른 사람이라는 느낌을 받았고, 오래전 책을 출간하기도 했던 글쟁이이니 글을 계속 쓰라는 잔소리도 보태고 싶은 언니여서, 더 만나고 싶었다. 홈리스행동 아랫마을 집들이나 내 첫 장편소설의 북토크에서 만나자던 계획을 두 번 내리 놓치고, 어쨌든 한번 만나자는 작심을 하고 언니네로 놀러가기로 했다.

청각장애야 언니에게 들어 알고 있었지만 대면 만남의 구체적 상황에 대해 상상이나 염려를 하지 않은 이유는, 온라인에서의 만남이 내 편에서는 전혀 불편이 없어서였다. 언니네는 1호선 덕정역에서 내려 버스를 타고 10여 분 들어가면 되었다. 내 집이 갈월동이니 서울역에서 탄 1호선 전철을 갈아타지 않는 것만으로도 데이트나 소풍으로 삼기에 충분한 코스였다. 1호선은 종착역이 제각각이기에 반드시 동두천행이나 소요산행을 타라는 정보는 내게 아주 중요했다. 언니는 나에게 '내릴 준비할 역'에 대해 역 이름을 순서대로 다섯 개 알려주었고, 덕정역에서 내려 버스를 타는 방법에 대해서도 아주 꼼꼼하게 알려주었다. 나는 닥쳐서 눈이나 귀로 확인하면 되는데도 본인이 장애가 있다보니 구체적인 경로를 비장애인보다 꼼꼼하게 따져놓는 거구나 싶었고, 실제로 길치 수준인 비장애인 노인인 내게도 아주 유용한 안내였다. 언니가 버스정류장에 나와 있었다. 언니의 첫인상은 온라인에서 느꼈던 그대로였다. 언니가 해준 밥을 먹고 주변 산책도 하며 많은 이야기를 나눴다. 언니는 원래 안경 없이는 밖에 나가지 못하는 고도근시였는데, 3년 전 백내장 수술을 받고 안경은 벗었으나 어찌

된 일인지 종이책을 읽기가 어려워졌다고 한다. 그래도 스마트폰 글씨는 읽을 수 있으니 다행이라며 웃었다. 우리 대화는 주로 언니 스마트폰의 '오키(음성을 문자로 바꿔주는 앱)'를 이용해 이어졌고, 간단한 내 쪽 말은 표정과 고갯짓과 손짓으로 이어갔다. 언니의 말하기는 느리다기보다 차분한 정도이고, 언어장애는 없으니 대화에서 별로 불편함을 느끼지 않았다.

언니가 짧게 들려준 살아온 이야기에 이어 지난 댓글에서 언급한 '안 당할 수 있는 능력'의 의미에 대해 조금 더 상세한 이야기를 나눴다. 언니는 어려서부터 아버지한테 "쓸모없는 애" 소리를 듣고 살았던 상처와 그로 말미암은 열등감이 매사에 소극적이고 자신 없는 삶을 살게 만들었고, 한편으로는 그래서 오히려 더 권위와 권력에 대해서 아주 반항적이고 저항적인 태도를 갖게 됐다고 했다. 그러면서 '안 당할 수 있는 능력'이 부족한 이유로 즉각 즉각 대화를 이어나갈 수 없는 청각장애, 소극성과 저항성이 뒤섞인 감정이 앞서다보니 논리적으로 대응하지 못하는 기질, 의료와 의료산업과 사회구조에 대한 지식의 부족 등을 꼽았다.

언니와 헤어져 돌아오면서 '안 당할 수 있는 능력'을 혼자만 발휘하고 사는 일 역시 요즘 누구들이 말하는 '능력주의'의 레일 위에서 각자도생을 도모하는 것이라는 생각이 들었다. 혹은 어떤 사람들에게는 비급여 항목 처방 거부 관련 내 글이 능력의 '자랑질'로 느껴지겠다는 생각도 했다. 서울역에서 전철과 버스로 1시간 30분 정도의 거리에 사는 저소득층 73세 독거 장애 여성, 나아가 더 구석진 곳에 사는 더 소수자성이 짙은 사람들까지 '아무도 당하지 않고 사는 사회'가 되도록 다양한 사회적 협동을 확장하는 일은 결국 우리 하나하나가 모두 참여해야 가능할 것이다.

이빨과 틀니의 사정

늙어가는 일이란 상당히 시간에 관한 일이니, 시간 경과에 따른 내 이빨과 틀니의 사정을 적어보자.

2019년

나름의 혼돈과 방황을 통과하고 난 후 닿은 체념이자 수긍 덕도 있고, 여성주의와 반자본주의 관점과 63세의 나잇살 덕에, 정상성에서 상당히 벗어나기는 했다. 하지만 내 몸과 타인의 시선이 각축하는 장소 중 여전히 신경쓰이는, 그래서 더 내 마음과 생각의 흔들림과 선택의 향방을 주시하고 있는 곳은 내 대문니다. 정확히 말하면 대문니 사이

약 2.5밀리미터 틈이다. 치과의사인 지인에게 물었더니, 치열이 고르지 않은 사람들은 나이들면 대부분 치아 사이가 벌어진단다. 나이든 사람들이 식사 후 이쑤시개를 많이 사용하는 이유다. 나 역시 치열이 고르지 않고 아마 쉰 중반 정도부터 이쑤시개를 챙겨 가지고 다녔는데, 이번 경우는 그 부위가 대문니 사이라는 게 특징이자 문제다. 남들에게 감출 수 없는 곳이고, 그러니 결국 타인의 시선이 문제다. 혼자일 땐 아무런 문제가 없다. 음식을 이로 자를 때 대문니가 아닌 옆 이빨들을 사용해야 하는 불편함이 있지만, 그러느라 일그러지는 입은 남들 시선을 요령껏 피해 거의 들키지 않는다. 점점 더 벌어지는 대문니를 방치하는 것으로 인한 다른 불이익이나 불편함은 현재로선 감수할 작정이다. 치료 비용이며 치료 과정에 따르는 고통과 불편함과 시간을 합산해보고는, 벌어진 대문니의 신경쓰임이나 불편함을 택한 거다. 나 혼자 느끼는 불편함은 차차 커질 테고, 남들 시선에 신경쓰이는 정도는 차차 줄어들 거다. 치과의사들은 물론 돈이 많거나 남의 시선에 더 신경을 쓰는 사람들은 다른 말을 하겠지만, 나는 아직 스스로에 대한 시금석으로 이 대문니를 내 얼굴에 놓아두고 있다.

여러 사람 앞에서 강의할 때 신경이 좀 쓰이고, 가장 신경쓰이는 때는 언론, 미디어, SNS에 대문니가 벌어진 얼굴 사진이 나오는 경우다. 가능하면 입을 다물고 사진을 찍히려 하지만 그게 마음대로 안 된다. 카메라를 쥔 사람이 웃으라고 주문할 때가 좀 난감한데, 입을 다문 채 웃으면 더 이상한 얼굴이 되곤 한다. 그러니 누군가 사진을 찍자고 하는 순간에도, 언론과 SNS에 올려진 사진을 확인할 때에도, 늘 타인의 시선을 벗어나지 못한 내 꼬라지를 거울에 비추듯 확연히 혼자 알아채고는 그 김에 또 좀 웃어주기도 한다. 말로는 더 늙어서 되고 싶은 얼굴이 송전탑 싸움에 나선 밀양 할매들의 얼굴이라고 떠들곤 한다. 검게 그을린 얼굴에 굵은 주름살이 팬 그녀들의 아우라를 평생 농사라고는 지어본 적 없는 여편네가 감히 탐하는 것이 일단 과욕이다. 벌어진 대문니 역시 그녀들 얼굴에서라면 아우라를 보탤 만하지만, 평생 도시 것으로 살아온 여편네의, 남도 아닌 나의 벌어진 대문니와는 아직 친해지지 못했다. 타인의 시선에 대해 내 속 눈이 제대로 입장 정리를 못한 거다. 문제는 정상성이다. 아름다움이니 고상함은 남들의 단어 혹은 남들과 내가 다른 의미로 사용하는 단어라 치고, 소위 글쓰는 사람의 아우라에 대한 곡해와 허영의 이미지가 내 속에 있는 거다. 벌어진 대문니가 단박에 폭로해버린다고 여겨지는 없어 보임, 관리하지 않음. 온갖 '답지 않음'의 정상성에 관한 이데올로기에 인식으로는 결코 동의하지 않으면서도 심리적으로는 붙들려 있는 것이며, 내면의 눈이 아직 끊어내지 못한 타인의 시선에 감시당하기를 자처하고 있는 꼴이다. 이 시금석은 내 인식과 심리 사이에 끼어 박혀, 수시로 내 꼬라지를 꼬박꼬박 보여준다. 남들이 찍어 올리는 내 얼굴 사진을 보며 가장 먼저 대문니에 눈이 갔다가 후딱 그 쪼잔함을 수습해버리기는 하지만, 내가 올리거나 보내는 사진에는 결코 벌어진 대문니가 보이는 사진을 고르지 않는다. 내 몸과 남의 시선 간 각축에서 아직 분열적이다. 처치해버리지 않는 이상 죽을 때까지 점점 더 벌어지거나 최소한 지금 정도를 유지할 테고, 인지능력이 있는 이상 타인의 시선은 여전히 내 머릿속에서 알전구를 켜놓고 있을 텐데, 장차 이 2.5밀리미터를 내가 어떻게 할지 자못 궁금하다. 제정신인 채로 신경쓰이지 않는 때가 온다면, 그야말로 어떤 경지에 도달한 게 아닐까 싶다. 다행 하나는, 이런 식으로 글을 써서 공유까지 하고 나면 조금 더 자유로워진다는 거다. 모든 오류는 스스로 까놓고 떠들면 조금씩 벗어나진다. 경지에 닿을 때까지 기회 되는 대로 계속 까발릴 일이다.

2021년

2월, 결국 대문니의 벌어진 틈을 처치했다. 코로나19 덕에 벌어진 대문니의 문제를 그럭저럭 마스크 안에 숨기고 살아가던 중, 약 20년 전에 해 넣었던 아래 어금니 임플란트 두 개가 빠져버렸다. 남들 시선과 씹기와 통증 등 이빨 문제가 너무 쌓여버렸고, 결국 집 앞 치과를 찾았다. 대문니는 점점 더 벌어져가고 있을 뿐 아니라 이미 상하기 시작해 대문니로서의 역할을 제대로 하지 못한다고 해서 두 개 다 뽑아내고 임시 부분틀니를 했고, 어금니 두 개도 임시 부분틀니를 했다. 말하자면 임시 부분틀니 두 세트가 네 개의 이빨을 대신하게 되었다.

나는 치과 의자에 누워 무력하게 입을 벌리고 있었고, 의사는 마취 후 어금니 두 개를 간단하게 뽑아내고는 둥근 손거울을 내밀었다. 누운 채 바라본 내 입속 사정에 대한 감상은 '흉측凶測하다'는 문구가 현재로서는 가장 정확한 표현이다. 빈곤 판에 가까이 있느라 남들의 듬성듬성 빠진 이빨과 입속뿐 아니라 아예 이빨 전체가 없는 사람을 보면서도, 흉측하다는 표현은 마음으로도 말로도 글로도 감히 떠올리지 않았었다. '저 사정을 가지고 저토록 거리낌없이 남들 앞에 입을 벌려 말하고 웃는 경지는 대체 어떤 포기의 경로를 통해 닿는 것인가?' 하는 자문만 자주 했었다. 그런데 나를 향해서는 흉측하다는 표현이 가차없이 떠올랐다.

사실 내 이빨과 입속 사정을 향해 '흉측하다'는 표현으로 명명하고 글자로 쓰는 것도, 틀니를 하고 1년 6개월이 지난 시점이다. 그러니 빈곤한 사람들을 향해 흉측하다고 감히 말하지 못한 것은 내 사회적 의식 때문이었던 거고, 이제 내 사정을 글로 쓸 작정을 하면서야 흉측하다는 느낌을 수긍하고 있는 거다. 나에 대해서도 다른 빈곤한 사람들에 대해서도.

다시 정리하자. 가난은 사람을 흉측하게 '보이게' 만든다. 이 정리에 머물지 말자. 흉측하다는 문구와 그 표현에 대한 내 심리적 정상성을 계속 더 붙들고 노려보자. 나는 왜 내면이 아닌 외양의 어떠함을 놓고 감히 흉측하다는 혐오의 표현을 사용하는가.

세 개의 포털사이트가 제공하는 사전에서 '흉측하다'의 뜻을 '악'이나 '혐오'라는 단어를 사용해 설명하고 있다. 흉측하다는 건 외모에 대한 시각적 느낌이어서 혐오감을 '느끼는' 것을 비난하거나 부정할 수는 없지만, '악'이라는 윤리에 관한 단어까지 사용하는 것에는 동의하지 않는다. 하지만 동의하지 않는 것은 의식일 뿐 감각과 심리는 우선 기우뚱한다. 게다가 내 흉측한 모습을 직면할 때는 슬픔이나 자괴를 느끼지만, 타인이나 다른 동물의 흉측함에 대해서는 두려움을 넘어 때론 공포감까지 몰려와 일단 피하곤 한다. 그 두려움의 원인은 멸滅을 궁극의 끝으로 하는 생명 있는 모든 존재들의 자기 불안이리라.

대체로 시각적 느낌은 학습된 것이다. 똥을 더러워하고 벌레를 징그러워하며 일단 피하는 행동은, 갓난아기 때부터 어른들의 말과 표정과 몸짓을 반복 학습해 생긴 즉각적 느낌과 고정관념 때문이다. 갓난아기 때부터라는 점에서 치명적이다. 고정관념이야 상당히 의식의 문제이니 깰 작정을 하고 계속 자기 생각을 노려보면 깨어나갈 수 있다. 하지만 느낌은 의식보다 훨씬 더 뇌의 밑바닥에 눌어붙어 잠복해 있다가, 의식보다 훨씬 먼저 즉각적으로 튕겨올라와 감각과 심리를 뒤흔들어, 피하고 찡그리고 움찔거리는 몸의 반응과 증상/병증까지를 우선 만들어내버린다. 부지불식간의 일이어서 벗어나기 어렵다.

타자의 외모를 비롯해 바깥을 향한 사회적 자아는 소위 정상성에 저항하는 말과 글로 의식을 관리해왔다. 하지만 내 몸을 향한 사적 자아는 정상성에 발목 잡혀 65세 자신의 이빨 사정에 대해서는 흉측하다는 느낌을 냉큼 수용하며 투항해버리는 이율배반. 그 이율배반의 한편에서 의식 말고 감각은 자신의 흉측함을 놓고 슬픔과 자괴라는 자기 연민으로 흘러들지만, 타자의 흉측함을 놓고는 공포감에 몸 반응까지 동원해 멸과 해害로부터 나를 보호하고 보는 자기애. 그 자기애가 이타와 공존을 만나지 못하고 편향성을 띠다보면 이기를 넘어 다른 존재에 대한 혐오, 적자생존과 인종주의와 종 차별주의, 우생학과 파시즘과 전쟁 등 광기의 정치사회로 이어진다.

그러니 자기애에서 촉발된 두려움이나 공포감을 뒤늦게라도 늘 돌아보아야 한다. 흉측한 치아나 얼굴을 그대로 가지고 살 수밖에 없는 사유는 대부분 빈곤이다. 그 흉측함에서 우리가 보아야 할 것은 빈곤으로 인한 생애 내력과 심리적이고 일상적인 사정들이다. 이를 반복해 돌아보고 가늠하며 뒤늦게라도 감수성과 태도를 거듭 계발한다면, 갓난아기 때부터 생긴 심리적이고 감각적인 반응에서 차차 벗어날 수 있다. 그 벗어남이야말로 나의 취약함에서 나아가 다양한 소수자들을 연결하는 끈을 만들고 잇는 일이며, 평화와 공존과 순환의 시작점이고, 우리의 불안과 고착된 감각과 고정관념을 이용해 돈을 갈취하고 권력을 확장하는 세력들에 대한 대항이다. 대항이나 저항까지 못하더라도 온갖 흔해빠진 미용과 성형 산업, 늙고 병들어 죽어가는 동안은 물론 죽음 후까지 쫓아와 고지서를 내미는 실버산업과 의료산업과 장례산업에 속고 사는 줄이나 알고 속으며, 불가피한 타협 정도에서 멈추자는 거다.

2022년 8월

적응하기로 했으니, 틀니에는 그럭저럭 적응을 하고 있다. 불편한 점이라면 음식 찌꺼기들이 틀니 사이사이에 많이 낀다는 점이다. 그러니 남들과 같이 밥을 먹는 동안 말을 하지 않거나 입속을 보이지 않고 말하려고 신경을 써야 하고, 식사가 끝나자마자 화장실로 가거나 입을 왼손으로 가리고 이쑤시개부터 사용해야 한다. 다행인 점은, 내게 안 좋은 치아를 물려준 아버지를 비롯해 수많은 노인들과 빈곤한 사람들의 입속 사정, 식사중과 식사 후 행동들을 뒤늦게라도 구체적으로 이해하게 된다는 점이다.

그사이 틀니를 잃어버릴 뻔한 적이 올해 벌써 세 번이나 있었다. 첫번째는 6월 말 강의와 여행을 겸해 제주의 한 민박집에 5박 6일을 머무르면서였다. 마지막날 짐을 싸고 나와 공항행 버스를 타러 가는 길에, 혀로 입속을 훑다가 틀니가 없는 것을 알아챘다. 다행히 버스를 타기 전이어서 얼른 돌아가 찾아 끼고 나왔다. 가슴을 쓸어내리는 다행감 속에서 여러 생각이 주르륵 떠올랐다. 만일 공항 도착 이후에 알았다면, 서울에 와서 민박집에 연락해 틀니를 택배로 부쳐줄 것을 요청해야 하는 쪽팔림. 혹은 그쪽에서 내게 연락하기 전에는 내가 틀니를 하는 사람이라는 것을 이야기하고 싶지 않아 건너뛰어버리고 30만원을 또 들여 다시 부분틀니 두 세트를 해버리고 싶었을 거라는 생각. 결국 혼자 잃어버렸다가 혼자 찾은 것은 아주 다행스러운 일인데, 남들과 틀니에 대해 이야기하기가 도무지 싫다. 그러나 싫음을 넘어서기 위해서는 자꾸 말하고 써야 한다.

두번째는 7월 초 강원도 바닷가에서 2박 3일을 놀고 왔을 때였다. 일행은 작은아들네 식구 넷, 나와는 사돈 간인 손주의 외할아버지와 이모, 나 이렇게 7명이었고, 숙소는 에어비앤비를 통해 바닷가 인근 아파트 한 채를 빌렸다. 나는 잠자는 방을 혼자 사용했다. 첫날 새벽 2시경에 깼는데, 입속에 어금니 틀니는 있는데 대문니 틀니가 없었다. 둘 다가 아닌 한 세트만 잃어버린 거다. 이럴 경우 가장 가능성이 높은 가설은, 잠결에 삼켜버린 거다. 사실 대문니고 어금니고 틀니가 잇몸에 잘 고착되어 있지 않았었다. 이부자리와 방 구석구석과 짐 속을 여러 번 찾아보았고, 나오지 않았다.

이후 일련의 행위는 소리를 극도로 죽이며 진행되었다. 거실로 나와 부엌 전등을 켜고, 냉장고를 열어 생수병을 꺼내 찬물을 열 모금 넘게 마셨다. 이른아침 대변을 보기 위한 내 습관이다. 신문지 여러 장과 얇은 위생용 비닐장갑을 두 세트 챙겼다. 얼마 후 똥이 마려웠고, 욕실에 들어가 바닥에 신문지 여러 장을 깔고 대변을 보았다. 비닐장갑을 끼고 똥을 이리저리 뒤적였다. 틀니로는 음식이 충분히 씹히지 않아, 상당히 형태 그대로 똥으로 나오는 음식들도 있다는 것을 그때 구체적으로 알았다. 더구나 15년 넘게 혼자 살며 혼자 하는 식사에 익숙한 나로서는 세 살, 다섯 살 손주를 포함해 6명의 사람들과 함께 왁자지껄한 식사를 하느라 음식을 더 대강 씹었을 것이다(일행 중 2명이 나와 사돈 간이라는 게 특히 더 문제가 되지는 않았다. 사돈이라는 이유로 그들과 조심스럽거나 어려운 관계는 아니다). 틀니는 없었다. 신경써가며 뒷정리를 하고 욕실을 나왔다.

방으로 들어와 한참을 더 여기저기 뒤졌고, 이부자리 한

쪽에서 틀니가 나왔다. 찾고 있는 내내 가장 난감하게 여겼던 것은, 혹여 대문니 빠진 얼굴로 사돈들과 작은아들네 식구를 마주할 일이었다.

마지막으로, 8월에 이사를 예정하고 틈틈이 짐을 버리고 정리하던 중 이사 나흘 전 대문니 틀니가 또 없어졌다. 없어졌다기보다 칫솔로 틀니를 닦던 중 튕겨져나갔고, 순간 비닐이 뿌스럭거리는 소리를 들었다. 근처 비닐봉지들을 뒤지는 것은 물론 이틀 동안 좁은 원룸을 구석구석 샅샅이 살피며 찾았다. 그 김에 이사를 위한 청소도 해가며, 자잘한 짐과 쓰레기 등을 싼 비닐봉지들을 여러 번 풀었다 묶었다 했다. 끝까지 나오지 않았고, 마음을 접었다. 이사하자마자 틀니부터 다시 할 마음을 먹었다. 그러다 이사 하루 전, 책상 아래에서 틀니를 발견했다. 수십 번도 더 확인했던 곳이고, 비질도 걸레질도 했던 곳이다. 귀신이 곡할 노릇이었다.

한 달하고도 열흘쯤 후면 만 65세가 되니 의료보험과 노인 혜택을 적용받아 대문니 두 개는 임플란트 시술을 받고 어금니 두 개도 정식 틀니를 할 생각이다. 나머지 이빨의 문제들은 아직 어떻게 할지 결정하지 않았다.

2022년 11월

사람들 사이에 있을 때, 오른쪽 대문니와 그 오른쪽 이의 끝이 나란한지 혀끝으로 수시로 확인한다. 혀끝이 두 치아 끝에 동시에 놓이게 하면 정확하게 알 수 있다. 남 보기에 입술 근처가 약간 움직거리는 정도일 테다. 끝이 나란하지 않으면 기회를 틈타 왼손 엄지와 검지로 오른쪽 대문니를 살짝 내린다. 대문니 두 개는 임시 틀니이고 두 개가 하나로 붙어 있다. 그런데 어느 틈에 자꾸 오른쪽이 주저앉는다. 그러면 거울 속 얼굴이나 얼굴 사진에 마치 대문니 하나가 없는 것처럼 보이기도 한다. 나와 대화를 나눈 사람들은 대부분 이 사실을 알아챘을 텐데, 대문니 의치를 한 작년 2월 이후 21개월간 딱 한 사람 말고는 아무도 그 이야기를 내게 하지 않았다. 말하지 않는 것이 예의라는 생각에서일 테고, 나도 동의한다. 나 역시 타인의 안 좋은 치아 상태에 대해 필요한 경우 제3자와는 이야기를 하지만 본인에게는 하지 않는다. 치아와 빈곤의 상관성에 대해 가난한 사람 여럿과 이야기하는 경우가 있는데, 그때도 개인을 지칭하지 않고 사회적 의제로 삼는 방식과 입장으로 조심스럽게 주고받는다. 내게 이야기해준 그 한 사람은 나와 가장 친한 친구이다.

만 65세가 되자마자, 대문니 두 개에 임플란트를 하는 수술을 시작했다. 의료보험이 적용되어 80여 만원이 들어갈 예정이다. 전체 과정이 2개월 남짓 걸린다니 12월 중순경이면 내 대문니는 감쪽같이 남의 시선을 속일 수 있다. 그 김에 아래 어금니 임시 틀니 두 개도 정식 틀니를 해 넣고, 다른 치료도 병행하고 있다. 결과적으로 대문니를 놓고 벌여온 타인의 시선과 나 사이의 싸움에서 나는 고스란히 완패했다. 완패를 인정하니 속 시끄러움이 사라졌다. 내 사람됨은 그 정도이며, 나는 노숙인이나 빈곤으로 인해 치아가 엉망이 된 주변 사람들과 처지가 다른 사람임을 인정한다. 그 처지의 차이에 늘 예민하게 서 있자.

아랫니 오른쪽 두 개와 왼쪽 하나에 해 넣은 부분틀니는 금속(코발트-크롬 합금) 틀로 하나로 연결되어 있다. 전체 틀니가 아니어서인지 틀니 사용 전 염려보다는 이물감이 적고, 씹기는 물론 음식맛 느끼기에도 큰 차이가 없어 대체로 만족스럽다. 아버지를 닮아 치아가 안 좋다는 것을 일찌감치 알게 되면서 나도 늙으면 틀니를 하게 되려니 생각했기 때문에, 심리적으로도 어렵지 않게 받아들였다. 노인들을 비하하는 유행어인 '틀딱'에 대한 일종의 저항감도 있었다. 다만 남들에게 드러내는 것은 다른 문제여서, 틀니를 사용한다는 말은 상대에 따라 어렵지 않게 하면서도 틀니 자체나 틀니를 뺀 입속을 남들 눈에 보이는 것에는 여전히 신경이 쓰인다. 하여 틀니를 빼어 씻는 동안은 오로지 혼자만의 공간을 확보한다. 혼자 사는 사람이니, 집에서는 신경쓰지 않는다. 수도 여러 개가 나란히 있는 공중화장실에서는 아무리 식사 후라도 틀니를 빼어 씻지 않는다. 사무실이나 공공장소에서 혼자 화장실을 사용할 수 있으면, 문을 확실히 잠근 후 틀니를 뺀다. 손주네에서 대소변을 위해 화장실을 사용할 때면 습관처럼 문의 잠금장치를 누르는 정도지만, 틀니를 빼 양치질을 하고 틀니를 씻을 때면 '잠금장치 누름'을 생각과 행위로 정확하게 짚는다. 틀니나 틀니가 빠진 입속을 보고 세 살, 다섯 살 손주들이 느낄 놀라움과 신기함으로 인한 천진해서 더 소란할 반응, 그들의 엄마 아빠가 가질 흉측하다는 느낌과 쓸데없는 염려 등에 응하는 것이 우선 번거로운 거다(닥친다면 그들과 나 사이의 차이와 거리에 어떻게 응할지, 생각과 말을 모색하는 중이다). 예닐곱에 내 할머니의 틀니를 처음 보았을 때나 마흔 넘어 아버지의 틀니를 처음 보았을 때의 느낌은 물론, 예순다섯에 틀니를 만드느라 상한 치아를 뺀 후 의사가 쥐여준 거울로 수술대에 누운 채 들여다본 내 입속에 대한 느낌을 기억하기에, 느낌이란 의식, 태도, 감수성보다 훨씬 먼저 밀어닥치는 즉자적이고 우발적인 정동情動, affect임을 잘 안다. 물론 그 느낌을 드러내거나 당사자에게 들키는 것은 다른 문제다. 사람에 대한 예의의 문제여서 들키지 않게 조심해야 하며, 들켰다면 당장이든 나중이든 죄송한 마음을 가져야 하고, 다음부터는 들키지 않도록 조심하며 거듭 노력해야 한다. 시간이 지나며 빼어놓은 틀니는 그저 물질이려니 싶어졌는데, 틀니를 빼고 난 내 입속의 이상異常 상태는 내게도 여전히 이물스러워 가능하면 보지 않는다. 이가 아예 없는 가난한 사람들의 얼굴과 입속은 자주 대해 익숙하면서도 내 상태에는 아직 익숙하지 못한 것은, 이율배반적인 자기애인가 싶다.

욕망하는 주체

노인의 몸에서 벌어지는 각축을 빈부로만 가를 일은 아니지만, 신자유주의가 갈수록 강화되는 21세기 초반의 요즈음 일단 빈과 부로 분류하여, 여성 노인의 몸에 대한 자신과 타인의 시선 겨루기를 훔쳐보고자 한다. 그에 앞서 우선 한 가지, 빈부와 성별을 떠나 대부분의 노인에게 지팡이나 보행보조기 사용은 기저귀 사용보다도 더 들어서고 싶지 않은 노쇠의 단계다. 기저귀 사용을 내내 꺼리는 노인들에게 '국가가 무료로 준다'는 거짓말은 상당히 유효하지만, 지팡이에 대해서는 별 효력이 없다. 기저귀와 달리 지팡이는 남들의 시선을 피할 수 없어서다. '내가 아직 그렇게 늙지는 않았다'는 게 그 단계 노인들의 항변인데, 내심은 지팡이로 지탱해야 하는 허물어진 노인으로 보이는 것을 수긍하기 어려운 것이다. 그러느라 무릎과 허리를 비롯한 몸체가 더 빠르게 허물어진다는 것을 그들도 모르지 않는다.

경제적 상위계층을 위한 사설 노인 요양기관인 실버타운 노인들이 하루 중 각자의 독립 공간에서 나오는 첫 행차는 대체로 아침식사를 위한 식당행이다. 남성도 그렇지만 여성의 경우 더더욱, 낡은 몸과 얼굴에 포장들(화장, 치장, 위장)을 하느라 개별 공간 안에서 이른아침부터 바쁘다. 남편과 함께 아파트에 살던 칠십대 초중반 시절의 엄마는 각별한 행사가 아니고는 화장을 그만두었는데, 실버타운에 입주하면서부터는 파운데이션 바르기를 비롯한 모든 화장을 마치고서야 방을 나왔다. 시간이 지나며 좀 수그러들기는 했지만, 입주 초기에는 자식들이 사 오는 옷과 신발의 상표에도 신경을 썼고, 심지어 한여름에도 반드시 양말을 신는 '교양'을 부렸다. 실버타운이라는 각별한 사회 안에서 경제·문화적 위상, 교양머리, 자존심, 자존감, 외교적 연출, 성애적 꾸밈 등이 남들에게 터놓든 못 터놓든 실버타운 노인들의 내·외면을 이룰 터다. 구매력 있는 노인들의 갖은 욕망은 당연히 장사꾼들의 밥이다. 의료산업과 실버산업을 필두로 노인 용품, 보험, 장례와 관련한 수많은 기업들은 돈이 만들어줄 거라 믿는 온갖 우아하고 세련된 이미지를 팔기 위해 노인들을 공략하며, 죽음 너머까지도 미리 쫓아가 졸라댄다. 고령화가 점점 가속화되는 사회에서 아주 큰 부자가 아닌 웬만한 자산의 노인들은 자식들에게 물려줄 거 없이 다 쓰고 죽는 게 요즈음의 현실이다.

신자유주의의 도구인 노동력과 출산(재생산)을 위한 쓸모는 없어졌지만, '있는 노인'들에게 남은 품위와 늙음과 질병, 죽음과 관계된 지불 능력은 아직 신자유주의적 쓸모의 영역에 있고, 의료산업과 실버산업은 막대한 품위 비용을 챙기고 있다. 노인이 오래 살수록 돈이 되고, 건강이 안 좋을수록 돈이 되며, 건강 상태에 따라, 거주 조건에 따라 촘촘하게 가격이 매겨져 있다. 누군가 죽어 나가더라도 들어올 노인은 얼마든지 많다. 실버타운은 그들만의 별도 사회다. 여타의 돌봄노동처럼 실버타운 내 노동자들도 대부분 최저임금 노동자이지만 고객이 더 비싼 노인들이라 더 친절한 노동이 요구되며, 비싼 비용이다보니 상대적으로 남성 노인이 많다. 두고 온 세상과의 연緣은 자식들의 방문으로만 이어지고 있다.

그런 별세계에 공분하면서도, 기껏 움켜쥐었던 돈을 늙

은 신체의 남은 품위를 연장하는 데 쓰고 있는 모습에서 욕망의 덧없음을 본다. 한편 인지저하증과 노쇠는 제정신 동안 껴입은 계급/계층의 껍질과 자국들을 한 꺼풀 한 꺼풀 벗겨내린다. 없이 산 노인들은 일부러 챙겨 입을 게 없었으니 그때나 이때나 별 차이가 없다. 있는 노인들의 외관과 내면이 돈에도 불구하고 무너지는 걸 보며, 어떻게 살고 어떻게 죽음을 만날지를 생각한다.

경제·문화적 아비투스habitus이자 습이 연출하는 몸은, 도달하거나 놓치지 않고 싶은 각종 '다움'에 관한 욕망의 장場이다. 돈 많은 노인에게는 더욱, 몸은 타인의 시선과 벌이는 각개전투에서 속 시끄러운 갈등과 분열의 장이지만, 결과적으로는 타인의 시선이 아닌 시간과의 싸움에서 완패가 정해진, 모처럼 외롭고 공정한 전쟁터다. 어느 단계 이상의 늙음부터는 아비투스도 습도 모두 놓치게 되고, 젊어서 모은 돈과 '레테르(letter, 다른 상품과 구별하거나 그 고유성을 나타내기 위해서 드러내는 기호나 문자)'들도 하등 쓸모가 없어진다.

이에 비해 가난한 노인들은 몸에서 벌어지는 각개전투가 간단하고 신속하다. 시작은 '돈이 없어 하지 못함'이더라도 포기를 지나 '하지 못함'을 수긍하고 나면, '하지 않음'을 거처 '쓰잘데없음'을 깨닫는 경지에 일찌감치 도달한다. 포기했으니 덜 분열적이고, 그러니 먼저 자유에 도달한다. 부자 노인이 될 리 없는 나는 내 늙어 죽어감의 과정에서 그 각축에 드는 시간과 감정과 돈으로 미리 가장 좋은 것을 사 놓은 느낌이다. '나다운 삶과 죽음' 말이다. 가난한 노인들의 간단하고 신속한 마음과 몸의 정리를 '비참'이나 '처량함'을 붙여 동정하는 시선에 반대한다.

구술생애사 주인공이었던 김복례(1925년생, 사망) 할머니는 정신대를 피할 요량으로 올린 급한 결혼에서 매독균이 옮았고, 병이 얼굴까지 번져 코 없이 구멍 하나만 남은 채 심한 안면장애로 여생을 살았다. 내가 그녀에게 구술생애사를 제안한 이유는, 심하게 얽은 얼굴에서 또렷하게 보이는 평온과 수긍의 힘이 궁금해서였다. 마포의 독거노인 유인순(가명, 1942년생) 할머니는 어릴 적 앓은 마마(천연두) 때문에 얼굴 전체에 마맛자국이 심했다. 두 분 모두 서방에게 소박맞은 채 자식들을 키우느라 재활용품 수집, 남의 밭 일, 식당 설거지, 공사장 뒷정리 등 남들 앞에 얼굴 내밀지 않는 가장 싸구려 노동을 했다. 유인순 할머니와 마주 앉아 이야기할 때면 그녀의 눈이 늘 내 눈을 응시하고 있어, 내 눈길이 그녀의 눈 바깥 얼굴로 미끄러지지 않도록 노력해야 했다. "자식들 안 굶기고 살자니 남의 눈을 피할 수만은 없어서, 어느 날부터 마주보자고 작심을 했"단다. 두 눈 모두 눈꺼풀이 열린 채 흰자위가 바로 보이는 종로의 독거노인 이용숙(가명, 1936년생) 할머니의 눈도 언제나 마주앉은 이를 정확히 향해 있다. "사람들이 내 눈을 싫어하는지 불쌍해하는지 나는 보이지 않으니, 남의 눈 따위는 신경쓰지 않기로 했"단다. 숱한 속앓이와 빈곤을 통해 그녀들이 도달한 당당함 앞에, 벌어진 대문니 따위나 신경쓰는 내 꼴이 참 한심하고 졸렬하다.

당당함 말고도, 그녀들은 적어도 단출했기에 공적으로는 올바른 삶을 살았다. 평등과 생태 측면에서, 누리고 산 사람들에 비해 훨씬 무해하다. 부자로 산다는 것 자체가 죄이거나 죄지을 가능성이 훨씬 높다. 혹 그들이 이루었을 발전이라는 게 편리나 효율은 높였을지 몰라도, 그로 인한 생태 파괴나 불공정을 생각하면 공공의 해악일 가능성이 크다. 물론 빈곤을 수긍만 하자거나 불평등을 방치하자는 건 아니다. 자본주의사회에 살면서 자존감을 유지할 만큼 돈은 필요하지만, 그것에 매진하는 삶이야말로 공적으로 가장 쓸모없고 해로운 삶이다. 부자에 대한 선망이나 빈자 자신에 대한 자괴는, 가진 자들의 기준에 자신을 동일시하느라 내면화된 빈곤에 대한 혐오에서 기인한다. 혹 빈곤으로 인한 분노라면 이는 무릇 정당한 감정이다. 다만 분노의 방향을 제대로 잡아 번질 일이다.

전략하는 몸과 성

성, 특히 여성의 성을 억압하는 가부장제 이데올로기가 문제라는 전제하에, 비정상적이거나 억압당한 경험이 여성을 성적 주체로 만든 경로와 맥락을 듣는 것은 여성 노인들의 구술생애사 작업중 통쾌한 경험이다. 『천당허고 지옥이 그만큼 칭하가 날라나?』의 첫번째 주인공인 평양 출신 김미숙(가명, 1925년생, 사망) 할머니는 정신대를 피하기 위해 올린 급한 결혼이 남자가 징용에 끌려가면서 유야무야된 경험, 남한과 다른 1940년대 평양에서 십대 여성으로 겪은 노동과 연애 등 주체적 경험의 맥락 속에서, 오로지 화신백화점에 있다는 오만 가지 상품이 너무너무 궁금해서 동네 여자 친구 하나와 몰래 삼팔선을 넘어왔다가 분단으로 발이 묶인 삶을 살았다. 한국전쟁중 아편쟁이 남편이 쥐약 먹고 죽은 후 아들 하나를 키우느라 '양갈보'로 생계와 생활을 이어갔다. 그녀는 기지촌에서의 삶이 생애 가장 즐거웠던 시절이라고 말했다. 누구의 간섭도 받지 않고 삶을 꾸려온 시절이었고, 가진 것 없는 미국 청년들과 흑인 주한미군들, 그리고 가난한 한국 여자들과 어울려 재밌게 살던 시절이라고 추억했다. 미군 상대의 성매매 이력에 대해 "내가 도둑질을 했냐, 살인을 했냐? 아는 사람 하나 없는 남한 땅에서 애비 없는 자식 키우느라 한 일인데, 뭐가 부끄럽냐?"고 일갈한다. 목사가 된 외아들이 자신에게 회개를 독촉하자 "네 하느님은 어쩐가 몰라도 내 하느님은 나 같은 사람을 더 사랑해주는 하느님"이라고 항변하며, 아들과의 동거를 거부하고 기지촌 생활로 모은 돈으로 마련한 자신의 집에서 당당하게 혼자 살다 죽었다.

한편 혼자 사는 할머니들을 대상으로 한 성범죄는 독거노인 복지의 주요 현안이다. 이를 예방하기 위해 행정복지센터에서 여성 독거노인들을 따로 모아 교육을 할 정도다. 특히 여름철에 많이 발생한다. 더위 때문이거나 무릎과 허리가 시원찮아 방문객에게 문을 열어주는 것조차 힘들어, 현관문을 아예 열어놓는 경우가 많기 때문이다. 게다가 자신이나 주변의 낮은 성평등 인식 탓에, 특히 자식들한테 폐가 될까봐 당하고도 차마 신고하지 못한다. 그러니 강도 짓을 하고서 신고하지 못하게 성폭력을 저질러놓고 가는 경우도 있다.

임선애 감독의 영화 〈69세〉에서는 69세의 늙은 여자 '효정'(예수정 분)을 29세 남자가 성폭행한다. 폭력을 당한 뒤 "정액 묻은 속옷 같은 증거물이라도 있냐?"는 형사의 비웃음 묻은 추궁에 효정은 "네, 있습니다"라고 담담하게 응하며 증거물도 제출한다. 그럼에도 개연성도 없고 강제성도 입증할 수 없다며 구속영장을 기각하는 법. 수치심에 뒷걸음치며 숨어 잊히기를 바라다 그녀는 다시 용기를 낸다. 가해자놈의 발길질에 쓰러져서도, 굳은 무릎을 감싸안고 꿈지럭거리며 일어나 제 길을 간다. 더 싸울 작심이어서다. 영화는 선정성 따위 없고, 차분하며 단호하다. 성폭력을 넘어 우리의 말과 생각 속 폭력을 발라낸다. 사회의 고정관념과 개연성을 휘저으며, 무엇보다 당신의 의심에 대고 느리게 묻는다. "나 믿어요?" 힘으로 지랄하는 것들에 맞서 뭣도 없는 늙은 여자가 싸우는 이유는, 우선 자기 자신 때문이다. 그러면서 효정은 우리에게 요청한다. "같이 가주실 거죠?"

효정은 빈곤과 성폭행에 자신의 방식으로 전략하고 대응하며, 자신의 힘과 길을 만들어가는 사람이다. 아주머니, 할머니, 누님, 어르신, 노인네, ××년 사이. 몸매가 예뻐 뒷모습이 아가씨 같다는 말에 담긴 칭찬과 거짓말과 성

희롱 사이. 간병 노동과 동거와 남의집살이 사이. 우울증과 건망증과 인지저하 사이. 그 사이 어디에 한 여자가 있다. 남들 눈에뿐 아니라 자신도 헷갈릴 지경이다. 자신이 돌보던 환자였던 썩 괜찮은 남자와 동거까지 하고 있지만 '선생님' 집이 내 집이 아님을 정확히 안다. "간병인 같지 않은 차림새" 타령을 하는 말질과 시선과 의심 들 틈바구니에서 안전하고 무시당하지 않을 집을 찾아 홀로 나왔지만, 그래 봤자 딱히 갈 데 없는 여자는 전에 간병해주던 치근대는 와상 환자의 집으로 제 발로 들어간다. 어떻게든 삶을 이어가기 위해서.

효정의 나이이기도 한 '69'라는 숫자는 서로의 성기를 동시에 혀와 입술로 핥아주는 애무를 교환하는 체위의 기호다. 성 인식의 개선과 더불어 보건 의료의 발달로, 고령화사회에서 '노인의 성'은 이미 모두의 의제다. 저는 안 늙을 줄 아는 철딱서니 없는 것들이나 노인과 노인의 성을 혐오할 뿐이다. 특히 남성 노인의 성욕과 의료와 성폭력 가해는 주요한 노인복지 정책 영역이자 사회문제로 떠오르고 있다. 하지만 여성 노인의 성은 여전히 가려져 있고, 그 틈에서 여성 노인의 성폭력 피해도 감춰지고 있다. 그러니 욕망하는 주체로서의 여성 노인은 더더욱 공론화가 더디다.

그러거나 말거나 이제 할머니들끼리는 성에 대해 기회만 있으면 낄낄댄다. 주변 할망구의 뒤늦은 연애질에 따로 모여 쑥덕대는 건, 인생 말년의 웬 떡 같은 연애질이 너무너무 부러워 배가 아파서다. 구술생애사 작가인 내가 모든 주인공들에게 은근하고 집요하게 묻는 질문은 성애의 경험과 성 인식의 내력이다. 성애야말로 사회 불평등의 핵심 원인이자 결과이며 개인 주체성과 관계의 주요 지점이어서다. 나에 대한 친밀감과 신뢰 정도에 따라 다르지만, 화자이기를 작심한 할머니들은 까짓것 솔직히 털어놓는다. 독거노인 복지 현장에서 만난 "아직은 내 몸 움직거려 내 살림 해치울 수 있는" 할머니들은 욕망보다 귀찮음을 앞세워 손사래를 치다가도, 기회만 되면 화사한 차림에 화장까지 하는 번거로움을 감수한다. 무릎운동 삼아 콜라텍을 나간다던 칠십대 초반 언니는 역시 무릎운동 삼아 나온 동년배 남자를 만나, 평생 몰랐던 오르가슴을 이제야 알게 됐다며 좋아 죽겠단다. 영감과 사별한 경상도 산골 칠십대 여자가 육십대 남자랑 한 연애는 마을 할망구들의 입방아에 결국 깨졌고, 우울증에 빠진 주인공은 사는 맛이 없어졌단다. 억누르고만 살았던 양반 할머니 하나는 인지저하가 오고서야 풀어내긴 했는데, 애증과 망상의 악다구니로 치달았다.

다 늙어빠져 요양원에서야 만난 칠십대 중반과 후반 두 할머니의 연애는 노쇠와 인지저하에도 불구하고, 아니 오히려 그래서 더 다른 할머니들과 직원들의 부러움과 지지를 얻으며 이어지고 있었다. 피해든 욕망이든 혹은 비정상이든, 할머니들은 자기 성의 담지자이자 실천자이며 싸우고 전략하는 주체로 서고 있다. 인생 말년이어서 더 신나고 단호하다. 그래도 싫어 죽겠는 사람들은 그러라고 하고.

돌보다가 늙어 미쳐도 어쨌든 살아내는 여자들

"언니, 사기치지 마셔! 하하하." 2008년 말 내가 요양보호사라는 돌봄노동을 하겠다는 이야기를 진보신당 게시판에 쓰자, 친한 당원들이 달았던 댓글의 분위기는 대개 저랬다. 내 나이 또래의 중하위계층 여성 노동자들을 만나러 들어가자는 작심과 노인들과 만나 무엇을 할지에 대한 기대가 있었지만, 나 역시 '돌봄'이라는 단어는 썩 내키지 않았다. '돌봄노동의 사회화'니 '돌봄 사회로의 전환'이니 하는 담론들이 시작되던 시기였지만 돌봄이라는 단어의 의미 어쩌고를 떠나 아무래도 내 옷 같지 않았다. 그건 지금도 마찬가지다. '아버지의 집' 큰딸로 산 24년에 이어 결혼

생활 25년간 엄마, 아내, 살림하는 여자로 무한 반복했던 돌봄노동은 대체로 즐거운 적이 없었고, 종종 미쳐버릴 것 같았다. 여자라는 이유 하나로 주어지는 일들이었고, '요구당한다'는 것 자체는 물론 그 일의 내용과 방식에 늘 짜증과 반감과 이견이 있었지만 피할 수는 없었다. 아버지나 서방의 비난을 감수하며 거부해봤자 다른 여자가 더 많이 떠맡거나 어린아이들이 가장 큰 피해를 입는 상황이었다. 그러다가 애들도 다 자라 집을 떠나고, 이혼을 넘어, 같이 살던 여자와도 헤어진 차였다. 이제 나 하나만 돌보면 되는 자유에 마침내 도달하고서, 난데없이 돌봄노동을 밥벌이와 삶과 활동의 현장으로 선택하다니. 노인 돌봄노동 현장을 떠나 지금은 그 현장 경험과 해석으로 글을 쓰고 강의를 해 밥을 벌어먹고 살면서도, '돌봄'이라는 단어는 내게 여전히 오리무중이다. 나는 노인의 무엇을 돌보았고 무엇을 제대로 돌보지 못했나? 그 일과 현장과 노인들을 통해 나는 무엇을 얻었고 확장했나? 무엇을 더 재해석할 수 있는가?

여기까지 쓰면서 벌써 돌봄 관련 수많은 장면들이 휘리릭 떠올랐다 지나간다. 그중 몇 가지를 잡아 정리해보자.

부부싸움중 살림살이를 집어던져 집안을 엉망을 넘어

위험하게 만들고 저는 나가버리던 내 '애들 아버지', "그래 놓고 저는 자빠져 처자더라"는 여성 구술생애사 속 숱한 서방들. 그 대목마다 주인공과 나는 쌍욕을 내지르다가 함께 깔깔 웃어젖혔다. 그들이 엉망진창으로 싸질러놓은 집안을, 남들 보기 전에 아이들 다치기 전에 혼자 이를 갈며 치워야 했던 여자들의 반복되는 모멸감. 내 마음이 전남편에게서 돌아선 시점은 그 장면들 속에 있다. 여자랑 살면서 가장 좋았던 것 중 하나는 치욕감 없는 가사노동이었다. 물론 타인과의 사이이니 분담과 책임감 문제로 갈등은 있었다.

십대 초반, 큰딸 노릇중 동생 친구가 집에 놀러왔다가 동생에게 속삭이던 말, "저 언니는 니네 집 식모야?" 그 말로 인해 여러 날 바글대던 모멸감의 기억이 떠오른다. 어릴 적 우리집에서 식모살이를 하던 언니들, 여성 생애사 주인공들이 눈물을 보이며 꺼내던 배곯던 설움의 식모살이 대목들도. 주로 빈농 출신의 당시 식모들은 "입 하나라도 줄이고" "너라도 있는 집 가서 밥은 굶지 말라"는 부모의 말에 떠밀려 심지어는 열 살도 되기 전에 울며불며 집을 떠났고, 재워주고 먹여주는 게 주인집이 약속한 임금의 전부인 경우가 많았다. 여성인 내가 생애 동안 일관되게 해온 돌봄노동들은 그 식모들의 노동과 크게 다르지 않았고, 가족 안이냐 바깥이냐에 따라 임금이 없거나 가장 싸구려 임금이었다. 한편, 저임금이나 일방적으로 특정 성별에게 요구된 것으로 인한 갖은 차별들을 떠나 생각하면, 돌봄노동은 좋은 노동이다. 상품(물신)을 생산하지 않는 노동이어서 신자유주의 강화와 생태 파괴에서 비교적 죄가 적은 착한 노동이고, 사회적 약자들의 일상과 관계를 지원하는 살림 노동이며, 생애 내내 모두가 그 안에서 살아가는 상호적이고 공동체적인 호혜의 관계망이다.

'아버지를 미워한 힘으로 내 길을 만들었다'며 거역과 배반의 단호한 문장으로 정리하던 내 생애. 나이 오십이 넘으면서 되돌아보니, 내 아버지는 일면 나를 돌보고 싶어하던 남자였다. 서울 외곽에서라도 마당과 채소밭과 꽃과 새와 연못과 오리와 닭과 토끼와 함께 살려 했던 남자. 아침마다 내 머리를 땋아주고, 새 학기마다 꼼꼼한 솜씨로 교과서에 커버를 싸주던 아버지. 그 이면으로는 가계를 책임지는 가장으로서 '남자의 자리'를 놓친 콤플렉스 때문에, 사회성도 돈벌이에도 뛰어난 영리한 아내와 도무지 '양반집 규수'로 자라주지 않는 큰딸에게 폭력을 가한 가부장. 그런 남자를 미워할 수밖에 없었던 나와 엄마. 딸 단속으로 아버지의 권위를 세워대면서도, 일수 걷기 심부름으로 어린 딸을 야밤에 내보내는 아내에게는 침묵으로 공조한 무력한 아버지. 서방에게는 이를 갈면서도, 딸 아들을 차별하는 자리에선 서방 뒤에 숨거나 때로 앞장섰던 아버지의 여자 엄마. 그 시절 돈 심부름 야밤 외출에서 그런 어른들의 이중성을 비웃으며, 자유와 위험과 도둑질을 탐하기 시작한 딸. 가부장적 가족 안에서 모두가 분열적이었다.

그렇게 시작된 가족 내 갈등은, 성별 역할에 관한 그 시절 사람들의 고정관념과 감정의 한계와 숱한 부닥침에 의한 관계의 질곡인 측면도 크다. 가족은 자연재해이자 천재지변이다. 깨뜨릴 작정이 아니라면 생애 내내 잘 관리하며 나만이라도 성장하는 것이 최선이다. 게다가 상대방도 멈춰 있지 않고 성장하는 존재다. 물론 퇴행도 있지만. 엄마가 죽기 전 6~7년간 아버지는 아내를 돌보는 남자의 역할을 충실하게 자임했고, 엄마가 인지저하로 영감에게 악다구니를 하기 전 4~5년 동안 둘은 세상에 없는 늙은 잉꼬한 쌍이었다. 늙어 신자유주의적 쓸모 바깥으로 밀려나서야, 사람을 사람으로 만나는 것이 가능한 경우가 많다. 두 인생 간 징그럽게 뒤엉킨 대차대조표가 예순일곱 관찰자인 내 안에서 상당히 정리되어가는 느낌이다. 판은 여전히 기울어진 채로.

내가 대학에 들어간 1976년 즈음 여성의 대학 진학은 아직 희소한 일이었다. 그렇게 희소한 대졸 여성이라고 해봤자, 25년의 결혼생활과 겹치는 20여 년의 사회운동으로 임금노동과는 동떨어진 채 2008년 쉰둘이 된 여자에겐, 최저임금의 일자리밖에 없었다. 1957년생 베이비부머 여성이 남성 대공장 중심 노동 시대의 산업사회를 온갖 무임 노동을 하며 50여 년간 살다, 1997년 IMF와 2008년 금융위기를 거치며 베이비부머 남성들이 노동시장에서 상당히 떨려난 시기에 싸구려 임금노동 시장에 나온 것이다. 경제, 문화, 계급의 차이에도 불구하고 내 또래 수많은 여성의 생애 맥락과 처지가 대체로 그랬다. 수많은 가난한 베이비부머 여성들은 무임금 가사노동과 함께 노동집약적 공장 노동을 하거나, 새끼들과 집안을 간수하면서 할 수 있는 온갖 틈새 노동을 병행했다.

한편 돈이야 어차피 최저임금임을 알았고, 내가 노인 돌봄노동을 선택했던 첫째 이유는 그 현장에 내 또래의 중하위계층 베이비부머 여자들이 몰리고 있어서였다. '돌봄' 자체가 사회적 의제로 떠오르던 때여서, 노인 요양보호사, 장애인 활동 지원사, 산모 신생아 돌보미 등 최저임금 여성 일

자리들이 쏟아졌다. 그 변화에 대해 당시 페미니스트라는 한 여성 대학교수는 돌봄이라는 '숭고한' 영역까지 돈으로 사고파는 세상이 되어버리는 세태를 한탄하는 칼럼을 썼고, 그녀가 한탄하는 현장에서 밥을 버는 여자들이 둘러앉아 그 교수 나부랭이의 몰계급적 시각과 팔자 좋았을 생애를 떠올리며 한바탕 씹어댔다.

요양보호사와 독거노인 생활관리사로 일한 10년 가까이, '돌봄이란 대체 무엇인가?'라는 질문을 계속 붙들고 헷갈리며 살았다. 독거노인 생활관리사 업무의 궁극적 목표가 고독사와 자살 예방이라고 한다면, 요양보호사의 업무는 먹이고 입히고 씻기고 청소해주고 나들이에 동행하는 일 등 소위 식모 노동과 크게 다르지 않았다. 똥걸레를 빠는 노동을 자임했지만, '똥걸레나 빠는 여자'로 취급하는 노인과 가족과 국가와 국민들에 맞서 싸워야 했고, 그 과정에서 독한 나조차 때론 오밤중에 벌떡 일어나 혼자 통곡을 했다. 통곡 덕인지 독함 덕인지, 요구되는 돌봄노동을 하면서 내 나름의 '다른 돌봄'으로 노인들과 나를 데리고 갔다. 업무상의 돌봄을 하면서 친해진 가난한 노인들과 구술생애사 작업을 계속해왔다. 그 작업을 통해 노인과 나와 세상을 새롭게 만났고, 빈곤 노인을 넘어 더 많은 사회적 소수자들의 생애 기록을 세상에 내놓고 있으며, 경험과 해석과 재해석을 강의하면서 밥을 벌고 활동을 이어가고 있다. 현장 임금노동은 2016년 12월 말로 끝냈다.

2018년 11월 엄마가 사망했다. 내게는 아버지를 미워하느라 미처 미워할 새가 없던 엄마였고, 아버지의 폭력에 대한 공통의 피해자로서 동지였다. 지나놓고 보니 나한테 참 많은 잘못을 한 여자였는데, 그걸 알아챌 즈음에는 이미 그녀의 생애 내력과 상처와 처지에 역지사지가 되던 터여서, 살아 있는 동안 제대로 미워하지 못한 여자다. 2009년부터 시작한 엄마의 구술생애사 작업이 담긴 책 『천당허고 지옥이 그만큼 칭하가 날라나?』와 2015년부터 엄마의 사망 순간까지 마지막 3년의 삶을 담은 책 『작별 일기』의 작업 과정은, 열정적이어서 더 아팠던 부자 여성의 생애와 늙음과 죽음에 관한 대화와 관찰과 해석을 통해, 가난한 사람들의 생애와 늙음과 죽음에 관한 내 시선을 더 세밀하게 벼려주었다.

엄마와 다른 남매들의 돈 덕에, 늙은 엄마에 대한 돌봄은 여성 노동자들에게 넘겨졌다. 자식들 돈 대기에 평생 바빴던 엄마 입장에서는 자식들의 성공 덕/탓에 그녀 세대

거개의 소망이었던 자식들 수발을 받지 못한 것이다. 돈 덕에 들어간 실버타운이지만 들어가자마자 그곳을 '예비 납골당'이라 부르기 시작했다. 남다른 열정과 영리함에도 불구하고, 아니 그것 때문에 오히려 더 엄마는 '아픈 여자'로 살았고, 1933년생 소위 양반 출신의 여자가 살아낸 봉건사회와 산업사회 속 가부장제의 굴레를 설핏 알아채기만 했을 뿐 깨지도 깰 작정도 못한 채 열정과 자괴 사이를 시계불알처럼 오락가락하다 때론 아픈 여자를 넘어 미친년처럼 화를 냈으며, 실버타운이라는 비싼 노인시설에 들어가서는 돌봄노동과 교양 부리기에 돈을 퍼주며 실버산업과 의료산업의 배를 불려주다가, 결국 휠체어와 침대 하나에 갇혔다.

늙어 기운이 빠지면서 엄마는 "평생 미친년처럼 살아온 거 같아"라는 말을 자주 했고, 그럴 때마다 나는 "엄마는 열정적이고 똑똑한 여자야"라는 말로 받았다. 두 문장은 같은 의미다. 내가 한 구술생애사 작업 속 모든 주인공 여자들도 그랬다. 지지받지 못한 열정과 영리함 탓에 엄마들과 할머니들과 내 또래 여자들은 주변과 불화했고, 아픈 여자이자 미쳐버릴 것 같은 여자인 채로도 열나게 자신과 세상을 살아냈다. 물론 하나같이 분열적이었다.

잘나가던 시절의 끝 스물다섯에 유부남의 아이를 낳아

인생이 휘둘리기 시작한 일흔 초반의 간병노동자 장기표는, 부자 환자들의 가족 속 내막을 불쌍히 여기고 자족하며 도무지 이해되지 않는 자신의 생애를 신바람을 내며 털어놓았다. 남편의 폭력에 자식 넷을 떼어놓고 실컷 통곡이나 하고 죽으려고 산에 들어갔다가 신이 내려버린 무당 이기순은, 글쎄 그런 건 몰라도 무당 노동이든 돌봄노동이든 공사장 노동이든 모두 신령님 마음으로 하며 살았단다. 2021년 여름에 만났을 때는 친구들 만나 맛있는 거 먹으며 노는 틈틈이 자식들 성화에 별수없이 항암치료를 받는다며 죽을 준비는 벌써 끝났다고 했는데, 이후 자식들에 의해 여러 병원으로 옮겨지다가 2022년 봄에야 죽음에 닿았다. 시골 초등학교만 겨우 나와 식모살이와 공장살이를 하다 농촌으로 시집가 "뼈빠지게(이런 흔해빠진 표현은 문자 그대로 사실이다) 일만 해주고 다 지네들 돈이 되는 농사꾼 여편네"로 살던 김순애는, 서방의 외도 덕에 자립과 자유를 가로채 전국여성농민회총연합 총회장까지 했다.

열정 때문에 더 아팠던 그녀들 중 일부는 그러다가 의료의 기준에 의해 미친년으로 판정받았고, 남자들과 돈 세상의 감옥 안에서 부자로든 빈자로든 아등바등하며 새끼들을 건사하다 스스로 만든 감옥 안에 한번 더 갇혔다. 사망 전 1~2년간 심해진 엄마의 인지저하 증상의 핵심은 그녀가 생애 내내 가장 집착했던 돈과 큰아들과 서방에 대한 것이었다. 마침내 돈도 많고 영감도 자식들도 떠받드는 팔자 좋은 할망구가 되었다는 사실을 집착과 왜곡과 망상 때문에 자신만 믿지 못하며 불행과 증오에 갇혀 한바탕씩 악다구니를 하다가, 그 기운도 다 떨어져 죽음에 도착했다.

파열할 것 같던 청년 시절 왜 나는 미쳐버리거나 죽어버리지 않는지 도무지 이상했는데, 나중 언젠가는 좋은 사람이 될 거라는 괴상한 믿음이 나를 살렸다는 말밖에 다른 설명이 불가능하다. 죽지 않고 살다보니 어느새 사람과 세상에 치여 아픈 사람들, 미친 사람들을 쫓아다니고 있었다. 돈과 정상가족 중심의 세상에서 끝과 바깥으로 밀려나 희망도 미래도 없는 퀴어한 존재들을 계속 쫓아다니다가 차차 나도 그 비슷한 사람이 되어갔다. 가난한 성소수자 페미니스트이자 여성 독거노인이 되었고, 아나키스트가 되었고, 육십넷에 노숙인들에게 마음이 설레 수원을 떠나 다시 서울역 근처로 이사했다.

여기에도 내 또래의 미친 여자들이 많다. 한 살 적은 '독일 할머니'는 공부하자고 갔던 독일에서 독일인 유부남과 낳은 쌍둥이 자식을 산부인과에서 다른 혼혈 남자아이랑 바꿔치기했다고 주장하는데, 아무도 믿지 않는 그 이야기와 여자의 내막이 나는 못내 궁금하다. 청계천과 종로 사이 한 공원 화장실에는 말짱한 얼굴로 "곧 6·25 난리가 난다는 데 언니는 어쩔 거냐?"며 걱정해주는 두 살 아래 긴 머리의 깔끔한 여자가 10년째 살고 있다. 가장 낮은 자리에 진리가 있다고 믿어 대순진리회를 전하러 서울역 노숙을 한다는 부산 언니 머릿속에는, 정기적으로 찾아오는 내가 미친 여자인지 사기꾼인지 아직 결정이 못 내려져 있다. 그 여자들과 그 옆의 다른 홈리스들과 함께 내가 무엇을 하게 될지는 사실 나도 모른다. 도무지 모르겠고, 하염없고, 희망 없음이, 이 바닥의 치명적 매력이다.

"독살스러운 넌!" 잘못했다는 말을 끝끝내 하지 않아 매를 벌어가면서 아버지를 거역하던 어리고 젊은 시절의 나를 향해, 엄마가 애간장을 태우고 눈을 부라리며 뱉어대던 말이다. '독살毒煞'에 대한 네이버 국어사전의 설명은 '악에 받치어 생긴 모질고 사나운 기운'이다. 엄마의 표현은 정확했다. 그 독의 기운으로 아버지를 거역하고 배반했으며, 그를 내 안에서 죽였고, 내 안에서 자신이 죽었음을 그가 인정하게 했다. 이후의 만남에도 그와의 사이에 명확한 거리를 두었고, 온갖 혼돈과 방황에도 불구하고 모든 아버지들의 규율을 믿지도 의탁하지도 않았다. 그 독살 때문에 나는 나를 놓치지 않았고, 나를 만들어갔다. 독毒이면서 약藥인, 죽이고 그래서 살리는 힘. 그 기운의 이름은 독살이다.

"독살스러운 년"이라는 말로 엄마는 나를 비난했고, 부러워했고, 지지했다. "너는 왜 그러고 사냐?"는 비난과 "나도 너처럼 살아봤으면 좋겠다"는 부러움. 나에 대한 엄마의 이율배반적인 두 문장은 내게 한 세대 전 여성 선배(들) 내면의 분열적 열정으로 보인다. 그리고 이 '독살'이야말로 그녀(들) 안에서 나온 내가 먼저 간 여성 선배(들)에게 건네는 애도의 태도이자 애정이며, 지금 여기에 같이 사는 여자들을 향해 건네는 연대의 자세이고, 다음 세대를 살 여자들을 향한 유언이다.

이종 간 반려에 대한 이견

반려동물·반려식물 등 이종 간 반려 관계를 선택하고, 이를 통해 타자에 대한 관점, 즉 이원론을 넘어선 다원론적 관점으로 관계의 패러다임을 전환하며, 그 연장선에서 동물권과 채식에 대한 주장이 많이 나오고 있다. 내 삶의 주요 의제는 아니지만 주변에 많은 친구가 그런 입장을 실천하고 있다. 나아가 최근에는 비생물 물질 역시 행동하는 주체라는 인식으로 인간과 자연의 관계 및 언어를 새롭게 재구성하는 신유물론이 모색되고 있다. 비인간 생물과의 반려 관계나 신유물론 등을 통해 내 관점과 감수성과 질문이 확장되고 있음은 물론이다. 신유물론에 관한 공부나 생각은 너무 일천한 단계여서 이 글에서 다룰 생각이 없고, 다만 동식물과 인간 사이 이종 간 반려 관계에 대한 내 이견과 질문을 정리해보고자 한다.

내 경우 사람 아닌 다른 종에 대한 관심이나 관계는 상대적으로 아주 적다. 내 주변에는 반려동물과 함께 살거나, 반려를 목적으로 화초나 나무들과 함께 사는 사람들이 많은데—입에 붙은 '~를 키우는'이라고 쓰지 않으려 주의깊게 표현을 선택했다—그들의 취향이려니 싶지만 내가 그렇게 하고 싶은 생각은 전혀 들지 않는다. 가끔 작은 화분을 선물하는 친구들이 있는데, 고마운 마음과 함께 처치에 대한 걱정이 먼저 들고, 일찌감치 화초를 좋아하는 다른 친구에게 선물한다. 우선 내 원룸 안에는 화분을 둘 공간이 없다. 나아가 요즘엔 '반려'라는 단어를 사용하지만 내게는 '돌봄'이라는 단어가 먼저 떠오르고, 그것은 내가 그들을 돌보는 일방향적 돌봄이자 관리를 의미한다. 물론 함께 사는 동식물들이 사람에게 주는 여러 좋은 것들을 생각할 때 일방향의 '돌봄'을 넘은 '반려'라는 단어를 사용하는 지향에 어느 정도 동의하지만, 내 경우 그들이 내게 주는 좋은 것들에 대한 욕구보다는 내가 그들에게 기울여야 할 시간과 에너지와 비용이 우선, 그리고 훨씬 많이 타산

된다. 그 이전에 그들이 내게 주는 좋은 것들을 얻기 위해 꼭 반려라는 방식으로 내 가까이에 둘 필요를 느끼지 않는다. 내 방을 나가 조금만 걸으면 만날 수 있는, 혹은 인터넷 등 다양한 경로로 접할 수 있는 그들을 통해 내 욕구는 충분히 충족된다. 구태여 가까이에 두지 않아도 상관없으며, 여차하면 반려나 책임감의 이면일 수 있는 소유욕이나 폐쇄적 관계 독점 혹은 또하나의 인간 중심적 관계로 이어질 수 있다는 생각이다.

소유욕이라는 단어까지 들먹이게 되는 내 생애 내력이 있다. 두 아이가 어렸을 때 집안에서 개와 고양이, 햄스터 등을 키우고 다양한 화분도 들여놓았던 적이 있다. 동물들의 경우 물론 두 아이의 바람이 주요 이유였다. 나 어릴 적에도 다양한 동물이나 식물이 마당과 실내에 있기는 했고 나 또한 그들로 인해 좋은 무언가를 얻었을 거라는 점을 수긍한다. 그때는 주로 아버지가 그들을 돌보았다. 내 아이들의 바람으로 실내에서 동물들과 함께 산 경험에 대한 내 느낌은 일거리, 짐, 부담 등의 단어로 정리된다. 가족 중 특히 내게만 집중적으로 요구되는 일거리였고, 지금의 느낌이나 해석 역시 마찬가지다. 화분에 대한 경로는 좀 다르다. 결혼 5년차 즈음 서울을 벗어나 농촌과 도시의 경계인 안산(산업단지 쪽이 아닌 농촌 쪽)의 작은 연립주택 단지에 살던 때여서, 집 바깥으로 나가기만 하면 갖은 풀과 꽃과 나무에 농작물, 그리고 소와 돼지와 염소 같은 동물을 보고 즐길 수 있었다(식용으로 키우는 동물들을 반려동물이라 할 수 없다고들 하지만, 그 옛날 집에서 키우다가 결국 잡아먹거나 이웃과 바꿔 잡아먹었던 개와 토끼와 소와 돼지 등의 가축과 집안사람들, 특히 아이들과의 관계가 반려가 아니라고만 할 수 있을까). 연립주택 주민들은 대부분 내 나이 또래의 2030세대 엄마들과 내 아이들 또래의 자녀들, 그리고 아빠들이었다. 그 시절과 공간에 대한 내 기억 중 가장 중요한 것은 '화분 트럭'이다. 화분 트럭이라는 단어로 요약되어 내 뇌리에 박혀 있는 이유는 그것이 내게 준 사고의 전환 때문이다. 주로 봄이면 갖은 화초들과 꽃이 막 피어나기 시작한 화분들을 실은 트럭이 단지 내 한쪽 구석에 아예 머물다시피 하며 스피커를 켜고 손님들을 끌어모았고, 연립주택 여자들이 경쟁이라도 하듯 화분들을 샀으며, 서로의 집을 방문해 화분을 구경하거나 자랑하며 키우는 방법 등에 대해 이야기를 나누곤 했다. 내 경우 서로를 방문까지 하며 화분 이야기를 나누는 정도는 아니었지만, 일면 나도 그 분위기에 휩쓸렸다는 것을 나중에야 깨달았다. 어느 날

갑자기 '대체 내가 지금 무슨 짓을 하고 있는가?'라는 질문과 자각이 들었다. 물론 그 자각은 화분들 관리에 내가 지쳐버렸다는 점이 중요한 경로라 하겠다. 지치지 않고 계속 좋아했다면 그런 자각은 없었거나 훨씬 나중에 왔을 것이다. 나는 어렸을 때나 그때나 그 이후 지금까지 내내 무언가의 외형을 돌보고 관리하는 일을 제대로 못하는 사람이다. 못하기 이전에 안 하고 싶다. 나는 외형을 돌보고 관리하는 일이 중요하다고 생각하지 않으며, 따라서 불가피한 것들만 하고 살려 하는 사람이다. 물론 외형과 내면이 전혀 무관하다고 생각하지는 않지만, 많은 사람이 외형의 어떠함에 치중하느라 내면의 어떠함을 놓치거나 아예 들여다보지 않고, 심지어는 외양을 통해 내면을 가장/포장하거나 규정한다고 생각한다. 이는 다섯 남매 가운데 큰딸이어서 동생들 돌봄과 집안 살림 보조를 일찌감치 떠맡아야 했다는 점, 결국 자유를 찾고자 저항하는 사람으로 자랄 나를 어릴 적부터 양반집 규수로 만들고 싶어 나답지 않은 온갖 '여자다운 것'들을 강제한 아버지와의 싸움 등, 생애 경험과 더불어 여러 심리적인 요인이 뒤엉키고 연루된 내 관점이자 소신이다. 그러니 화분들을 여러 개 사들이고 처음에는 좀 신경을 썼지만, 넓지 않은 실내 공간을 차지하고 있는 화분들을 관리하는—물을 주고, 햇볕을 쪼이고, 흙과 먼지를 닦아주고, 주변을 청소하고, 아이들이 뛰노는 것에 방해가 되지 않게 위치를 바꾸어대는—일들에 곧 싫증이 났다. 물과 햇볕을 제대로 못 주거나 먼지와 흙을 잘 닦지 않았고, 그러다보니 점점 심란스러운 모습으로 변해가는 화분들이 눈과 마음에 밟혔다. 이내 방바닥이나 실내가 지저분해졌고, 한바탕씩 청소나 화분 관리를 하려면 화가 났고, 나중에는 화분들이 눈에 띄는 것조차 싫어졌다. 결국에는 방 세 개 중 하나에 화분들을 모두 들여놓고 아주 가끔씩 그 방을 드나들며 불가피한 관리를 하고, 평소에는 그 방문을 여는 것조차 꺼리며 머리 한구석이 늘 그 방안 화분들로 심란스러운 지경이 되어버렸다. 그러던 어느 날 그 생각이 들었던 거다. '대체 내가 지금 무슨 짓을 하고 있는가?' 창문으로 내다보기만 해도 갖은 나무들과 풀과 꽃과 농작물에 동물 들까지 널려 있고, 조금만 걸어나가면 저멀리 풍경으로건 바로 눈앞에서건 즐길 수 있는 마당에, 나는 뭐한다고 이 화분들을 돈을 들여 사서 집안에 들여놓고, 그 관리에 시간과 에너지를 들이다가, 이제는 그 관리에 몸이 지치고 마음이 심란스러운 지경에 빠진 것인가? 이는 소유욕으로 인한 족쇄였다. 특히 나로서는 갖지 않아도 되는 것에 대한 소유욕이었고, 그 욕구를 채우고 소유를 확인하기 위해 바깥에 널린 것들을 구태여 사람 살기에도 넓지 않은 공간에 들여놓고야 마는 독점욕이었다. 어느 날 나는 내가 가진 화분을 대강 닦아 전부 단지 마당에 내놓고, "가져가고 싶은 분은 ○월 ○일까지 가져가세요. 그 이후에는 버릴 거예요"라는 종이를 붙여놓았다.

갖고 있던 화분을 모두 연립주택 마당에 내어놓았던 것을 계기로, 화분은 물론 여타의 살림살이를 넘어 소유 자체에 대한 일종의 소신이 만들어졌다. 살림살이를 편리하게 해준다는 전자제품은 물론 장식품이나 옷가지 등을 소유하는 것 자체가 짐이 될 수 있다는 생각을 하게 되었다. 당장 먹거나 사용해서 없어지는 필수품이 아닌 지니고/짊어지고 살아야 하는 물건을 사거나 얻을 때마다, 이것이 내게 꼭 필요한지를 되풀이해 따져 생각한 후 결정하는 습관이 생겼다. 이는 물질을 넘어 돈과 사람 관계에까지 확장되어 배타적 소유에 대한 근본적 문제의식으로 발전했고, 간소하고 단출한 삶에 대한 추구로 이어졌으며, 웬만한 가난과 고독은 나 자신으로 사는 데 덕이 된다는 것도 깨달아 나가게 했다. 물론 아이 둘과 남편과 함께 사는 동안 실제로 상당한 살림살이나 물건이 필요했고 또 내 소신대로만 결정할 수도 없었다. 마흔 후반을 넘기며 이혼과 성장한 아이들의 독립 그리고 한 여성과의 반려이자 동거 관계를 통과하며 나에 대해 내린 결론은, 내게는 무엇보다 공동선을 염두에 둔 간소하고 자유로운 삶이 가장 중요하며, 이를 실천하기 위해 독거와 단출한 살림살이가 최선이라는 것이었다. 넓은 집을 보면 '저 집 관리에 얼마나 많은 시간과 돈이 들어갈까' 하는 생각부터 떠오르고, 좋은 옷을 보면 '저 옷 관리에 얼마나 많은 수고를 들일까' 하는 생각이 들며, 간단한 삶을 수긍하게 된 내가 다행스럽게 여겨진다. 삶과 글의 현장을 쫓아 평균 2년 정도의 간격으로(이는 원룸 임대계약 기간과 동일하다) 이주를 거듭하는 최근 15년가량의 삶 동안 간단한 살림살이는 내게 편리이고, 내가 원하는 삶을 살기 위한 적극적 선택이다.

다시 반려 이야기로 돌아가보자. 나는 그러한데 다른 사람은 다를 수 있다. 소유나 짐이라는 느낌이 들기보다 반려동물이나 반려식물을 통해 정서적 위안을 받는 사람이라면, 구태여 비용과 시간과 에너지와 감정을 들여 가까이 두고 보살피며 사는 것이 그 사람다운 삶이려니 한다. 다만 내 경우 두 아이를 키우고, 이후의 관계를 이어가는 것만으로도 내가 책임질 돌봄노동으로 인한 공과 부는 상당히 채우고 있다고 생각한다. 노년 이후에 돌봄받기를 전혀 떠올리지 않는 것은 아니지만, 내 목숨의 끝을 개인적·사회적 자립과 역할이 어려워지는 시점에 자유 죽음을 선택하는 것으로 두고 있는 나로서는, 돌봄을 받는 것에 대한 구체적 상상이나 기대는 거의 하지 않는다. 닥쳐서 제대로 판단할 작심만 다진다. 주로 돌봄을 제공하며 살아온 여성들의 경우 돌봄받는 것을 불편해하기 쉽다. 나 역시 여성이어서 그런 측면도 있겠지만, 그보다는 어디까지 살 것인가에 대한 내 결단의 측면이 크다. 개인적·사회적 역할을 수행할 능력과 주변에 지울 짐 사이에서, 자유 죽음의 적정한 시점을 가늠할 작정이다. 이는 물론 내 목숨에 대해서일 뿐이며, 타인이 어디까지 살 것인가에 대해서는 내가 판단할 일이 아니다. 다만 각자도생과 고령사회가 만들고 있는 불균형한 세상에서 생명들의 생태적 순환과 돈과 물질의 사회 환원에 관한 개인과 사회의 전환이 절실하다는 생각이다. 인간이 아닌 돈을 목적으로 무책임하게 발전하는 의료과학의 컨베이어벨트에서 내려서는 결정이 확장되어야 한다. 더욱이 코로나19 팬데믹을 통과하면서 생태적 환대로서의 늙음과 죽음, 그 일면인 생태적 자유 죽음에 대해 더 확신이 깊어졌다.

다른 한편, '반려'동물은 대체 어떤 동물들이며 몇몇 동물들은 왜 반려동물이 아니라고 분류되는가? 결국 인간 중심의 이유와 판단으로 반려와 비반려가 결정된다는 면에서 여전히 인간 중심의 인식틀에 갇혀 있다. 게다가 나는 반려동물들이 정말 자기 자신답게 살고 있다고 여겨지지 않는다. 그들은 인간의 필요와 욕구에 맞게 선택당하고, 의학적 처리를 당하며, 반려와 돌봄이라는 이유로 가두어지고, 자신의 본능이나 욕망과는 다른 방식, 다른 경로로 사람들이 주는 사랑이니 돌봄 등을 받는 입장에 놓인다. 사람에 의해 길들여지고 훈련되면서 개체 고유의 자기다움은 점점 제거되어간다. 나는 이종 간 '반려'라는 것 자체가 과연 평등하고 공정한 관계일 수 있는가 하는 문제의식이 있다. 길고양이는 짧게 살고 반려 고양이는 상대적으로 오래 산다고 하는데, 오래 사는 것이 생명의 목적인가? 인간이 발전시킨 의료 기술로 반려동물의 병을 치료하는데, 병에 안 걸리는 것이 생명의 목적인가? 나는 짧게 살든 병에 걸리든 나답게 사는 삶을 원하며, 나다움이라는 욕망의 연장선에서 동물들 역시 자신답게 살다 죽는 것이 가장 나으리라 가늠할 뿐이다. 다만 이 가늠 역시 사람인 나의 욕망과 인식의 연장선에서 동물을 이해하는 것이어서 옳다고 확신할 수 없고, 인간 중심 혹은 나 중심의 한계가 있다고 여긴다.

나는 우선 반려 자체에 대해 별다른 욕구가 없다. 그것은 동종인 인간뿐 아니라 이종에 대해서도 마찬가지다. 독거란 내게 외로움이 아닌 내가 선택한 고독과 자유다. 그리고 내 구체적인 관심은 그나마 내가 잘 알 수 있는 동종에 집중되어 있다. 동종인 인간에 대한 태도와 의문의 연장 속에서 이종에 대한 태도와 의문을 가늠할 뿐이다. 그러고 보니 애초에 내 문제의식은 이종 간뿐 아니라 인간 동종 간에도 반려라는 단어가 남발되는 것에 대한 거부감에 있다. 모든 다른 존재 간에는 잠재적이든 노골적이든 다양한 권력관계가 작동한다. '반려'라는 말의 남발은 관계 속 소수자나 소수자성을 삭제한다. 또 바람직한 관계라고 퉁쳐버리거나 인정받고 싶은 기득권자의 발화일 수 있다.

물론 완벽한 건 없다. 나 자신을 포함해 누구에게도 나는 완벽을 기대하거나 주장하지 않는다. 늘 추구와 질문이 있을 뿐이다. 다른 계층과 다른 조건과 다른 설명 들에 대해서도 마찬가지다. 추구와 태도와 질문은 늘 날카롭고 새롭게 이어져야 하고, 또한 겸허해야 한다. 우리는 모두 한계 안에서 살아간다. 종 차별주의에 대한 반대에 상당히 동의

하지만, 어떻게 실천할지에 대해 인간의 감성과 이성에 붙들려 있는 것은 아닌지 의심한다. 인간 너머의 생태계에는 종 차별을 넘어서는 다양한 갈등관계와 불가항력과 불가피함이 존재한다. 한계 속에서 최선을 다하는 것은 중요하지만, 최선이 늘 모두에게 옳다는 생각은 오만일 수 있다.

섹스 관련 생애 맥락 몇 가지

나의 첫 성 경험은 자위였다. 대여섯 살 무렵, 서울 노량진에 살 때다. 침대 모서리였던 것 같은데, 그게 정말 침대인지 어떤 가구의 모서리였는지는 기억이 희미하다. 하여튼 잠자리에 있던 어떤 가구의 모서리에 성기가 부딪혔고, 통증과 함께 쾌감을 만났다. 처음에는 우연한 부닥침이었고, 쾌감보다는 통증이 컸다. 그러나 통증보다 쾌감이 새삼스러웠나보다. 하여 처음엔 침대 모서리에다, 나중엔 이불 속에서 손가락으로 혼자 그 쾌감을 찾고 만들며 즐겼다. 그런 행위에 대해 막연한 죄책감이 있었으니, 혼자 몰래 했겠지. 그 죄책감은 어디서 왔을까? 그 시절 대여섯 살의 여자아이를 놓고 누군가가 성교육을 하지는 않았을 것이다. 내가 유추할 수 있는 죄책감의 유일한 이유는, 어린 여자아이의 아랫도리에 대한 이전부터 들었을 어른들의 단도리와 잔소리다. 그럼에도 그 쾌감은 은밀한 만큼 더 달콤했던 거다. 방안에서 혼자 이불을 뒤집어쓴 채 엎드려, 바깥의 사람 낌새에 신경을 곤두세우며, 팬티 속에 두 손을 넣어 클리토리스를 자극해 쾌감을 즐기곤 했다. 다락방에는 아버지의 오래된 책들이 많았다. 어두침침한 다락방에서 책을 읽으면서도, 아마 성에 관한 책들을 읽을 때 더 자주 자위를 했을 거다. 쾌감과 죄책감을 동시에 느꼈지만, 쾌감이 더 중요했다. 혼자 방을 쓴 적이 없기 때문에 자주 하지는 못했다. 하지만 자위를 위해 일부러 혼자 있는 시간을 만들기도 했다. 나와 방을 같이 쓴 여동생들은 내 자위행위를 알았을 수도 있겠다 싶다. 일곱 살 즈음 엄마가 내 자위행위에 대해 "쪼그만 계집애가 벌써!" 정도의 말로 간단히 나무라고 지나갔는데, 나는 무슨 말인지 못 알아듣는 척하면서 상황을 넘겼고, 엄마도 더 따지거나 나무라지 않았다. 그렇다면 아마 엄마도 자위에 대해 알고 있었고 어쩌면 즐기는 여성이었겠다는 것을, 엄마 나이 예순이 넘어서야 떠올렸다. 쉰 즈음 어느 진보적 여성 언론을 통해, 태아가 자신의 성기가 탯줄에 우연히 닿으면서 느꼈던 쾌감을 즐기기 위해 일부러 성기를 탯줄에 비비며 논다는 기사를 읽었고, 나의 어린 시절 자위도 그와 경로가 비슷하다고 생각했다.

자위로 인해 많은 고민을 하지 않은 것을 보면, 빈도가 스스로에게 문제가 될 만큼 잦지는 않았나보다. 책을 통해 남자들의 자위를 알게 되면서, 내 자위도 이해하게 되었다. 사춘기 이후 관습이나 사회적 통념에 대한 의심과 거부가 자라면서 차차 죄책감을 버렸다. 십대 초반 주변 여자아이들에게 돌려서 넌지시 물어본 적이 있었는데, 내 말이 무슨 말인지조차 알지 못하는 듯했다. 모르는 척했을 수 있다는 것을 나중에야 알았다. 그러니 그 시절 누구와도 자위에 대해 이야기를 나누지 못했다. 십대 후반이 다 되어서야 다른 여자들도 자위를 한다는 것을 책을 통해 알았다. 혼자서 그토록 자극적인 쾌감을 즐길 수 있는 방법을 알고, 때때로 그 쾌감을 즐긴다는 것은, 내게 자부심과 위안이자 도피이기도 했다. 특히 사춘기 이후 액취증으로 인한 자기소외와 이어진 방황과 혼돈의 시절에, 자위행위가 주는 위안과 즐거움은 각별하고 간단하고 음흉한 피난처였다.

간편한 쾌락으로서의 자위는 상대가 있는 섹스와 상관

없이 생애 내내 계속 이어지고 있다. 게다가 성욕이 올라오느냐 아니냐와 상관없이 잠은 자야 하는 데 잠이 오지 않을 때, 자위는 간단하게 얻는 쾌감이자 수면제이기도 하다.

놀이와 폭력 사이

위험하고 예민한 이야기니까 오히려 해보자. 그 놀이는 자위 시작과 시기적으로 겹치기도 하고, 자위의 꿀맛을 알게 된 다른 경로이기도 하다. '당했다'라는 표현은 성폭력이라는 단어를 알게 되면서 그 기억에 담긴 장면 속 여러 권력관계(성별, 나이, 욕망, 자발성)를 따지고 나서야 붙인 해석이다. 1960년대 초반 여섯 살 여자아이와 열한 살 남자아이, 그 둘의 그 장면을 어떻게 이름 지어야 하고, 후에 어떤 호명을 해나갔으며, 이미 어른들에 의해 명명된 작금에도 집이나 어린이집에서 발생하는 그 비슷한 장면들에 대해 내 시절과 달리 지금은 어떻게 해야 할지, 많은 질문이 이어져야 한다고 생각한다.

이젠 기억조차 희미하지만 당시의 정황을 옮겨보자면, 여섯 살 무렵 세 차례 정도 열한 살 사촌오빠가 이불 속에서 내 보지 속과 겉에 손가락으로 장난질을 했다. 절대 아무한테도 얘기하지 말라고 했으니 좋은 놀이라는 생각은 들지 않았고, 나는 싫다고 하지 않고 가만히 있었다. 아마 주변 어른들이 그 일을 알고 사촌오빠를 혼냈는지, 오래 반복되지는 않았다. 십대 중후반 즈음 '당한' 거라는 걸 깨달았지만, 여섯 살 때든 십대 중후반 때든 이후 지금까지도 내게 수치심이나 상처 따위는 없다. 그 일을 삼십대 중반에야 여성단체 동료 예닐곱 명과 함께한 밤샘 대화에서 처음으로 이야기했다. 그전에는 수치심이나 상처 때문에 말을 못했던 게 아니라, 어려서는 기억이 나지 않아서, 문제의식이 생기고부터는 내 말과 감정을 제대로 들어줄 사람을 만나지 못해서 말할 기회가 없었다. 그날의 대화가 어떻게 시작됐는지는 기억에 없지만, 한 동료가 십대 초중반 지속적으로 당한 친족 성폭력 피해 경험을 꺼내면서 대화의 방향이 그리로 정해졌다. 정도의 차이만 있을 뿐 또래 여성들 거의 모두가 성폭력 피해 경험이 있다는 것이 놀라웠고, 내 경험이 '수치심'이나 '상처'라는 단어로 퉁쳐지는 것에는 동의되지 않았다. 내겐 그런 감정이 없다는 것을 그 자리에서 말하지는 않았다. 두고두고 당시의 기억과 느낌과 상황을 떠올리긴 한다. 물론 그 일의 정체를 깨달았을 때부터 내내 공분은 있다. 그 짓이 무엇인지 아는 사람들이, 그 놀이가 무엇인지 모르는 나와 수많은 여자아이들을 그 일에 끌어들였다는 점에 대한 공분이다. 그리고 그로 인해 여자들이 정신적·신체적 피해를 입거나, 시간이 많이 지난 후에도 그 피해를 벗어나기 힘들어한다는 점에 대한 공분이기도 하다. 별개의 공분 하나는, 성폭력 피해는 다른 폭력 피해와 달리 사람의 인격과 심리 자체를 망가뜨린다는 유의 설명이 너무 통상적으로 당연한 듯 붙는 것에 대한 공분이다. 실재하는 피해자들의 느낌과 심리에 대한 공분이 아니라, 이런 설명의 전제, 즉 여성의 성을 유난히 각별한 것, 상처 입히면 안 되는 것, 잘 간수되어야 하는 것으로 보게 하는 정상가족 이데올로기에 대한 공분이다. 성폭력을 포함한 여타의 피해 담론 역시 정상가족 이데올로기에 갇힐 수 있다고 생각한다.

한편 나는 나중에 여섯 살 즈음의 그 '놀이'로 클리토리스의 쾌감을 더 잘 알게 되었다고 해석했다. 생애 내내 클리토리스를 중심으로 한 섹스나 자위는 내가 가장 좋아하는 성애 행위다. 클리토리스의 쾌감은 나의 쾌락이자 욕망이어서, 상대가 있느냐 혹은 누구냐보다 훨씬 더 중요한 핵심 요소다. 나이가 들면서 성적 욕망이 줄어드는 것은 사실이지만, 아마 나는 상대적으로 성적 욕망이 많은 사람 같다. 2년 넘게 상대가 없는 육십 중반의 요즈음도 별로 궁하지 않은 이유는 자위를 위한 모든 것이 내 몸과 마음과 두뇌에 갖춰져 있기 때문이다. 장차 어떤 섹스 파트너를 만나더라도 일단 클리토리스를 통한 오르가슴부터 좀 올라갔다 와서 다른 뭐를 하든가 말든가 하고 싶다. 심지어 잠자는 중에도 재수가 좋으면 가끔 내 의지와 상관없이 아주 깊고 강한 클리토리스 중심의 쾌락을 꽤 오래 즐기기도 하니, 자위는 내 무의식도 즐기는 인생의 웬 떡 중 하나다. 섹스 내력의 습 때문인지 가끔은 질 속 쾌감으로 미끄러져버리기도 하지만, 생시에도 꿈속에서도 역시 쾌감의 최고봉은 클리토리스를 통한 오르가슴이다. 일반화할 생각은 없지만 적어도 내게, 질은 생식기이고 클리토리스가 성기다.

성적 주체로서의 내 몸을 일찍 깨닫게 된 것은, 일곱 살 이불 속 경험 덕이 크다고 나는 해석한다. 무엇을 겪느냐보다 경험을 어떻게 해석하느냐가 중요하다. 성애적 쾌락과 욕망을 내 몸으로부터 시작해 해석하는 것은 세상에 대한 관점과 태도와 기획을 나에게서 출발해 정립해나가는 것이며, 타인 역시 그들 각자에서 시작한다는 것을 인정하는 일이다.

잠자리에서 만나는 쾌락

그제 밤 또 '그것'이 왔다 갔다. 2주 정도 만이다. 몸이 많이 피곤하고 한동안 섹스를 하지 않은 어느 날, '그것'이 온다. 서른 초반 시작되었으니 30년 넘게 계속 오고 있다. 처음엔 불현듯 온 그것을 대체 어떻게 여겨야 할지 몰라 당황했지만, 서너번째 후부터는 그냥 즐기면 되겠다 싶었다. 상당한 쾌감이어서 오기를 고대하게 되었고, 나중에는 올 조짐을 예측하게 되었다. 스스로를 칭찬할 어떤 작업이나 일들로, 최근이라면 주로 글쓰기 작업에 집중하느라, 무지하게 피곤한 몸 상태가 되는 것이 가장 중요한 조건이다. 말하자면 흡족하고 심한 피곤함이다. 하지만 막상 정확한 때는 예측이 불가능하다. 마치 가톨릭의 관상기도처럼 오고감을 내가 주도할 수 없는, 알지 못하는 에너지에 이끌려 블랙홀로 빠져들어가며 느끼는 쾌락이다.

어느 날의 일기다.

지난 새벽 또 그것이 왔다. 대체 이 성애적 경험과 쾌락의 출발지는 어디인가? 의식이 먼저 내 속 어딘가로 빠져들어가는가 싶다가, 내 속을 지나 더 깊은 어딘가로 순간 빨려들어가 없어지면서 시작되는 클리토리스와 그 근처, 보지에서 항문까지의 구체적인 감촉과 쾌락과 뜨거움. 지난밤의 촉감은 묽고 투명하고 차가운 액체 같은 것이었다. 그 촉감을 만드는 게 나인가? 무의식이든 초자아든, 나의 일부인가? 쾌락을 느끼는 것이 나임은 분명한데 그 쾌락을 만드는 것이 누구인지는 모르겠다. 누구여도 좋다. 선물이고 복이다. 그러고 나면 피곤과 불면에도 불구하고 오히려 몸도 머리도 개운해진다. 짧은 잠에도 불구하고 숙면을 하고 깨어난 컨디션이 된다. 희한도 해라. 혹 내 바깥의 누구에게서 온다면, 진심으로 감사하다.

내 바깥의 누구에게서 오는 것일 수도 있다는 생각을 하는 것은 시작된 시기가 내가 신앙적으로 깊은 단계였을 때여서, 예수가 주는 선물일 수 있다는 생각을 했기 때문이다. 때론 아주 섹슈얼하거나 음탕하거나 심지어 성스러운 영상들이 흐르기도 한다. 대체로 행위자는 보이지 않고, 얇고 여리고 극히 섬세한 촉감이 클리토리스에 닿는다. 닿는다기보다 느껴지기 시작한다. 이는 생시에도 내가 가장 좋아하는 섹스 행위이자 성감대의 자극 방식이다. 게다가 그것은 사람의 혀나 입술로 만드는 자극과는 질적으로 다른, 고도로 훈련된 숨결과 감촉을 통한 애무다. 마치 내가 느끼는 쾌감을 속속들이 아는 누군가의 지극하고 테크

니컬한 애무 같다. 입술을 둥글게 오므려 내 클리토리스와 그 주변에 길고 짧게, 여리고 때로 조금 강하게, 불고 건드린다. 자극의 강약과 길이는 제 마음대로 이어진다. 숨결로 시작한 자극은 혀나 입술의 애무만큼 촉각이 강해지다가 때론 끊어져버릴 듯 약해져서, 나도 모르게 '조금 더, 한번 더'를 신음하게 한다. 대체로 그 신음이 내 몸 바깥으로 나오지는 않는다. 어느 땐 아주 강한 쾌감으로 신음이 바깥으로 나와버리는데, 그 순간 자극도 쾌락도 끝나버리고 의식이 돌아온다. 그러니 무의식중에도 의식이 개입해 신음을 참아야 한다고 생각하는 느낌이다. 이렇게 의식이 개입한다고 느끼는 순간, 의식 위로 올라와버리지 않아야 한다. 의식이 되돌아오면 쾌락이 끝나버린다. 욕망과 쾌감은 오르가슴을 향해 숨차고 힘겹게 기어오른다.

여기서부터가 문제다. 자위처럼 주도권이 내게 있다면, 나는 성적 판타지에 따라 손가락 놀림을 내 맘대로 바꿔가며 정상을 향한 속도와 자극의 강도를 조절할 것이다. 상대가 있는 섹스라면 상대에게 여러 방법으로 나의 단계를 알게 하며 자극의 구체적 방식을 요구할 것이다. 그러나 이것은 자위도, 상대가 있는 섹스도 아니다. 그저 문득 제 마음대로 와서, 제 마음대로 나를 즐겁게 해주다가, 제 스스로 사라지는 일방적인 애무다. 그러니 때로는 오르가슴의 꼭대기까지 오르기도 하지만, 어느 때는 애를 태우다가 그 근처에서 사라져버리기도 한다. 과분하게 좋은 날은 오르가슴까지 올랐다가 지쳐 떨어져 있는 내 다리를 벌려놓고는, 클리토리스를 마저 핥고 오물거리며 후희까지 만끽하게 해주고 가는 때다. 그런 날이면 잠을 깨서도 한껏 커진 클리토리스에 불끈거리는 기운이 한동안 남아 있다. 하지만 나는 어떤 것도 결정할 수가 없다. 예감할 수는 있지만 유도하거나 조정할 수 없다. 그저 쾌락과 환희가 문득 와서 길거나 짧게 나를 즐겁게 해주다가 스르르 사라져갈 뿐이다. 행위들은 실제가 아니지만, 애액은 실물로 흘러나오고 쾌감 역시 실재한다. 한바탕 놀이가 끝나고 나면 꼭 잠을 깨는데, 언제나 내 속옷과 질은 애액으로 적셔져 있다. 의식에서 시작해 무의식으로 빠졌다 다시 의식으로 돌아나오는 시간과 놀이의 강도는 완전히 내 소관 밖이다. 어디에서 와서 어디로 가는지는 내 알 바 아니고, 문득 올 때 웬 떡처럼 즐기면 된다.

성性이라는 의제

생애를 돌이켜보면 내가 상대가 있는 섹스의 즐거움에

탐닉했던 시절은 치열한 삶의 휴지기 혹은 과도기였고, 탐닉의 이유는 상대가 어떤 사람이라서가 아니라 기회가 온 김에 이번에는 한바탕 쾌락을 즐겨보자는 작정에서였다. 말하자면 섹스의 쾌락은 내게 문득 즐기는 '몸의 꿀맛'이다. 일상의 측면에서 중요하지만, 생애의 핵심은 아니라는 이야기다. 그 '꿀맛'이 만족스러운지 아닌지에 따라, 상대와의 관계는 길어지거나 짧게 끝나거나 1회적이거나 했다. 예외적으로 치열한 삶의 시절을 지나는 동안 한 사람과 10여 년간 섹스 파트너 관계가 이어졌는데, 그 역시 상대가 어떤 사람이어서가 아니라 내가 원하는 섹스의 방식을 그 사람도 좋아하고 아주 잘했기 때문이었다. 상대가 배우자가 있는 사람이어서 나와 함께 살지 않았고 너무 자주 만나지 않은 것이 그 사람과 오랜 파트너 관계를 지속할 수 있었던 중요한 조건이었다고 생각한다. 시간이 더 지나 상대에게 무엇을 원하는가가 내 안에서 달라졌고, 그래서 끝났다.

예나 지금이나 내게 상대의 조건은 섹스 이외의 다른 어떠함—성격, 성별, 나이 차이, 외모, 성전환 여부, 장애 여부, 결혼관계 여부, 문화적 층위, 여성주의를 포함한 정치사회적 입장 등—과는 별 상관이 없다. 말하자면 섹스가 잘 맞으면, 나머지는 대강 넘어가거나 맞추거나 참아줄 수 있다는 이야기다. 구태여 분류하자면 양성애자인데, 이 단어는 나를 충분히 설명하지 못한다. 사회적으로 나는 성소수자로 분류되지만, 내 일상과 정서에서, 성애적인 면에서 스스로를 소수자라고 여기지는 않는다. 내 통제 밖의 여러 변수들과 타협하는 경우도 있었지만 대체로 나 하고 싶은 대로 하고 살아왔고, 나에 대한 사람들의 판단이나 규정에는 신경쓰지 않는다. 토론하거나 싸워야 할 상황이 생기면 대응할 뿐이다.

어쩌다보니 공적 인물이 되어버린 사람으로서, 조심하는 점은 있다. 1회적이든 좀 길어지든 뒤탈이 없어야 한다. 대응해야 할 뒤탈이라고 판단하면 작심하고 대응하겠지만, 생애 핵심이 아닌 일에 시간과 에너지를 들이는 일이 우선 귀찮다. 그러자니 1회성(실제로 1회든 2, 3회든)의 관계에서는 내 신원을 드러내지 않은 경우가 많다. 나아가 만남이 좀 길어지거나 두 사람의 지인들이 상당히 겹치는 경우는 파트너 관계가 끝난 이후에도 둘 사이에든 지인들 사이에서든 문제가 없어야 한다.

폴리아모리를 지지하지만 그런 관계에 있었던 적은 없다. 내게 '섹스'는 행위와 감각에서 오는 쾌락의 향연이고, '관계'의 의미는 적고 간결하다. 그러니 둘의 관계조차 관리가 상당히 번거로운데, 셋 이상의 관계를 공동 관리하는 것은 생각만 해도 귀찮다. 다른 사람과도 성애적 관계를 갖는 것은 각자 알아서 할 일이다. 폐쇄적인 일대일 관계의 고수는 혼인은 물론 동성 관계에서든 이성 관계에서든 무리한 결정이자 삶의 방식이며, 자기 자신에 대한 게으른 타협이라고도 생각한다. 고정관념과 규범이 억압이 되어 쾌락을 방해할 뿐만 아니라 계급과 권력관계와 폭력과 장애 등까지 변수가 되어, 성은 점점 더 불평등하고 정치적인 의제가 되고 있다.

자위의 경우 만일 내 입술과 혀가 클리토리스에 닿을 수 있는 신체 구조라면, 아마 나는 자위에 탐닉하여 헤어나오지 못하고 중독되어 죽음에 닿을 거라는 생각을 하곤 한다. 상대가 있는 섹스의 경우 느리고 가볍고 부드러운 촉觸과 리듬을 담은 놀림이 상대의 쾌락을 알고 내 쾌락에 공조하며 끈질기게 헐떡이며 오르다, 정상 인근에서 절대 조급하지 않게 거닐며 뛰며 감아오르면서, 거부할 수 없이 정점에 치달아 나가떨어지는 일련의 과정을 즐긴다. 성은 내게 놀이다. 정서적 끌림과 결합될 수도 있지만 분리하여 섹스만이어도 족한, 그 자체로 온전한 놀이다. 다행히 놀이기구는 대부분의 사람에게 대체로 공정하게 있다.

늙어가는 몸에 대하여

실체는 몸이며, 몸에 무엇을 걸칠지는 형편과 취향을 넘어 사회구조적인 문제다. 계급과 젠더와 몸 상태와 취향 등 다양한 형편과 조건에 따라 입는 양태에 차이가 있지만, 문제는 그 차이를 차별로 몰아가는 이데올로기가 이미 사람들의 마음과 사회를 지배하고 있다는 점이다.

작금의 '보디 포지티브' 운동이 주목받는 현상은 아름다운 몸에 관한 고정관념을 조금 흐트러뜨리는 측면이 있다. 하지만 자본(패션계, 스포츠용품 업계, 화장품 업계 등의 기업)이 내세우는 패션 트렌드나 광고와 미디어 등이 이 흐름을 주도한다는 점에서 그 목적과 방향은 명확하다. 이들의 목적은 새로운 소비를 창출하고 욕망을 주입시켜 또다른 시장을 만들고 확장하겠다는 것이다. 이는 새로운 소비를 통해 '보디 포지티브'를 할 수 있는 사람과 그러지 않은 사람 사이에 차별을 낳는다. 무엇이 아름다운가에 대한 별로 새롭지도 않은 왈가왈부를 통해 누군가는 돈을 쓰고 누군가들은 그 돈을 벌어들인다. 또한 포지티브한 태도를 취할 수 있는 사람은 존중받고 그러지 않은 사람은 한번 더 배제와 소외를 겪는다. 결국 보디 포지티브는 '개(인)성' '자유' '다양성' '소비(자)' '욕망' 등의 몰계급적 단어에 현혹적 이미지를 씌워 기업의 이득을 확장하려는 자본의 도구가 된다.

모든 상품 광고가 떠들어대는 '소비하라!'는 선동에 혹 소비욕이 생긴다면, 그것이 진짜 내 욕망과 필요인지 기업이 창발해낸 욕망과 필요인지 의심할 일이다. 혹 불가피하게 타협하거나 굴복당하더라도, 타협과 굴복 또한 알고 선택하는 주체 혹은 퀴어한 비체(abject, 기존 질서를 비껴나 이질적이면서 권력에 복속되지 않는 존재) 되기를 추구할 일이다. 몇 해 전 여름에 어떤 브랜드의 신발 하나를 인터넷 페이지에서 클릭한 후, 여름이고 겨울이고 낮이고 밤이고 그 브랜드의 광고를 신발, 옷 할 것 없이 2년 넘게 수도 없이 보았다. 미운 마음에 클릭을 계속 거부하자 어느 때부터인지 보이지 않았다. 이런 세상에서 진짜 내 욕망과, 자본과 소문이 부채질하는 욕망을 구별하는 것은 쉽지 않다. '을'이자 사회인 혹은 관계적 존재로 살다보면 원하지 않지만 타협해야 할 상황도 도처에 있다. 자신을 관리하기 위해서라도 어떤 협상과 연출은 불가피하다. 하지만 자신이 전략하는 연출자인지 꼭두각시인지에 관한 의심은 놓지 말아야 한다.

단출한 삶을 향하여

몸에 관하여 '늙어감'만을 따로 이야기하는 것은 불가능하다. 여성, 67세, 아직 장애 없음, 경제적 하위층, 작가 겸 강사, 순발력과 집중력이 점점 떨어지는 몸과 정신, 독거 등이 늙어가는 내 몸 이야기의 주요 변수들이며, 상수는 '내가 원하는 삶'이다. 만 60세가 된 2017년부터 출퇴근하는 직장생활을 접고 몇 가지 무임금 활동 이외에 글쓰기와 강의를 밥벌이의 수단으로 삼으면서 하루 루틴이 많이 달라졌다. 잠에서 깨어나 머리와 눈이 가장 좋은 상태일 때 글쓰기와 책 읽기를 우선 하고, 머리와 눈이 흐려지면 의식주를 위한 일상생활을 챙기고 사람들과 연락을 하거나 만남을 가진다. 낮시간에는 잠을 잘 수 있는 만큼 자두고,

밤시간에는 쓰기와 읽기에 집중하려고 한다.

젊어서도 그런 편이었지만 늙어가면서 더더욱, 몸은 내가 원하는 삶을 살게 해주는 수단이다. 그러니 '원하는 삶을 살기 위해서'라는 전제하에 몸의 어떤 부위는 더 자주 쓰이거나 중요해진다. 이에 따라 차차 노쇠해지는 몸의 여러 부위 중 적극적으로 수리할 부위와 그냥 데리고 살 부위를 가늠한다. 생존이나 건강은 나중이고, 원하는 삶이 우선이다. 현재 내가 원하는 삶의 주요 내용은 생각하기, 글 읽고 쓰기, 이를 위한 만남과 활동들이다. 요즘은 디지털 기기에 글이나 책을 읽어주는 기능이 있으니 가능하면 읽기보다 듣기를 선택한다. 눈의 건강이 중요해서다. 물론 바뀔 수는 있다. 마침내 목숨을 걸 어떤 사안과 상황을 맞닥뜨린다면, 이를 위해 글쓰기를 접을 수도 있다.

내게는 건강 자체보다 몸의 어느 부위가 건강한지가 더 중요하다. 기준은 역시 글쓰기를 위한 부위들이다. 예를 들어 내장기관보다 두뇌와 손과 허리가 중요하고, 치아보다 눈과 귀가 중요하다. 오랜 흡연으로 폐나 간이 많이 상했겠지만 담배 없이 생각하고 읽고 쓰는 것이 내게는 너무 힘든 일이어서, 그로 인한 폐해나 죽음은 감수하기로 했다. 치아가 상대적으로 안 좋은 편이지만 치아보다 다른 부위가 먼저 나를 죽음과 만나게 할 가능성이 높다고 여겨져, 치아는 적당히 달래가면서 산다. 치아 관리에 많은 시간과 비용과 고통을 감내하고 싶지 않다. 만 65세가 넘어 노인을 위한 치과 지원이 늘어났으니 그 지원을 이용해볼 생각은 한다. 죽음 이전에 치아가 상당히 안 좋아질 듯싶은데, 별수 없다면 유동식을 먹으면 된다. 그렇게 해서라도 읽고 쓰고 생각하고 사람을 만날 수 있다면, 그것으로 족하다. 내 주변 노숙인이나 쪽방 주민들은 치아가 거의 없는 사람들이 많고, 그들 역시 그럭저럭 살아가는 것을 보면 미리 안심이 된다. 죽음과 직결되는 몸의 결정적 해체가 어느 부위에서 어떤 경로로 시작될지는 죽을 때가 되어봐야 아는 일이더라. 사망 순간까지 썩은 이 하나 없던 엄마는 인지장애와 연관된 뇌 특정 부위가 망가지면서 그 좋은 이를 가지고도 씹기와 삼키기가 불가능해졌고, 그 기능의 정지가 죽음에 도착하는 핵심 경로였다. 사망 전 며칠간 구호흡을 하느라 입을 벌리고 숨을 쉬는데, "아이고, 저 이빨들이나 주고 가시지……"라는 농담을 남매들과 나눌 정도로 건강하고 가지런한 치아가 부럽고 아까웠다. 내 죽음 경로는 어떨지 관찰과 기록에 최선을 다할 생각이다. 늙음과 죽음은 그 가차없음 때문만으로도 집중하고 싶은 소재다.

글쓰는 일과 상관없는 일상이나 필요는 최대한 단출하게 하고 산다. 하여 원룸에서의 독거는 최상의 조건이다. 소위 사람 노릇이라는 걸 피할 수만은 없어 몇몇 역할을 하거나 몇 가지 살림살이를 지니고 살지만, 안 하거나 없어도 그만이라는 주의여서 혹 그것마저 떨굴 기회가 오면 대체로 땡큐다. 글쓰고 강의하며 먹고살 만큼은 돈을 벌어 다행이고, 그 돈이 많지 않으니 돈 쓰는 맛에 대한 유혹도 없다. 목숨 또한 일상 비슷한 것이어서, 원하는 삶을 살기 위한 필요 사항이다. 차차 질병과 장애가 동반되며 더 늙어가다가 글쓰기를 중심에 둔 활동들이 불가능해질 것이다. 그전에 급사나 사고사를 하지 않는다면, 그즈음에 자유죽음을 선택할 생각이다.

대중교통을 이용하는 일은, 내게 중요한 걷기 운동이다. 활동이나 강의를 하러 다니는 것 자체에 걷기가 포함되어 있다. 외출이 없는 날이면 깨어 있는 거의 대부분의 시간을 책상과 그 언저리에서 지낸다. 원룸 공간을 가장 많이 차지하고 있는 살림살이가 책상이고, 거기서 읽고 쓰고 밥 먹고 뉴스 보고 컴퓨터를 하며 갖은 일상을 산다. 그러느라 허리 통증이 늘 오락가락하니 좁은 원룸이지만 거꾸로 매달리는 기구에 자리 일부를 줬다. 외출 없는 날이면 무릎 관절을 위해 일부러 산책을 나가기도 한다. 작년까지만 해도 서서 3시간을 강의해도 끄떡없었는데, 이제는 하는 동안은 몰라도 하고 나면 다리와 무릎에 통증이 온다.

이 나이 즈음에 오는 각종 신체 기관 이름에 이어붙인 질병들(심장○○, 신장○○, 위장○○, 관절○○ 등)을 나는 '퇴행성 노쇠 증상'이라 여긴다. 그러니 의료를 통한 치료에 집중하기보다 적당한 관리를 하며 데리고 산다. 피부와 내장과 신경과 뇌세포 들이 근 70년간 무수한 생과 사를 반복해온 덕에 지금 내가 살아 있다. 한 생명 안에서도 태어나고 성장하다 늙어 죽는 과정이 무수히 반복되고 있으며, 생태계 안에서도 생과 사는 순환이자 이면이다. 늙음과 죽음은 나보다 앞선 모든 사람이 겪은 일이며, 내 뒤를 이을 모든 사람이 겪을 일이다. 오만 가지가 불공정한 세상에 모처럼 공정한 생로병사의 어쩔 수 없음을 놓고 두렵고 싫고 어쩌고를 운운할 것이 아니라, 오는 차례를 잘 감당할 일이다. 문제삼을 것은 늙음 자체가 아니라 계급과 성별 등의 차이에 따라 벌어지는 늙은 존재들 사이의 불평등이고, 늙은이들에 대한 차별이다. 어느 단계의 늙음이든 갑자기 닥치는 것은 아니어서, 당사자 대부분은 그럭저럭 견디며 수긍한다. 노인을 보는 덜 늙은 사람들과 사회의 시선, 그리고 취급이 문제다. 돌아와 미와 추, 빈과 부, 정상과 비정상을 구분하고 차별하는 정상 이데올로기와 신자유주의의 협잡이 소위 보디 포지티브라고 없을까.

늙는다는 것은 느려지는 것이고, 포기할 것이 차차 늘어나는 것이다. 포기는 자유의 이면이며, 느려지면 고속이 놓쳤던 다른 것들을 얻는다. 늙음으로 인해 신체와 정신 능력이 차차 하강하는 것을 수긍하면서, 필요에 따라 전략적 대응을 한다. 떨어지는 기능에 연연하지 않고, 필요와 욕망과 일상의 폭을 좁히며 산다. 지식과 정보가 철철 차고 넘치는 세상에서 나이로 인해 이해력과 기억력은 점점 떨어지니, 집중할 것과 대강 흐름만이라도 파악할 것을 취사선택하고 나머지는 이번 생에서는 포기한다. 필요와 욕망과 일상의 폭을 좁히고 갈 곳과 만날 사람을 줄이는 일은 '왜 사는가?' '무엇으로 인해 행복한가?'라는 본질적 질문에 더 밀착하며 사는 것이다. 자급하며 소신과 실천을 나누는 단출한 삶이 예나 지금이나 나를 궁극적으로 행복하게 한다. 살아가다보면 나이와 늙음이 제 나름의 속도로 올 테고, 질병과 장애가 나의 일부를 이룰 것이다. 그 끝에서 죽음을 만날 테고, 그 이후는 내 일이 아니다. 죽음 이후는 차치하고, 이승의 남은 삶도 궁금하지 않다. 오는 대로 살

작정만 한다. 늙음을 불호를 넘어 두려워하고들 있다. 두려움의 뒷면은 혐오다. 대체로 혐오의 이유는 낯섦이만, 늙음은 널려 있으니 낯설 것도 없다. 늙음에 대한 두려움은 실체 없이 흉흉하게 떠도는 소문일 뿐이다.

시신에 대하여

최근 15년간 삶과 노동과 글쓰기 현장에서 가난한 노인들의 일상과 죽음 가까이 있었고, 부자 부모를 둔 덕/탓에 소위 실버타운 노인들의 늙음과 죽음을 관찰하고 기록할 기회도 있었다. 둘 사이의 간극은 물론 까마득하다. 부자 부모의 늙음과 죽음을 관찰하는 내 마음은 다행스러움과 공분 사이에서 분열적이 되곤 했다. 다행히 늙음의 어느 단계 이후부터는 돈의 효력이 없어지더라. 평생 모은 돈의 상당 부분을 '고상해 보이는' 늙음과 목숨 연장을 위한 의료에 소비하는 부자 노인들도 어느 단계를 넘으면 고상이고 생명 연장이고 모두 쓸모없어진다. 아침식사를 위해 각자의 공간에서 화장과 목걸이 귀걸이 치장에 비싼 신발과 옷으로 각자의 몸 사정을 가리고 나오던 노인들도 어느 시점부터는 연출이 불가능하거나 하릴없어진다. 편중된 돈과 편협한 용도에 공분하다가도 초고령의 늙음과 죽음의 면

전에서 다 똑같아지는 모습을 보고 있자면, 내 마음에 드는 감정이 비애감인지 통쾌함인지 헷갈린다. 어느 단계에서 자유 죽음을 작심하고 있는 사람으로서, 그 돈을 미리 번 착각마저 든다. 시신에도 아직 계급성이 묻어 있다. 체질과 질병에 따라 차이는 있지만, 잘 먹고 잘 관리된 몸은 죽어서도 때깔이 좋다. 죽음 10시간 전 옷을 갈아입히느라 본 엄마의 다 벗은 몸은 보기에 좋아 일면 다행이었다. 시신을 씻긴 장의사는 "고인의 몸만 보아도 살아오신 인품이 보인다"라는 아부를 했고, 나는 직업인의 말이려니 하며 지나쳤다. 인품은 별개고, 대체로는 돈 덕이다.

빈곤 노인들의 경우 남들 보기에나 심란하지, 그들 자신은 대개 늙음과 죽음에 대해 상당한 심리적 준비가 되어 있다. 남은 삶 동안 이어질 빈곤이야 평생 그래왔으니 이미 익숙하며, 웬만한 질병은 국민건강보험 혜택을 누린다. "이병철도 이건희도 다 죽었는데, 나 죽는 게 뭐가 억울하냐?"며 웃곤 한다. 많은 쪽방 노인들의 남은 바람은 죽기까지 쪽방에서나마 밀려나지 않는 것이며, 한껏 욕심을 부리자면 공공 임대 아파트에 들어가는 것이다. "하루라도 전화 안 받으면 와서 들여다봐줘요." 그들이 독거노인 생활관리사들에게 자주 하는 말이다. 혼자 죽어 썩어서 남들에게 피해를 주는 것은 그들이나 독거노인 복지가 피하고 싶은 마지막이다. 썩은 시신과 쪽방에 대한 사회적 대접은 상당히 닮아 있다. 불결과 오염은 삶의 부속이자 과정인데, 눈에만 안 보이게 밀어놓고 돈만 챙기고 본다. 쪽방 주민들의 기초생활수급비 중 가장 큰 지출은 건물주에게 건네는 임대료에서 발생한다.

부패해 구더기들과 함께 발견되는 시신에 대한 왈가왈부는 빈곤한 독거노인들의 마지막 염려이지만, 사실은 산 자들의 문제다. 모든 사체는 그렇게 썩어 다른 생명을 먹이며 흙으로 돌아간다. 홀로 죽어 썩은 시신 곁 바글거리는 구더기에서 보아야 할 것은 징그러움이 아니라 생명력과 순환이다. 화장火葬 문화의 일면엔 땅속에서 진행되는 부패조차 회피하려는 선호가 작용한다. 가루가 된 엄마가 자식들 느끼기에 깔끔하긴 하지만, 그 깔끔함엔 부패에 대한 혐오가 담겨 있다. 생명 유지와 생태계 순환을 위해서는 수많은 세포와 생명들이 계속 죽고 썩어줘야 하고, 다른 생명들은 그 부패를 먹고 살아가야 한다. 불결과 부패, 늙음과 죽음은 모든 살아 있는 몸들의 전과 후이며, 이면이자 과정이다.

몸소

정기적으로 칼럼을 쓰느라 알게 된 것 중 하나는 길지 않은 분량의 글 한 꼭지를 완성하는 일에는 여러 변수가 뒤섞여 작동한다는 것이다. 주제는 정해졌지만 담아야 할 내용이 너무 많기도 하고, 할말은 정해졌지만 글의 흐름을 잡아나가기 어렵기도 하다. 주제를 정하고 글을 시작했다가 화제의 범주에 여유를 부리는 바람에, 여차하면 글이 지금 어디로 가고 있는지 도무지 정리가 안 되다가 머리가 먼저 지쳐버리기도 한다. 어떤 때는 생각보다 쉽게 완성되기도 하고, 어떤 때는 간단히 써지겠다 싶다가 밤새 헤매며 스트레스를 받기도 한다. 그럴 때 내게 유일한 위안이자 믿음은 '나는 마감을 어기지 않는 사람'이라는 점이다. 그러니 어쨌든 마감 전에는 글이 나올 거라는 믿음 덕에 글쓰기의 혼돈과 고투에도 어처구니없는 여유라는 게 깔려 있는 거다. 뭔 귀신 씻나락 까먹는 소린가 하겠지만 하여튼 나는 그렇다고 스스로 생각한다.

얼마 전 넘긴 원고지 9.7매의 칼럼은 마감 2주 전부터 주제를 미리 정했다. 그러니 틈틈이 자료도 모았고, 원고를 붙들지는 않았지만 염두에 두고 2주 동안 그럭저럭 준비는 하고 있었다. 이런 경우는 마감 이틀 전이나 심지어 하루 전 원고를 쓰기 시작할 작정을 하고 다른 일정을 살펴 잠시간만 조절한다. 마감하느라 앉아 있는 시간에는 뱃속이 차지도 비지도 않게만 하면 된다. 내 경우 칼럼 마감에는, 너무 고프지도 부르지도 않게 뱃속을 조절하는 게 중요하다. 좀 사기꾼 같은 소리지만, 사실 칼럼 원고라는 게 일찍 시작해서 오래 붙들고 있어도 좋은 글이 나오는 게 아니라는 걸 칼럼쟁이들은 안다. 긴 글이면 다르겠지만 원고지 10매 안팎의 글은 그렇다. 그날은 정리만 하면 된다는 생각에 마감 시각 약 8시간 전부터 원고를 붙들고 앉았다. 쓸 내용은 다 모아져 있으니 포기할 것과 남길 것, 강조할 단어와 강조를 위한 방식만 정확히 잡으면 되었다. 그런데 버릴 건

대강 버리고 원고량의 1.5배 정도만 남겼는데, 강조할 단어나 방식이 잡히지 않았다. 내 식대로 말하면 도무지 와꾸•가 안 잡히는 거였다. 주로 흔해빠진 사람들의 흔해빠진 이야기를 글의 재료로 삼는 구술생애사 작가인 나로서는, 흔해빠짐 속에서 사적 각별함으로 독자의 공감을 이끌고 사회적 통찰을 길어내는 것이 글쓰기의 핵심이다. 그날의 칼럼도 남의 구술생애 인용이 주재료였다. 그런데 그날은 흔해빠진 이야기를 각별하게 드러내는 것이 어려웠고, 그러니 특별한 공감을 불러일으키는 데도 실패했으며, 그로부터 이끌어낸 사회적 통찰조차 흔해빠진 관점이었다. 그런 글은 쓰나 마나라는 게 내 생각이고, 그날 그 미궁에 빠진 것을 알아챈 것이 마감 4~5시간을 앞두고였다. 그러니 다른 주제로 새 글을 시작할 수도 없고, 쓰나 마나 한 원고를 대강 만들어서 마감에 맞추기도 싫고, 그렇다고 마감을 늦춰달라고 하고 싶지도 않았다. 남들이 어떻게 여기든, 내 경우 마감은 나와의 약속이자 에너지에 관한 전략이다. 에너지에 관한 전략이라는 말은 내가 꼭 쓰고 싶은 글도 아닌 청탁받아 숙제처럼 쓰는 글에, 더구나 원고료까지 적은 신

• 건설 현장에서 '거푸집' 대신 은어로 사용되는 일본어 '가타와쿠'의 줄임말로, 여기서는 글의 틀을 말한다.

문 칼럼에 마감을 넘기면서까지 많은 에너지를 배정하지 않겠다는 소리다. 사실 그런 글에 너무 많은 시간과 에너지를 소모하고 있자면 막 신경질까지 돋고, 그 와중에 최저임금 계산도 하게 된다. 최저임금 노동을 많이 한 사람은 무슨 일을 하든 최저임금과 비교를 하는 습관이 있다. 그러니 그날은 어쨌든 그 글로 끝장을 봐야 했는데 도무지 글맛이 잡히지가 않았다. 이럴 때 내가 하는 방법은 마지노선을 정해 알람을 맞춰놓고, 불 끄고 이불 뒤집어쓰고 가능하면 무념무상의 상태를 만들려고 노력하며 나자빠지는 거다. 시간이 넉넉하면 이럴 때 한게임 신맞고로 갔다가 어느새 푹 빠져서 스스로 "미친년, 미친년"을 뇌까리며 게임 삼매경에 빠지곤 하는데, 그날은 시간이 빠듯해 일단 눈이라도 붙여놓는 게 마감 직전의 정신머리 유지에 유리하겠다는 생각을 한 거다. 그래서 정오 마감을 앞두고 오전 9시쯤 나자빠졌고, 그래 봤자 생각은 계속 그 흔해빠진 이야기의 '맛없음' 근처를 들락거리며 속을 끓였다.

깜빡이라도 자보려고 엎어져 오르가슴을 위한 적확한 지점을 뒤적거리다가, '몸소'라는 단어가 확 떠올랐다. 흔해빠지고 지긋지긋하고 서럽고 가난한 이야기의 핵심은 '몸소'에 있다. 몸소 겪은 사람이 몸소 말한 이야기다. 담론이고 정치고 정책이고 활동이 아닌, 몸소다. 이불을 젖히고 일어나 불을 켜고 책상에 앉아 우선 '몸소'의 한자를 찾아보니 안 나왔다. 그럴 것 같았다. '몸'은 한자어가 아닌 거다. 네이버 국어사전이 말하는 '몸소'의 의미는 '직접 제 몸으로'였다. 이거다, 이거면 됐다, 라는 촉이 왔고, 그 촉을 붙잡고 그 곁에 강조할 단어와 더 버릴 것과 압축할 것을 분류하면서 배치가 되어갔고, '몸소'들의 입장에서 세상이 어떻게 보이고 느껴질지를 가늠해나갔다. 최대한 몸소를 많이 드러내고 가늠은 압축하는 게 내 글의 과제다.

누군가의 글을 읽을 때, 글쓴이가 몇 살 즈음인지를 떠올리거나 가늠하곤 한다. 꼭 읽어야 하는 글에 대해서는 글쓴이가 몇 살 즈음에 썼고 지금 몇 살인지를 확인하기도 한다. 나이주의의 여지가 전혀 없다고 할 수는 없겠다. 하지만 그가 자기 생애의 어느 단계쯤에 있는지/어느 단계에서 썼는지는 글에 관한 중요한 요소 중 하나라고 생각한다. 글이 아니라 말이나 행동에도 그런 측면이 있다. 다만 글은 말이나 행동보다는 좀 정리된 결과물이라는 면에서 다르기도 하다.

나보다 상당히 나이가 적은 사람들의 글이 현재의 내게 깨달음이나 사고의 전환을 만들어줄 때가 잦다. 혹은 새롭기는 하지만 내 사고나 삶이 전환되지는 않는, 말하자면 몸이나 사고의 익숙함을 깨뜨리지는 못하는 경우들도 있다. 시대와 문화와 습이 모두 관계하는 문제다. 이럴 경우 우선은 상대의 문제인지 내 문제인지 그 사이 무엇 때문인지를 판단하지 않고, 지금 그와 나는 다르다 정도로만 정리해두고 기회 있을 때마다 다시 들여다보려 한다. 나보다 나이가 많은 사람의 글을 통해서는 깨달음이나 사고의 전환보다는 경륜과 나와 다른 여지 혹은 내게 미지/미경험인 것들에 대한 그들의 느낌이나 생각을 알아두고 최대한 열린 태도를 만들어두려 한다. 그러니 나보다 나이가 많은 사람들에게서는 시선의 풍부함을 얻고, 나보다 나이가 적은 사람들에게서는 관점의 전환을 자극받는 편이다. 당장 배운다기보다는 그냥 알아두고 열어두는 거다.

배움이란 내가 직접 접촉하거나 겪어내지 않고는 얻기 어렵다. '접'이 중요하지만 '촉'이 있어야 오래 함께한다. '촉'은 문득 오는 설렘에서 시작은 하지만, 대체로 불확실하다. 그 불확실함 때문에 시간이 오래 걸리고, 시간이 지나도 여전히 모호한 무언가가 계속 나를 붙든다. 그래서 하염없이 하게 한다. 필요하다면 희망도 없이.

'몸소'는 나의 한계일 수 있지만, 나의 방식이다. 그야말로 나는 똥인지 된장인지 찍어 먹어봐야 아는 사람이다. 적어도 내가 직접 겪어내지 않은 것에 대한 어떤 설명들을 나는 믿지 않는다. 믿기지 않는다. '저 사람은 저렇게 말하는구나……' 정도로만 정리해둔다. 게다가 현재의 나(판단, 감정, 소신)에 대해서도 믿지 않는다. '지금의 나는 이렇구나……' 정도로 정리할 뿐이다. 난 참 의심이 많은 사람이다.

산업사회형 늙은 여자의 살림 꼬라지

외출했다 집에 들어오자마자 펼쳐지는 내 동작과 머리 굴리기는 시간에 대한 강박을 여실히 보여준다. 마스크를 빼고, 노트북을 켜고, 가방을 내려놓고, 휴대폰을 충전기에 꽂고, 옷을 갈아입고, 사 온 물건들을 제자리에 넣고, 화장실을 가는 등 일련의 동작들이 겉보기에는 차근차근 이어지는 것 같지만, 머릿속에서는 계속 효율을 따져 일의 순서를 줄 세우면서 한편으로는 동선의 비효율을 따지고 있다. '또 시작이군!' 하며 스스로를 웃어주지만 이미 시작된 몸과 머리 따로 굴러가기는 계속 이어진다. 순서를 생각하며 생각의 순서와 엇갈리는 몸의 순서도 짚어내느라 머릿속이 시끄러워진다. 몸이 힘들 건 없다. 최소한의 공간에서 최소한의 살림살이를 데리고 사는 독거의 삶이라 단출하기 이를 데 없다. 몸에 딱 맞는 재킷이다 싶은 원룸이라 동선이래봤자 몸을 돌리거나 앉았다 일어나는 정도고, 길어봤자 두서너 걸음 정도다. 종종대봤자 별 쓸모도 없는 일에, 머리만 혼자 쓸모를 따지며 소란을 피우는 거다.

효율 강박이 최고조였던 때는 두 아이 초등학교 시절의 아침시간이었을 거다. 새벽에 깨어 무얼 하든 혼자만의 시간을 고수하다가, 아이들이 일어나기 1시간 전부터 집안일을 시작했다. 밥하고 반찬 하고, 빨래 돌려 널고, 식구들 깨워 밥 먹이고 챙길 것 챙겨주고, 말싸움하며 청소하고…… 매일 비슷하지만 다른 일련의 일들을 아침 2시간 정도 안에 했다. 머리가 하는 일과 몸이 하는 일이 동시에 처리되어야 살아지는 일상을 살았다. 머리와 몸, 두 분야의 일을 병행하고, 그중 몸의 일은 또 두 가지 이상을 배치했다. 밥을 안쳐놓고 빨래를 돌리며, 아이들을 독려하고 챙겨주며, 방에 있는 컴퓨터의 소리를 크게 높여놓고 시사 프로그램이나 뉴스 다시 보기를 해가며, 부엌에서 반찬을 만드는 식이다. 몸의 일이야 여러 가지를 오락가락하며 진도를 빼면 되는데, 머리의 일은 다르다. 애들과 얘기하다 흘려들은 시사 프로그램은 나중에 적당한 지점으로 되돌려 다시 들어야 한다. 사람마다 차이는 있겠지만, 자녀를 일일이 돌보아야 하는 육아 단계 주부 대부분의 일상이 사실 저러하다. 아침마다 소위 멀티질로 난리를 쳐야, 아이들과 남편을 내보낸 뒤 자기만의 시간을 확보할 수 있어서다.

내 경우 문제는 육아 단계도 젊음도 다 지나 독거 17년 차인 예순일곱 노년에도 이 효율 강박이 여전하다는 거다. 이제는 데스크톱이 아닌 노트북을 이용하는데, 노트북 앞에 앉아 있는 경우는 거의 없다. 대체로 소리로 정보를 얻는 뉴스나 시사 프로그램, 유튜브 영상이나 전자책 읽어주기 기능을 틀어놓고 밥, 청소, 설거지, 샤워, 쓰레기 정리 등을 미뤄두었다가 들으며 처리하는 것은 물론, 하다못해 손톱을 깎거나 양파라도 까면서 머리의 일을 한다. 몸의 일이야 혼자 사는 살림이라도 얼마든지 있다. 결코 살림을 열심히 해서가 아니라, 살림이라는 불가피한 몸의 일을 미뤄두었다가 머리 돌릴 일에 함께 배치하는 거다. 하긴 젊어서보다 좀 느슨해지기는 했다. 시비 거는 사람 없는 독거의 단출한 삶이다보니, 살림살이는 내게 누워서 떡 먹기고 노동이라기보다 운동이다.

'타인들의 무엇(자식들의 엄마, 남편의 아내, 원가족의 큰

딸 등)'과 '나 자신' 사이에서 늘 팽팽한 긴장을 하고 살았고, 여성이어서 딸려오는 역할들에 대해 날 선 고민들을 해온 사람으로서, 별수없이 주어지는 역할 말고 안 해도 되는 돌봄까지 떠맡는 일은 최대한 피해왔다. 반려동물이나 화초를 키우는 일이 그렇고, 사람에 대한 돌봄도 몸으로는 일단 피하고 싶다. 돌봄에 대한 저평가가 소위 비생산 영역 노동에 대한 무시와 하대이자 신자유주의적 발상이라는 걸 말과 글로는 떠들고 살지만 몸과 심리의 습은 어쩔 수 없다. 그런 걸 좋아하는 여성들을 보면 뭐한다고 없는 시집살이를 만들어 떠안고 사나 싶고, 그런 걸 좋아하는 남자들을 향해서는 '그거 좋아하느라 해야 할 일을 안 하는 건 아니고?' 하는 의심부터 든다. 그러다보니 살림살이고 살림 공간이고 갈수록 간단해지고, 하던 일의 종류조차 차차 줄었다. 게다가 나이가 들수록 몸도 정신도 느려지고 살 날도 점점 줄어드니, 꼭 하고 싶은 중요한 일에만 집중하고 나머지는 이번 생에서는 안 하고 죽는 것으로 정했다.

나는 요즘도 가끔 돈을 벌지 못해 원가족 안에서 전전긍긍하는 꿈을 꾼다. 나이가 마흔이 넘었는데 스무 살에 들어간 대학을 아직도 졸업하지 못했다든가 취직이 안 된다든가 하는 안절부절못하는 모습으로 나타난다. 아버지처럼 되지 않겠다는 안간힘이거나 아버지의 싫은 면을 내가 답습하고 있다는 불안과 두려움이 내 밑바닥 어디에 아직도 눌어붙어 있는 거다.

박정희는 1961년부터 19년간 집권하다 1979년에 죽었다. 나는 1957년생으로 1964년 초등학교에 입학했고, 그가 죽은 1979년에 대학교 4학년이었다. 학창시절 전부를 박정희 치하에서 살았고, 그의 통치 이념은 물론 산업사회 인력으로 훈육된 사람이다. 박정희가 봉황 두 마리와 무궁화에 둘러싸인 「국민교육헌장」을 발표한 1968년은 내가 초등학교 5학년 때다. 성실, 근면, 절약, 저축, 건강, 사명감, 줄기찬 노력, 새 역사 창조, 이바지, 질서, 능률, 나라의 발전, 나의 발전, 건설, 국민정신, 반공, 애국애족, 통일조국, 민족…… 이런 단어들은 내 뇌와 뼈에 사무쳐 있어, 이후 그 단어들을 의심하고 거부하며 살았다 해도 무의식적이고 심리적이고 물리적인 습으로 내 안에 남아 있다. 게다가 내가 태어나 24년을 함께 산 원가족 구성원들은 세상에서 둘째가라면 서러울 정도로 유달리 성실 강박, 시간 강박이 심한 사람들이다. '밈meme'이라는 단어를 처음 알았을 때 떠오른 것도 나와 남매들의 시간 강박, 숫자 강박과 관련한 온갖 장면들이었다. 다 늙어서도 누구보다 가족들과의 시간 약속이나 돈 처리에 정확을 따져대고, 만에 하나 생길 수 있는 오해를 막기 위해 확인하고 기록하고 공유하는 정도가 괴상하다 싶을 만큼 심한 사람들이다. 원가족끼리도 기막혀하며 웃을 정도인데, 그렇게 안 하면 불행하고 불편하고 불쾌해지니 별수없이 그냥 계속 그러고 산다.

내 경우 사십대 중반이 넘어 접하기 시작한 '게으름에 대한 찬양'이니 '아무것도 되지 않아도 괜찮아' 유의 담론이 머리로는 동의되면서도 일상과 심리적으로는 흡수가 되지 않으며, 그런 기조로 사는 사람들과 함께 일을 하려면 몰래 울화증이 나기도 한다. 그러니 일 파트너의 조건으로는 내심 성실성을 최고로 친다. 특히 시간 약속이나 일의 진행 일정을 맞추지 않으면서 속이야 모르겠지만 겉보기에 편한 사람들을 견디는 것이 쉽지 않다. 참다 참다 어쩔 수 없으면 문제 제기를 하는데, 꼰대 소리를 들을까봐 최대한 부드럽게 한다. 그럼에도 인정할 수밖에 없는 것은 시간이 지날수록 느리고, 계획 없고, 효율도 없고, 성과도 확인할 수 없는 관계에서 때론 진짜배기의 배움을 얻곤 한다는 점이다.

최저임금 시급 노동을 하면서 시간 강박과 효율 강박이 더 심해졌다고 생각한다. 모든 수입에 대해 시급을 계산하는 버릇이 생겨서, 원고지 10매 안팎의 칼럼뿐 아니라 400매에 달하는 긴 글에 대해서조차 원고가 안 써지면 어느새 시급을 계산하고 있는데, 대체로 최저임금보다 싸다 싶다. 2시간에 최저 40만원을 고수하는 내 강사료는, 강의를 준비하고 강의 장소에 오고가며 샤워하고 옷 챙기는 등의 시간을 다 따지더라도 상대적으로 비싼 노동이다 싶다. 그렇더라도 강의보다는 글쓰기에 집중하고 싶은 것은 어쩔 수 없다. 물론 시급을 전혀 계산하지 않고 하는 즐거운 활동들이 있고, 그런 것들이야말로 나를 확장하게 한다는 것을 경험을 통해 잘 알고 있다.

생의 끝인 죽음조차 하염없이 기다리기 싫어, 죽음이 알아서 오지 않을 경우 내 존재의 사회적 쓸모와 사회적 부담 사이를 저울질해보고는 적당한 시점을 택해 자유 죽음을 할 생각이니, 나는 별수없는 산업사회형 인간인가보다.

'자유 죽음'에 관하여

'오늘도 깨어났구나'라는 생각이 요즘 더 늘었다. 아직은 잠에서 깨자마자는 아니다. 새벽 어느 중간 일어나면 창문부터 열고, 노트북을 켜 적당한 오디오 자료를 틀어놓는다. 커피 물을 가스레인지에 올려놓고, 혈압약과 아스피린을 찬물 열 모금과 함께 마신다. 커피를 타서 노트북 앞에 앉아, 이메일을 확인하고 인터넷 서핑을 하며 커피를 마시고, 담배를 피운다. 담배를 끄면서 서핑을 마치고, 가능하면 뇌가 맑을 때 글을 쓰기 위해 한글 문서를 연다. 이렇게 시작한 일상의 어느 틈에서 문득 '오늘도 깨어났구나'라는 생각이 온다. 긴 낮잠을 자고 나서도 마찬가지다. 그러니 하루에 한두 차례는 그 생각을 하나보다. 육십 한 바퀴를 돌면서 그 생각이 나기 시작하더니, 육십다섯을 지나면서는 가끔 깨어났다는 게 새삼스럽게 여겨질 때도 있다. 그만큼 죽음이 널린 거고, 언제 죽어도 놀라운 나이가 아닌 거다. 언제 죽어도 좋다고 수긍하되, 깨어난 이상 잘 살아보자는 생각이다. 잠자리에 들 때면 안 깨어날 수 있다는 생각도 하곤 한다. 염려되는 것은 없다. 가끔 방 청소나 책과 옷 정리가 떠오르기는 하는데, 그럴 때면 날잡아 한바탕 해야겠다는 생각도 한다. 물론 잊거나 미뤄지기 일쑤다. 자다가 죽으면? 젠장 창피 한번 당하고 말 일이라는 생각을 하다, 죽고 나면 창피할 일도 없겠다 싶다. 내 살던 꼬라지 중 하나를 들킬 뿐이다. 최근 15년간 대체로 2년마다 한 번씩 이사를 했는데, 그러느라 한바탕 청소와 정리를 한 셈이라 그나마 다행이다.

내 할머니는 여든을 넘기면서부터 잠에서 깨자마자 "하느님, 왜 지난밤에도 나를 안 데려가셨나요?"라는 원망 섞인 새벽기도를 되풀이했다. 나는 이제 육십일곱이다. 백세시대라고 하니 아직 죽음보다는 삶 쪽에 가능성이 높은 하루들이지만, 언제 죽음이 와도 놀라울 것 없는 나이이다. 몸의 능력이 떨어지며 일의 가짓수를 줄이니, 일상이 더 단출해졌다. 죽음을 염두에 두며 사니 더 성실하게 살아지기는 한다. 하지만 뒤집어 생각하면, 사는 내내 눌어붙어 있는 성실 강박은 죽음 근처에서야 나를 놓아주겠구나 싶어 징그럽기도 하다.

평소 내 죽음에 대한 작심은, 몸과 정신 능력의 어느 지점에서 스스로 죽음을 집어들겠다는 것이다. '어느 지점'에 대한 기준은 '자존自存 능력'과 '사회적 쓸모'다. 물론 자존에는 타인의 도움도 어느 정도는 포함된다. 건강하든, 병들거나 장애가 있든, 모든 인간은 서로에게 의존한다. 하지만 개인적으로, 사회적 쓸모가 없어진 이후까지 타인에게 의존하지는 않겠다는 생각이다. 내 쓸모의 총량과 의존의 총량이 엇비슷해지는 언제 즈음이 내 죽음의 시점이라는 막연한 타산을 한다. 쓸모를 기준 삼는 것은 위험할 뿐 아니라 논란될 만한 혹은 논란이 필요한 일이다. 하지만 나에 대해서만은 '사회적 쓸모'가 중요한 기준이라는 것이 현재의 생각이다. 육십이 넘으면서는 구체적 방법이나 장소도 생각을 하게 되었다. 주변인들을 위해 시신이 흉하지 않았으면 좋겠다. 가장 좋은 거라면 죽음 자체는 명확히 알리되 시신을 찾을 수 없는, 찾을 시도조차 할 여지가 없는 방법이겠지만, 그런 방법은 아직 못 찾았다. 죽음 과정에서 중요한 것은 결행 후 빠르게 죽음으로 넘어가 회복 불가능해지는 것이다. 회복가능성을 놓고 주변인들이 왈가왈부하는 것이나 삶 쪽으로 넘어가 다시 결행을 반복하는 것은 주변에도 폐가 되고 내게도 번거롭다. 단 한 번으로 단호하게 끝내야 한다. 지난봄에 아주 좋은 경로 하나를 알게 되었다.

나는 자살(自殺, 자유 죽음)에 대해 죄는 고사하고 권리라고 생각한다. 가까운 사람들에게 줄 충격을 줄이기 위해 미리 소신을 설명할 필요는 있겠다. 죽음에 관한 글이나 토론 자리에서, 자유 죽음에 대한 내 소신을 자주 이야기한다. 코로나19를 지나면서는 글과 강의에서 더 확고하게 자유 죽음에 관한 소신을 거론하고 있고, '생태적 환대로서의 자유 죽음'이라는 문구와 함께 남들에게 권장까지 한다. 공감하는 사람이 차차 늘어나고 있다.

2018년 11월, 여든여섯에 죽음에 닿은 엄마의 해체 과정을 함께 돌보고 나눈 다섯 남매와 그 배우자들 사이에서도 자유 죽음에 관한 공감 정도가 늘었다. 내 자식과 그의 배우자는 처음에는 듣기 싫어했지만 여러 차례 명확히 말해 왔고, 2020년부터는 자유 죽음에 대한 동의와 더불어 죽음 의례가 족에게 회귀되지 않을 공영장례에 대한 합의까지 이루었다. 그 정도면 내 자유 죽음과 공영장례를 놓고 직계비속은 물론 지인들이 왜곡할 가능성은 아주 낮다. 그렇게 했는데도 맘대로 해석하고 규정하는 사람이야 내 권역 밖이다. 큰딸로서 아버지의 체질을 가장 많이 물려받은 편이라, 연세 든 아버지를 만날 때마다 나는 살아지는 데까지 살지는 말자는 생각을 해왔다. 아버지의 목숨이야 아버지의 몫이니, 내가 판단할 일은 아니다. 다만 아버지보다 내가 먼저 죽지는 말자는 생각이었는데, 그는 2022년 9월 아흔넷으로 사망했다.

자살을 무겁고 어둡고 비참한 개인적·사회적 행위로만 일반화하는 것에 동의하지 않는다. 많은 자살에 대해 구조적 불평등으로 인한 사회적 타살의 여지를 주시해야 하지만, 사회적 타살만을 갖다붙여 설명하고 마는 것은 개인의 자유는 물론 권리를 삭제하는 일이다. 삶의 주인이 되자고 하면서 죽음만은 무작정 기다려야 한다는 주장에 동의하지 않는다. 물론 자유 죽음에 대한 내 소신과 기준으로 타인을 판단하지도 않는다. 생애가 그렇듯 죽음도 각자에게 고유하다. 오로지 숨만 남아 있는 듯싶은 사람의 내면과 존재 이유에 대해 '타인인 나로선 알지 못한다'고 정리한다. 할 수 있다면 그들을 잘 관찰하고 기록하며, 무언가를 배우고자 할 뿐이다. 혹은 관찰을 기록함으로써, 나는 못 배우더라도 기록을 읽는 다른 사람들이 무언가를 배울 수 있게 하는 것이 내 몫이라고 생각한다. 배우려고만 한다면, 숨만 남은 채 죽음이 지체되고 있는 사람에게서도 무언가를 배우거나 질문을 넓힐 수 있다. 나는 죽음에 대고 툭하면 붙이는 '애도'니 '존엄'이니 하는 애매한 치장에 동의하지 않는다. 빈곤운동 진영이 무연고사나 고립사에 애도와 존엄을 일단 붙이고 보는 것 역시 별로 동의하지 않는다. 애도의 진정한 의미는 죽은 이의 삶과 죽음의 공과 부가 후대에게 기억되고 재해석되고 논란되어, 후대가 그 죽음을 제대로 밟고 나아가게 하는 것이다.

한편 갈수록 느닷없는 죽음들과 기가 찬 죽음들이 늘어가고 있다. 숱한 어려움 속에서도 자신과 주변을 위해 열심히 살아보려고 발을 그쪽으로 디뎠거나 손을 저쪽으로 잡았는데, 안전을 책임져야 할 권력과 당사자들의 책임 방기로 인해 난데없이 죽음으로 빨려들어가는 과실치사가 끊임없이 벌어지고 있다. 죽거나 살아있는 것이, 그가 죽고 내가 죽지 않은 것이, 우연 말고는 설명이 불가능한 참사도 허다하다. 슬프다는 말도 마음도 붙일 사이가 없다. '애도'도 '명복'도 침도 안 바르고 하는 거짓말처럼 흔해빠졌다. 선부른 애도와 죄책감은 모든 생애와 죽음마다에 연루된 사회와 정치를 제대로 들여다보지 못하게 한다. 죽은 자에 대한 산 자들의 몫이라면 기억과 (재)해석과 책임감이다.

실존적 선택이 아닌 자괴와 포기로만 여겨지는 자살이라 하더라도, 그 이면인 사회적 타살에 대한 시비와는 별도로 자신의 목숨을 스스로 처분한 선택 앞에 감히 슬프다거나 안타깝다는 말을 보태는 것을 삼가게 된다. 말을 보태기엔 세세한 처지와 심정을 알지 못한다. 스스로를 궁극적으로 파괴하고자 하는 순간에야말로 인간은 오롯이 자기 자신에게 속한다. 그런 면에서 모든 자살은 자유 죽음이기도 하다. 굴욕과 수모에 짓눌리다 죽음을 결단한 타인 앞에서 "그래도 인생은 살 만하다"는 말을 하지 못하겠다. 그는 이미 자신과 타인들의 그 비슷한 말에 숱하게 속아왔을 터다. 대체 왜 마침내 죽음이 알아서 올 때까지 일단 살아야 하는가? 가망이 없어 보이는데 대체 누가 감히 더 견디라며 무책임한 조언을 할 수 있는가? 오죽하면 죽었을까, 더 살았다 한들 무엇이 나아졌겠는가 싶은 삶들이 너무 많은 세상이다.

모든 사람은 출생의 순간 죽음을 선고받는다. 게다가 노쇠와 질병, 빈곤과 소외와 무력함, 장애와 배제 등 고단한 개인의 수많은 문젯거리를 일거에 제거시켜주는 것이 죽음인 것은 어쨌든 사실이다. 어떤 사람에게 자살은 마지막 존엄과 자유를 빼앗기지 않으려는 주체적 결단이고 실존적 행위다. 자유 죽음은 자유와 이성을 추구하는 인간이 최종에 선택하는 자유롭고 이성적인 결단이다. 그들은 자살로 자신들의 몫을 마치고, 남은 자들은 따로 또 같이 자신들의 몫을 살아낼 뿐이다.

자유 죽음이 불가능한 세 가지 경우가 있다. 첫번째는 교통사고 등 갑작스러운 사고로 죽는 것이고, 두번째는 사고나 심한 뇌졸중 등으로 판단능력이 몸보다 먼저 망가져 죽음을 단행하지 못하는 것이며, 세번째는 지금의 작심이나 장담과는 달리 '어떤 지점'을 넘어서까지 생에 대한 욕망을 떨쳐내지 못하는 경우다.

첫번째야 개인적으론 유감없다. 급사 직전 생각하는 능력이 붙어 있다면, '이제 내 차례구나' 하고 수긍하기를 평소에 다짐한다. 내 사고사에 대한 산 사람들의 왈가왈부는 그들의 몫이다. 위험 사회와 불평등 사회를 바꾸기 위해 어떤 사고사와 원통한 죽음들은 반드시 왈가왈부되어야 한다. 두번째를 대비하자면, 유언장이나 사전 연명치료 거부 등이 그나마 방법이다. 세번째는 가장 피하고 싶은 상태다.

하지만 살 만한 상태인 지금 그 장담을 번복하는 것은 오만이고 과잉이며 유치한 일이다. 죽음을 가까이 둔 모두에게 돈을 비롯한 다양한 자산을 가족을 넘어 필요한 곳들에 미리 나누어주라는 제안을 하고 싶다. 그러지 않으면 모두 족에게 돌아가거나 국가에 귀속되어버리는 어리석은 조처를 당한다.

죽기를 각오하고 곡기를 끊는 사람들을 몇 보았다. 나는 1980년대 말부터 2000년까지 천주교 사회운동 안에서 비전향 장기수들의 석방과 후원을 위한 활동을 한 인연으로 많은 비전향 장기수들을 알고 지냈다. 1990년대 말 비전향 장기수로 입소해 26년의 수감생활을 한 후 석방된 한 노인은 출감하고 곧 췌장암 말기 판정을 받았고, 얼마 후 곡기를 끊었다. 그 비슷한 시기에 출소한 다른 비전향 장기수들이 여러 사회활동을 하는 동안 그는 병 때문이기도 하지만 섭생 중지로 기운이 빠져가 곧 자리를 보전하고 누워 지냈고, 나중에는 물도 먹지 않았으며, 머지않아 죽음으로 들어갔다. 그는 출소 직후부터 죽음까지 아들과 며느리, 손주들과 함께 살았고, 그 집에서 죽음을 맞았다. 자식뿐 아니라 주변 지인들이 음식과 물을 드실 것을 강권했지만, 그는 자신의 방식으로 죽었다. 그들의 사상에는 동의할 수 없지만 정치적 생명과 육신의 죽음에 대한 그들의 단호함에 대해서는 숙연해지곤 했다.

평생을 산에서 살았던 한 노인은 때가 되면 빈 몸으로 산속으로 들어가 기운이 다할 때까지 걷다 쓰러져 짐승의 밥이 되겠다고 말해왔고, 어느 날 산속으로 사라졌다. 바다에 투신하는 사람들의 소신도 그와 비슷하다. 바다짐승들의 먹이로 몸을 내어주는 것이다. 바다에 투신하는 거라면 나도 할 만하겠다 싶다. 작심과 결행과 죽음까지의 시간이 짧아서다. 결행 후 죽음에 닿을 때까지 시간이 길어지는 것은 나로서는 감히 선택할 수 없다고 생각한다. 죽음까지의 고통과 그로 인한 변덕을 간수할 자신이 없다.

무책임한 의료과학과 실버산업의 확장 속에서, 자유 죽음은 자신과 세상을 마지막까지 직면하고 대응하는 하나의 방법이다. 부조리에 저항하는 삶과 생태 순환을 위해 자유 죽음은 더 활발하게 토론되어야 할 의제다.

3부

희망 없이, 하염없이

홈리스 곁에서, 살며 싸우며

선의와 모멸감 사이, 조심操心

어느 여름 저녁 8시 반경 누군가 현관문을 두드렸다. "누구세요?" 하며 낮에 입었던 원피스를 뒤집어쓰는데 "앞집이에요" 하는 젊은 남자 목소리가 들렸다. 당시 살던 곳은 지하철 숙대입구역 인근 먹자골목 중 한 막다른 골목에 있는 일층 원룸이었다. 주민이랄 사람들은 거의 없고 주점이나 식당 주인, 그곳 손님들이 대부분이었다. 그동안 내 현관문을 두드린 동네 사람이라고는 삶은 밤을 주러 왔던 앞집 여자와 내가 내놓은 헌책 보따리를 가져가도 되는지 묻던 재활용품 수집 할아버지와 집주인이 다였다. 그 목소리의 앞집 남자가 딱히 떠오르지 않았지만 골목 술집들 덕에 안전은 확보된 일층이어서, 방문이자 현관문을 살며시 열었다. 내 방 바로 건너에서 주로 술과 회를 파는 삼십대 중반 주점 사장이 상자가 든 비닐봉지를 들고 서 있었다. 전해 8월 내가 이사온 후 코로나19로 장사가 힘든 모습만을 보아오다가, 요즘 들어 좀 장사가 되는 듯싶어 다행이라 여기던 주점이다. 오후 3시경 장사를 준비하는 모습이나 코로나19로 인한 단속으로 평소보다 일찍인 밤 10시경 영업을 끝내고 청소하는 모습을 가끔 마주칠 때면 "안녕하세요?" 하며 인사나 나누던 사람이다. 그는 주점과 내 방 사이 골목 어디쯤에 쭈그려앉아 담배를 피우다 나를 보면 얼른 일어나 인사를 했고, 나는 "이제는 장사가 좀 나아지는 것 같아 다행이네요" "아직은 그래도 좀 힘들지요" "수고하셔요" 정도의 대화를 나누며 얼른 지나쳤다. "오늘 연어를 좀 넉넉히 주문해서요"라고 말하며 그가 깔끔하게 포장된 연어회 세트를 건넸고, 나는 다소 놀란 표정에 간단한 감사의 말과 웃음만 보이고 받아들었다. "맛있게 드세요" 하며 그가 먼저 현관문을 살짝 밀었다. 마침 시장기를 느끼던 차여서 반 이상을 맛있게 먹었다.

가게 근처 원룸에 혼자 사는 초로의 할머니에게 주는 젊은이의 선의를 얼결에 문득 받기만 했다. 그 할머니를 가끔 떠올렸을 테고, 그날은 그 할머니에게 줄 선물을 일부러 챙겼을 터다. '없이 사는 앞집 독거노인'이라는 정보 말고는 아는 게 전혀 없을 사람에게 깔끔한 선물과 말을 건네는 그 마음이 고마웠다. 동정同情의 낱말 뜻은 '남의 어려운 사정을 이해하고 정신적으로나 물질적으로 도움을 베푸는 것'이란다. 내가 스스로를 어렵다고 생각하지 않는 것과 별개로 그는 나를 어렵게 사는 사람으로 보았을 테고, 그런 사람을 향한 그의 평소의 태도와 선의가 일단 반가웠다. 동정에는 두 방향의 가능성이 담겨 있다. 상대를 더 잘 이해하고 나누려는 노력으로 가느냐 회피와 혐오로 가느냐. 이 둘은 아주 다른 결과를 만든다. 우선 그의 의도가 나눔인 것은 확실하니 기분 나쁠 일은 아니었다. 한편 내가 그의 가게에서 회와 술을 사 먹을 일은 없을 듯하다. 술을 전혀 못 먹기도 하고, 그 정도 가격의 회는 '시발비용'의 작심이나 솟아야 내 돈 주고 사 먹는 미련한 사람이다. 내 책으로라도 답례를 할지 잠깐 생각했는데 당장의 답례가 무례 같았고, 내가 쓴 책을 선물하는 것은 마치 '나는 네가 불쌍하게 여길 그런 독거노인이 아니야'라는 과시 같기도 했다.

반면, 술집 사장의 선의를 넘어 생각을 이어보자. 그에게 선물을 받는 순간 감사와는 별도로 불편함이 끼어들었고,

그 불편함은 정체가 명확하지 않은 채 이틀 넘게 이어졌다. 주점이 열린 시간에 그 앞을 지나칠 때면 시선을 어디로 향할지 신경쓰였다. 무어라 정확히 짚이지 않는 불편함이 이어지는 김에 잘 들여다보아 내 소갈머리나 알아내자 싶어, 불편함의 무늬를 세세히 들여다보았다. 그 사장에 대해 내가 아는 바는 선의까지고, 더는 아는 게 없다. 평소의 깍듯한 인사로 예의바른 사람이려니 생각할 뿐이다. 그러니 불편함의 이유는 내 속에 있다. 이는 주는 자의 선의와 상관없이 받는 자 쪽에서 저절로 느끼게 되는, 입장과 위치의 차이에서 비롯한 심리의 문제다. 특히 없이 사느라 혹은 없이 산다고 여겨져 받게 되는 입장에서는 일말의 굴욕을 어쩔 수 없다. 주는 자의 지속적이고 일방적인 선의는 받는 자의 굴욕감을 키운다. 받기만 하는 자가 늘 감사를 표현했더라도 거듭될수록 모멸감은 점점 자라며, 받는 것을 거부할 수 없는 처지라면 모멸감이라는 대항 감정과 별도로 자존감을 주저앉힐 수도 있다. 특히 주는 자 측에서 자신이 베푼 것에 대해 어떤 태도를 요구할 때, 그 모멸감은 혹 굴종의 모습을 띠더라도 분노와 적개심으로까지 이어진다.

여기까지 생각이 이어지자, 최근 아랫마을에서 한 여성 홈리스가 드러낸 분노 폭발 사건이 떠올랐다. 그녀가 그 건을 어떻게 여기는지와 상관없이 적어도 내게는 사건이다 싶었는데, 이제야 그 사건의 실체가 조금 명확해지는 듯하다. 한국의 장애 분류는 그녀를 지적장애로 구분하지만, 내 보기에는 지적장애보다 정서장애가 더 느껴진다. 나와는 구술생애사의 화자와 청자 관계이기도 하다. 그녀는 내게 6개월째 매달 2만원을 빌렸고, 매달 20일 기초생활수급비가 나오는 날 꼬박꼬박 갚았다. 그러던 어느 날 나는 사무국 활동가를 통해 아랫마을 안에 홈리스 당사자들을 위한 복지기금제도가 있음을 알게 되었다. 돈이 급하게 필요한 홈리스는 그 기금에서 빌려 쓰고 갚으면 된다. 목적 중 하나는 개인적인 돈거래로 인한 불상사를 막기 위함이다. 사실 그 제도를 알기 전에도 나는 꼬박꼬박 갚는 것과는 별개로 개인적인 돈거래가 적절하지 않다는 생각이 들기는 했다. 돈에는 어쩔 수 없이 권력관계와 함께 친밀감과 부채감 등 여러 감정이 엉겨붙는다. 전화 통화나 만남에서 용건 앞부분 두어 마디의 내용과 톤으로 나는 그녀가 돈을 빌려달라는 소리를 할 거라고 예감할 수 있었고, 빌려주기는 하면서도 그녀의 돈 씀씀이에 대해 잔소리 한두 마디를 붙였다. 돈을 갚고 나면 그녀는 갚았다는 사실을 내게 서너 번 거듭 말했다. 그러다가 복지기금제도를 알고 난 어느 날 돈을 빌려달라는 통화에서, 이제 돈을 빌려주기 어렵다는 내 말마디만으로 그녀의 기분이 돌변하는 것을 느꼈다. 통화로는 소통이 어렵겠다 싶어 아랫마을에서 만나 이야기하자고 했다. 다른 사람들이 없는 자리에서 조용한 목소리로 사무국 활동가들 핑계까지 대며 복지기금 이야기를 했지만, 그녀는 이야기를 듣다 말고 분노를 폭발하며 벌떡 일어나 나가버렸다. 사실 그녀의 분노 폭발은 아랫마을 안에서는 드문 일이 아니며 폭발부터 가라앉을 때까지 일정한 패턴으로 반복되는 터여서, 시간이 흐르기를 기다리며 관찰하는 마음도 있기는 했다. 다만 이번에는 폭발 정도가 좀 심했고 그 김에 나도 그녀와 거리를 조절할 기회다 싶었다. 상근활동가 한 명과 함께 셋이 만난 소위 화해의 자리가 마련되기까지는 시간이 좀 걸렸다. 그런데 내 쪽에서 내내 충분히 이해되지 않는 것은 "개인적으로 돈을 빌려주기 어렵다"는 내 말이 폭발의 기폭제가 되었다는 사실이었다. 복지기금을 포함해 나 말고도 그녀는 돈 빌릴 곳이 여럿이다. 때론 서울역 노숙인에게서도 돈을 빌리고 갚는 사람이다. 꼬박꼬박 갚아 신뢰를 쌓아왔는데 이젠 빌려주지 않겠다는 말에 화를 낸 것을 감안하더라도, 그 폭발의 정도나 이후 한동안 지속된 심한 분노 표현들(폭언, 일방적인 쌍욕

통화와 끊기의 되풀이, 쌍욕 문구나 흉측한 이미지의 문자 전송 등)이 이해되지 않았다.

그러다가 술집 사장의 선의에 대한 고마움의 틈새를 비집고 끼어든 불편함의 정체를 노려보던 중 내 속 모멸감의 조각을 확인하고서야, 그녀의 분노 폭발을 좀더 이해하게 되었다. 빌려주는 입장인 나는 빌리는 입장이었던 그녀 속 굴욕감을 헤아리지 못한 것이며, 심지어 늘 내게 2만원을 빌리고 갚는 것이 그녀 나름의 친밀감의 표현이나 과시라고만 해석했던 것이다. 없이 사는 위치로 무작정 받게 되는 상황에서 느낀 불편함을 통해, 내 모멸감과 그녀의 분노가 연결된 감정임을 알아챘다. 그러니 주는 자가 할 최선은, 받는 자가 느낄 수 있도록 조심操心을 표현하는 것이다. 내가 그녀에게 미처 못했던 것이 조심이었고, 내 조심을 그녀가 느끼도록 표현하는 것이었다. 화해의 자리에서 피차 사과도 악수도 했고 시간이 지나면서 그녀와 내 관계의 외피는 회복되었다. 하지만 그녀가 쏟아냈던 분노의 구체적 모습들로 인해 내 쪽에서는 저절로든 전략으로든 거리가 만들어졌고, 전략인지 장애인지 그녀는 거리를 불쑥 넘어와 전과 같은 친밀감을 드러내거나 요구한다. 그러다가 또 문득 내가 충분히 이해하지 못하는 어떤 도화선들로 느닷없이 폭력적으로 변했다가, 시간이 지나고 나면 또 "미안해요" "밥은 먹었어요?" "오늘은 뭐할 거예요?"라며 불쑥 다가와서는 나를 또 헷갈리게 한다. 다른 사람 둘이 만나가는 일이니 가끔 헷갈리는 건 당연한 거고, 폭발의 횟수가 거듭될수록 피차 좋은 쪽으로나 나아갔으면 싶다.

내 쪽에서 나아진 거라면, 그녀의 폭언에 놀라거나 화가 나는 게 아니라 차라리 부러워졌다는 거다. 그녀가 나를 향해 내지르는 날것의 쌍욕들을 먹지는 않고 듣기만 하며, 얼마나 속이 시원할까 너무 부럽다가 문득 내 속까지 시원해진다. 나도 욕하고 싶은 일이 많은 사람인데 차마 그러지 못하고 산다. 내 쪽 발전의 다른 하나는, 그녀의 도화선을 이해해보려고 들여다보느라 그녀의 마음을 조금씩 더 만나간다는 느낌이 든다는 점이다. 내 생각에 그녀 쪽이 나아진 거라면 폭발의 정도가 좀 약해졌다 싶은 거였는데, 며칠 전 또 폭발했고 꽤 심했다. 늙어 기운이 빠져야 좀 나아지려나 싶고, 둘 중 하나가 죽어야 만남이 끝나려니 싶다.

홈리스 현장에서

시선에 관한 한 노숙인의 분노

나는 2020년 3월부터 홈리스행동 인권지킴이 활동에 참여하고 있다. 인권지킴이 활동의 핵심은 매주 금요일 저녁 서울역과 용산역의 노숙인들에게 찾아가 안부를 확인하고, 필요한 지원과 상담을 진행해 다른 활동가들과 공유하며, 가능한 지원을 연결하는 일이다. 길게 보자면 사람을 조직하는 일로, 나는 서울역 일부 지역을 맡고 있다.

어느 여름날 활동을 거의 마치고 내 담당 지역 노숙인 수를 확인하기 위해 길을 되돌아 걸으며 수를 세던 중, 한 사람에게 시선이 머물렀다. 50여 미터 정도 떨어진 벽 앞에 사람들이 여럿 눕거나 기대앉아 있었고, 그중 휠체어에 탄 한 남성 장애인에게 눈길을 주게 되었다. 그는 병원용 환자복을 입고 있었는데, 50여 미터라는 거리와 밤 10시쯤의 어두움 때문에 내가 아는 장애인 인권운동 활동가가 아닌지 좀 긴가민가했고, 혹 그라면 인사라도 나눌 생각에 고개까지 오른쪽으로 돌려 그를 주목하면서 몸은 내 길을 걷고 있었다. 그러던 중 그의 옆에 앉아 있던 한 남성 노숙인이 벌떡 일어나 "뭘 봐?" 하고 소리를 지르며 빠른 걸음으로 다가왔다. 아차 싶었다. 평소든 활동중이든 노숙인을 향한 시선을 조심하곤 하는데, 그때는 사람을 확인하려는 생각에 조심을 놓쳤던 거다. 노숙인들에게는 타인의 시선 자체가 모멸감으로 느껴질 수 있다.

그가 내게 다가오는 몇 초 동안 머릿속이 빠르게 돌아갔다. 그의 기분이 충분히 이해되었고, 상황 전개가 염려되었고, 수습을 위한 최선을 결정했다. 장애인의 이름이 생각나지 않았다. 평소에도 헷갈리던 이름이다. 일단 차분하자. 눈의 힘을 빼고, 사과부터 하면서 조금 미소를 띠자. 낯빛과 말투와 동작으로 볼 때 그는 조금 취해 있었다. 언어폭력이라면 당하자. 최악은 물리적 폭력인데 제발 벌어지지 않기를. 맞는 문제 이전에, 인권지킴이 활동중 내 쪽 실수로 인해 노숙인과 충돌하는 일은 만들고 싶지 않았다. 염려와 두려움을 감추며, 물러서지 말고, 차분한 말투로 설명을 하는 게 최선이라는 판단과 실행을 동시에 했다. 그를 향해 오른 손바닥을 편 채 내 얼굴 가까이 들어올렸고, 차분한 목소리가 들릴 만큼 가까워지면서부터 아래 정도의 말을 서둘지 않고 했다.

"계속 쳐다본 건 정말 죄송합니다. 선생님 옆에 있는 휠체어 탄 장애인이 제가 아는 장애인 인권운동 활동가인 듯해서 확인 겸 눈길이 멈췄던 거예요. 우리는 노숙인 인권단체 활동가들이고, 저는 금요일 밤마다 이 광장에 오고 있어요. 지금은 활동 마치고 담당 지역 노숙인들 수를 세고 있는 중이에요. 다른 활동가들도 맡은 지역 노숙인 수를 세서 정리 모임에서 오늘의 서울역 노숙인 수를 취합하고 있어요."

그와 나의 거리보다 말이 길어 위험하다는 생각은 했다. 하지만 그의 모멸감과 분노를 가라앉히는 방법은 내 눈길의 이유를 설명하고 그 설명을 믿게 하는 거라고 생각했다. 말을 다 못하거나 내 말이 그의 귀에 안 들어가서 맞게 되면 맞자 싶었다. 다행히 그는 내 앞 60센티미터쯤 떨어진 곳에서 멈춘 채 말을 마저 듣고 있었다. 흰머리가 꽤 있는 여자라는 점도 유효했으리라. 남자는 나보다 족히 열 살은 어려 보였다. 그는 내 말을 상당히 알아들은 듯했다. 표정을 약간 풀었고, 그럼에도 감정이 다 가라앉지는 않은 듯했다. 그는 '그냥 가라'는 손짓과 말 이외에 더이상 어떤 말이나 행동을 하지 않고 돌아섰다. 그 장애인을 더 확인하고 싶은 마음을 접고 정리 모임 자리로 향했다. 집에 오면서야 그 활동가의 이름이 떠올랐다. 그의 SNS를 확인해보니, 모 병원에 입원중이고 갑갑해서 서울역 광장에 나와 노숙인 형과 놀고 있는 중이라는 글이 올라와 있었다. 그에게 오늘 일을 알리며 그분에게 죄송하다는 말을 전해달라고 부탁했고, 다음날 어제의 그가 자신이었다는 댓글이 올라왔다.

한편 그날 그 다급한 상황과 감정들 속에는 다른 마음 하나가 있었다. 시선에 대한 노숙인의 반발로 두려움과 난감함을 느끼는 와중에도, 그의 분노가 반가웠다. 대체로는 모멸감을 속으로 삼켜버리는데, 그는 벌떡 일어나 시선의 주인에게 다가가며 항의했다. 나아가 그 모멸감과 분노에도 불구하고 시선 당사자의 설명을 들었고, 오해를 풀었다. 그 짧은 순간 그 노숙인 속에 스쳐지나갔을 감정 하나하나 낱낱이 좋았다. 그중 분노가 가장 좋았다. 각자도생의 신자유주의사회에서 노숙인들이 자신들을 양산해내는 체제에,

정부와 재벌에, 그리고 자신들을 대하는 시민들의 시선과 멸시와 차별에 분노하기를 진심으로 바란다.

서울역 이씨

예순 후반의 이씨는 내가 인권지킴이 활동을 처음 나간 날 이전부터 내 담당 구역 어느 지하도에서 10여 명의 사람들과 함께 살고 있었다. 곧 전 국민 재난지원금을 신청하던 시기가 되어서 그에게도 신청 여부를 물었더니 "식구들이 있는데 내가 그걸 어떻게……" 하며 고개를 돌렸다. 가구당 신청 규정에 대해 홈리스행동 등 인권단체들이 끈질기게 문제 제기했지만 결국 바뀌지 않았다. 그는 말수가 적고, 임시 주거지원 등 노숙인 복지에 대해서 관심이 없었다. 사정이 있으려니 싶었고, 구체적으로 묻기에는 아직 친해지지 못했던 때다. 그가 거처를 옮기지 않아 금요일마다 지하도 그 자리에서 만나다보니, 좀 떨어져서도 눈이 마주치면 서로 손짓도 미소도 나누게 되었다. 그래도 정작 마주 앉으면 별말은 없이 간소한 지원 물품에 고맙다는 말만 했다. 길지 않은 기간에 낯빛이 검어지고 몸이 야위어가는 것이 또렷했고, 치아가 하나도 없었다. 가난한 사람들의 치아는 남들 앞에 감출 수도 없는 빈곤의 표지여서 우선 못 본

체한다. 때로 다 무너진 치아를 드러내며 활짝 웃는 사람들을 볼 때마다, 외람되지만 그 포기의 경지가 놀랍다. 우리가 그곳에 가는 시간이 밤 9시 30분경이어서 그는 대체로 잘 준비를 하고 누워 있었다. 아직 잠이 안 들었을 때면 작은 인기척에도 돌아보며 일어나려 했고 "아이고, 주무시는데 깨웠나보네요. 일어나지 마셔요" 하며 물품을 곁에 놓고 오곤 했다. 어느 날 그 지하도가 싹 비워졌다. 서울 중구청이 민원과 코로나19 방역과 물청소를 이유로 그곳 사람들을 쫓아냈다. 이씨의 행방도 알지 못하다가 다행히 곧 만났다. 그는 그 지하도 출구 쪽 벽과 도로 사이 좁은 구석 공간에 거처를 정했다. 낮이고 밤이고 차 소리가 많은 자리인데, 사람들이 적어 오히려 좋다고 했다. 그곳에는 늘 4~5명의 사람들이 살고 있다. 가끔 복지 이야기를 꺼내도 그는 여전히 마다했다. 2021년 7월 들어 그의 표정이 역력히 달라졌다. 추석 전 나온다는 전 국민 재난지원금이 이번에는 개인별 지급이 확실하냐고 물었고, 이번에야말로 국가한테서 뭘 좀 받아보자며 같이 좋아했다. 2차 백신을 마저 맞고 나면 임시 주거지원도 신청해보겠다고 했다. 그러다 7월 9일 만났을 땐 다시 심란해했다. 주거지원 신청을 위해 노숙인을 위한 희망지원센터 상담을 받아보니, 부인이 실종신고를 했더란다. "그걸 해결하려면 집을 한번 다녀와야 하는데……" 하며 말끝을 흐렸다. 게다가 그의 하늘색 캐리어에는 "12일까지 폐기물을 자진 수거하지 않으면 강제 수거하겠다"는 중구청 청소행정과의 9일발 계고장이 붙어 있었다. "내 살림살이가 어떻게 폐기물이냐?"라면서도, 16일까지 치우겠다고 매직으로 크게 써놓았다. 그사이에 방법을 찾아보겠다며 "설마 자기네도 사람인데……" 했다. 16일에 갔더니 그는 몸만 남기고 청소당한 채 출구 쪽 벽을 향해 웅크리고 누워 있었다. 13일 아침 인근 무료급식소에서 밥을 먹고 와보니 쓰레기차가 캐리어를 실어갔단다. 그 안에는 틀니와 주민등록증과 안 쓰는 휴대폰 속 사진들, 갈아입을 바지 하나와 새로 얻은 여름 이불이 들어 있었단다. 줄이고 줄여 남긴 재산 전부를 폐기물이라며 쓸어간 거다. 한참을 말이 없더니 짧게 이었다. "차라리 홀가분하다." 금요일에 다음주 월요일 시한 계고장 부착, 화요일 아침 처리! 상임활동가가 중구청에 항의 전화를 하니, 폐기물관리법에 따라 집행했고 모든 수거물은 보관 절차 없이 압축처리했단다. 그 법이 설명하는 폐기물의 정의는 '사람의 생활이나 사업 활동에 필요하지 아니하게 된 물질'이다.

23일 밤, 그는 여전히 벽을 향해 누워 있었다. 박스 한

장 위 몸 하나. 주무시려니 믿으며 차마 부르지를 못했다. 30일인 오늘밤 그에게 다시 간다.

소위 마법 같은 사진 속 노숙인의 행방

어제도 광장에서 수면 바지 환갑 남자 노숙인은 보이지 않았다.

2021년 1월 18일 한겨레 신문 사진기자의 '"커피 한잔" 부탁한 노숙인에게 점퍼·장갑까지 건넨 시민'이라는 제목의 사진 기사가 나간 이후, 그 후속 기사는 최소 4차에 걸쳐 올라왔다. 소낙눈이 펑펑 내리던 서울역 광장에서 한 시민이 노숙인에게 점퍼를 벗어주는 장면을 담은 사진과 짧은 글이 실린 18일 기사가 1차였고, 한국기자협회보가 '마법 같은 순간… 사진 찍고도 믿기지 않았어요'라는 제목으로 다시 다룬 19일 기사가 2차였고, 한겨레 신문의 그주 토요판에 '서울역 '노숙인과 신사' 어떻게 촬영했냐면요'라는 제목으로 또 다룬 것이 3차였고, 역시 같은 신문의 열린편집위원회가 뽑은 이달의 좋은 기사 난에 '사진의 마법 '노숙인과 시민''이라는 키워드로 또다시 다룬 2월 4일 기사가 네 탕째였다. 이후 같은 언론이나 다른 언론들에서 이 기사를 얼마나 더 다루었는지는 확인하지 않았다.

더 추적하는 것이 소모적이다 싶어서다.

주 2회 정도 서울역 노숙인 광장에 가는 나는 그 노숙인을 첫 기사 나오기 3주 전부터 주목해오고 있어서, 1차 기사의 온라인판 사진만으로도 사진 속 인물이 그라는 걸 알아보았다. 사실 사진이 멀리서 찍히기도 했고, 눈발을 배경으로 한 신사가 점퍼를 입혀주고 후드를 씌워주고 있어서 사람을 구분할 수 없었다. 하지만 수면 바지와 몸의 자세로 그를 알아보았다. 내가 아는 한 그는 그 수면 바지를 적어도 3주 이상은 입고 있었다. 추운 날 광장 흡연 부스에서 엉덩이 부분이 물과 흙에 젖은 그 바지 차림으로 담배를 피우고 있는 그를 만나기도 했다. 볼 때마다 내 쪽은 일부러 눈을 맞추려 하고 살짝 미소를 보였지만, 매번 대화를 나누기 어려웠다. 내가 본 그는 주로 광장 중앙계단의 계단참이나 흡연 부스 맞은편 역사 앞에 친 펜스에 기대 막걸리 한두 병을 앞에 놓고 있었다. 펜스에서 흡연 부스를 향해 무릎걸음으로 기다시피 가는 모습을 보기도 했다. 그해 겨울의 유난한 강추위와 잦고 많은 눈 때문에, 수면 바지가 눈에 걸렸다. 겨울용 수면 바지가 아닌 계절에 상관없이 입는 얇은 것이었다. 어느 낮에는 상당히 취해 있는 그에게 두꺼운 바지를 가져다드릴까 물었는데, 그는 말을 알

아듣지 못했다. 어느 금요일 밤 아웃리치outreach에는 일부러 여분의 솜바지를 챙겨 가서 그를 찾아다녔는데, 잠은 다른 곳에서 자는지 광장에서 찾을 수 없었다. 그동안 나는 그를 낮에만 보아온 거다.

첫 기사가 난 다음날 낮에 광장 계단참에 있는 그를 보았고, 그날은 좀 말을 나눠보려고 다가갔다. 전날 받은 점퍼는 안 보였다. 그동안의 눈인사와 미소 덕인지, 약한 술기운 덕인지, 대화에 쉽게 응했다. 점퍼는 누군가 훔쳐갔다고 했다. 그날과 다음번 만남에서의 대화로 그의 이름과 나이와 살아온 내력 일부를 들었다. 내 나이를 먼저 말하고 나이를 물었더니, 내가 세 살이나 누나라고 했다. 나는 그를 나보다 훨씬 위로 생각했는데, 막상 가까이에서 보니 면도하지 못한 수염과 씻지 못한 얼굴과 병색 때문에 나이가 들어 보였을 뿐이었다. 그는 다른 바지를 입고 있었는데 여전히 얇아 보였고, 내복도 입지 않은 채였다. 다음번 만날 때 바지와 내복 등 옷을 좀 챙겨드릴까 물었더니 고마워했다. 후일 바지와 내복을 챙겨 낮에 찾아보았지만 만나지 못했다.

그러는 사이 서울역 노숙인 광장에서 1월 17일 한 명으로 시작된 코로나19 확진자의 증가세가 점점 심해졌고,

방역 방침과 감염 위험 때문에 홈리스행동의 금요일 밤시간 아웃리치 활동은 상근활동가들만으로 축소되었다. 괜히 우기고 나갔다가 감염되어 다른 사람들을 불편하게 하느니 함께 나가는 것을 포기했지만, 걷기를 삼든 관찰을 삼든 활동을 삼든 사나흘에 한 번씩 낮시간에 혼자 광장 나가기를 계속 이어갔다. 광장 임시선별진료소에서 수시로 검사도 받고 음성 통보도 받았다. 그런데 낮시간이면 광장 여기저기에서 쉽게 눈에 띄던 그가 계속 안 보였다. 한번은 일부러 2시간 정도를 광장과 건너편 곳곳을 돌아다니며 찾았고 다른 노숙인들에게도 물었지만 허사였다. 어떤 노숙인 말로는 아마 코로나에 걸려 어딘가에서 격리수용중인 거 아니겠냐고도 했다. 2월 말까지 서울역 광장 코로나 상황이 아주 안 좋았기 때문에 충분히 있을 법한 일이었다.

3월 중순 어느 오전, 서울역 근처 무료급식소 앞 인도의 기다란 줄에서 그를 발견했다. 눈이 마주치기를 기다려 살짝 웃었는데, 그는 나를 알아보지 못하는 듯했다. 그 겨울과 코로나19 상황을 어쨌든 통과하고 그는 여전히 노숙인 광장에 살고 있었다.

서울역 노숙인 광장 두 죽음과 공영장례

동장군이 심했던 2022년 1월 12일 앞뒤로 서울역 노숙인 광장에서 두 분의 노숙인이 밤사이 돌아가셨다. 정확히 말하면 두 분의 죽음이 주변 사람들에게 확인되었다. 노숙인들의 죽음이 흔하기는 하지만 대체로는 아주 안 좋은 상태에서 병원으로 실려가 사망하는데, 이번에는 두 분 모두 주무시다가 돌아가셨고, 그 덕/탓에 주변 노숙인들이 죽음을 확인한 거다. 매년 12월 동짓날이면 그해에 거리에서 돌아가신 노숙인들을 추모하는 별도의 자리와 행사들을 마련하지만, 이제 겨우 1월이어서 12월까지는 너무 멀기도 했고, 그보다는 죽음을 확인한 근처 사는 산 사람들의 마음 때문에라도 그냥 지나가기에는 걸렸다. 며칠 뒤 저녁 시간 홈리스행동이 준비해 광장 노숙인들과 함께 조촐한 추모의 자리를 차렸다. 꽃이나 몇 개 놓고 촛불이나 몇 개 켜 놓자고 시작한 의논이 하나하나 보태지다보니 제사상도 술과 음식도 꽃도 촛불도 갖춘 추모의 자리가 되었고, 노숙인도 여럿 모였다.

평소 술도 많이 먹고 싸움도 욕도 잘하던 사십대 여성 노숙인이 그날은 내내 울면서 손을 잡아끌었다.

"언니, 나 죽어도 이렇게 해줄 거야?……"

"해주지, 해주지. 당연히 해주고말고…… 나 죽어도 이렇게 해줘."

"망할 놈의 저승사자는 왜 나는 안 데려가고 애먼 사람만 데려간대…… 어떻게 사람이 저렇게 쉽게 가……"

"어떤 목숨은 너무 질기고 어떤 목숨은 너무 쉽게 가더라고……"

"나 죽을 때 저승사자 오면 내가 막 지랄할 거야. 이 씨발 새끼야! 왜 이제사 왔냐? 그러면서……"

그녀 속 상처는 대체 얼마나 깊은 건지. 지금은 그저 깊게 안고 다독일 수밖에. 추도사는 육십대 후반의 광장 노숙인 이씨가 써주셨다. 현장에 조금 일찍 도착하니, 광장 바닥에 엎드려 이 글을 쓰고 계셨다.

> 삼가 고인의 명복을 빕니다
>
> 일주일 전쯤 구 헌혈의집 한쪽 끝에 조용히 텐트 치고 지내던 얼굴도 모르는 우리 옆의 형제가 이번 추위 속 며칠 전 갑자기 운명을 달리하여 남의 일 같지 않아 너무도 마음이 착잡할 뿐입니다.
>
> 광장에 텐트 치고 열악한 환경 속에 살고 있는 우리 모두도 이런 상황이 없다 장담할 수 없기에 이분의 운명을 추모하

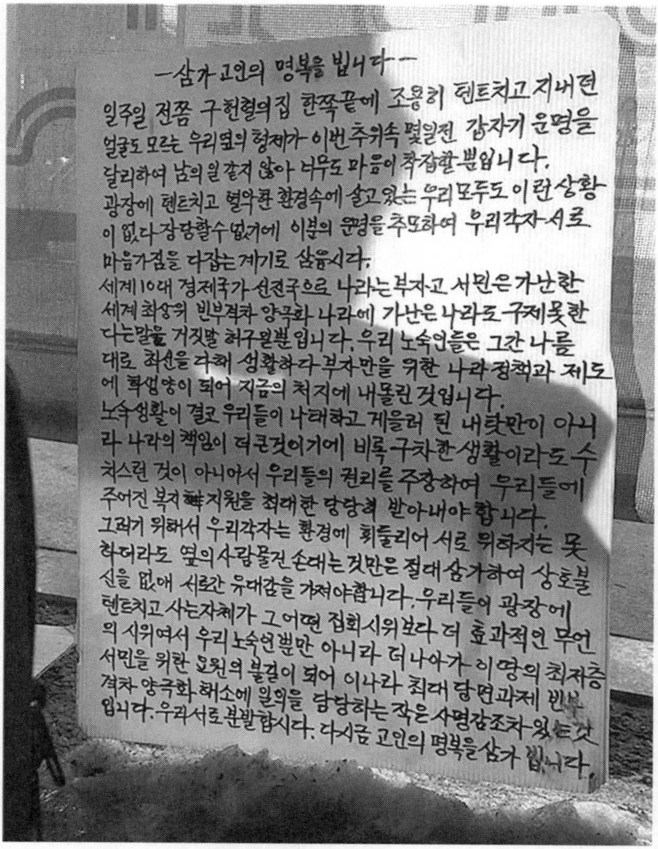

2022년 겨울 강추위로 인한 두 노숙인의 죽음을 추모하는 글. 이 글을 쓴 이도 노숙인이었다.

여 우리 각자 서로 마음가짐을 다잡는 계기로 삼읍시다.

세계 10대 경제국가 선진국으로 나라는 부자고 서민은 가난한 세계 최상위 빈부격차 양극화 나라에 가난은 나라도 구제 못한다는 말은 거짓말 허구일 뿐입니다. 우리 노숙인들은 그간 나름대로 최선을 다해 생활하다 부자만을 위한 나라 정책과 제도에 희생양이 되어 지금의 처지에 내몰린 것입니다.

노숙생활이 결코 우리들이 나태하고 게을러 된 내 탓만이 아니라 나라의 책임이 더 큰 것이기에 비록 구차한 생활이라도 수치스런 것이 아니어서 우리들의 권리를 주장하여 우리들에 주어진 복지 지원을 최대한 당당히 받아내야 합니다.

그러기 위해서 우리 각자는 환경에 휘둘리어 서로 위하지는 못하더라도 옆의 사람 물건 손대는 것만은 절대 삼가하여 상호 불신을 없애 서로 간 유대감을 가져야 합니다. 우리들이 광장에 텐트 치고 사는 자체가 그 어떤 집회 시위보다 더 효과적인 무언의 시위여서 우리 노숙인뿐만 아니라 더 나아가 이 땅의 최저층 서민을 위한 요원의 불길이 되어 이 나라 최대 당면 과제 빈부격차, 양극화 해소에 일익을 담당하는 작은 사명감조차 있는 것입니다. 우리 서로 분발합시다. 다시금 고인의 명복을 삼가 빕니다.

자주 글을 써 광장 사람들이 볼 수 있도록 세워놓곤 하셨는데, 요즘은 새로운 기차 노선 GTX-A가 광장 지하를 지나간다며 공사가 한창이라 그분 삶터가 또 밀려나 대자보 글이 좀 뜸했었다. 글의 마음도 관점도 내겐 참 좋다. 글도 글씨도 평소 선생의 모습도 늘 마음이 머물게 하는 분이다. 아픈 사람을 당신 자리 옆에 데려다놓으시고 먹는 것도 아픈 것도 챙겨주는 분이다. 얇은 스티로폼 판 위에 종이를 붙여 쓰신 추도사는, 빈곤사회연대가 모셔갔다. 20대 대통령 선거 전에는 대선 관련 자보도 쓰셨다.

다음날 추모의 자리 이야기를 내 SNS에 올렸고, 의외로 조회 수와 댓글, 공유가 많았다. '의외'라는 단어는 '무엇이 사람의 마음을 움직이는가?' 하는 질문과 이어진다. "추운 겨울 거리에서 자던 노숙인 사망" "사십대 여성 동료 노숙인의 애도", 추모 현장 사진 등의 덕도 있지만, 추도사가 많은 사람의 마음을 움직였다. 특히 추모 글에는 "노숙인에 대한 편견을 깨뜨리는 글" "휴일 아침 정신을 바짝 차리게 해주는 글" "노숙 자체를 저항의 의미와 삶의 방식으로 살아내시는 분" "노숙과 구걸을 사회에 대한 경고이자 증명이 되는 적극적 행위로 보는 어느 유럽 좌파 정치인의 입장과 동일" 등의 댓글이 붙으며, 추모 글 사진만을 별도로 공유한 지인들도 많았다. "따뜻한 방에서 자고 일어나 이 아침에 저 글을 읽는 죄스러움과 미안함"을 말한 가난한 장애인 언니의 글에는 "나도 따뜻한 방에서 자고 일어나 이 글을 썼다"는 공감의 답도 달았고, "사는 것 자체가 죄"라는 삶과 사회에 대한 태도의 말도 나눴다. "나 죽어도 이렇게 해줄 거야?"라는 사십대 여성 노숙인의 말을 "내가 아니고 그녀가 해야 하는 정당한 이유란 이 세상에 존재하지 않는다"며, 그녀의 개쌍욕을 처먹을 상대는 저승사자가 아니라 천민자본주의와 신자유주의 체제 그리고 '사는 게 다 그렇지 뭐' 하며 대충 넘어가는 시민들의 정치적 무관심과 무기력임을 지적하고, 수구 정치세력들에게 열을 낸 사십대 여성도 있었다. 한 지인은 대한민국 헌법 제10조 "모든 국민은 인간으로서의 존엄과 가치를 가지며, 행복을 추구할 권리를 가진다. 국가는 개인이 가지는 불가침의 기본적 인권을 확인하고 이를 보장할 의무를 진다"를 다시 찾아 읽는다는 댓글을 달았다. 카이스트 출신의 한 과학자는 7년 전쯤 서울역에서 노숙인들과 막걸리를 한잔했던 기억—본인 표현으로 "객기의 기억"—을 떠올리며 "시대에 맞는 직업과 사회적 자산인 학벌을 갖게 된 내 우연의 역사 속에서 오히려 공고해지는 기득권에 편승하고 안주하고 있는 건 아닌지, 내 삶 속에서 이웃을 생각할 여유를 잃어버린 건 아닌지, 한 노인 노숙인의 명문으로 정신이 확 드는 하루"라는 댓글을 달았다.

누구를 비난하자는 것이 아니라 내 문제의식은 재난지원금, 주거권, 코로나19 상황 속 홈리스들의 의료권 등 정책이나 제도 개선을 위한 서명 포스팅과 달리 왜 이번 글은 유난히 조회 수와 댓글, 공유가 많은가에 있다. 더 근본적으로라면 '사람의 마음은 무엇에 움직이는가?' 혹은 '마음을 거쳐 실천까지 하게 하는 힘은 무엇인가?'이다. 답도 경로도 오만 가지여서 복잡한 문제겠지만 단지 빈민운동 차원을 넘어 진보 정치와 사회변혁운동이 답을 찾아나가야 할 질문이기도 하다. 모든 운동은 사람들의 마음을 잘 읽어야 하고, 움직여야 한다. 동조하지 않는 시민들을 향해 원망만 할 일은 아니라는 이야기다. 물론 그러느라 원칙을 훼손하고 개량화를 거쳐 우경화와 부패로 넘어가거나, 그렇게 얻은 권력에 안주하면서 시민들을 속이고 억압한 운동이 있어온 것도 기억하며 경계해야 한다. 함께할 수 있는 경로를 만드는 게 중요한데, 활동가들은 권력을 향해 싸우는 것만으로도 시간도 힘도 모자라고, 개인이건 단체건 가난은 상수다. 그러니 권력과 자본에 대한 분노 이전에 나름의 방식으로 함께 힘을 합칠 사람들을 모으지 못해 지치거나 혹 원망과 배신감까지 들어 깊은 우울에 빠지기도 한다. 사회적으로건 조직적으로건 해결이 안 된다면 우선 개인적으로라도 대안을 만들며, 자신의 몸과 마음과 살림을 챙기고 성찰하며 한계를 인정하면서 활동을 이어나가야 한다.

두 사망자 중 조○○(1959년생)님의 공영장례가 3월 7일 오전 고양시 벽제에 있는 서울시립승화원에서 있었다. 검안 의사가 작성한 사망진단서에 적힌 직접 사인은 동사凍死였다. 홈리스행동은 노숙인 광장에 부고를 붙였고, 혈연도 애증도 없는 일곱 사람이 장례에 참여했다. 외람된 말이지만 시간만 되면 자주 가고 싶을 만큼 나는 공영장례가 좋다. 사람에 관한 내 관심은 죽음까지다. 죽음 직후부터는 의례이고, 모든 의례, 특히 가진 자들의 의례는 많은 속임수를 담고 있다. 공영장례는 속임수를 부릴 여지가 없이 단출하다. 빈곤과 단절과 고립사 등 고인들의 흔한 생애 내력에 대해 사망 후에나 달랑 따라붙은 내가 슬픔 어쩌고 할 일도 아니다. 족과 돈과 연줄들을 동원하고 과시하는 소위 호상들에서 스멀거리는 공분을, 고인과는 혈연도 애증도 없이 그저 뒤늦게나마 함께하려는 마음들이 모인 단출한 공영장례에서 위로받는다.

그녀의 빠떼리와 재떨이 사이

아랫마을 홈리스 야학 2022년 봄학기 글쓰기 낮반에는 변혁이 일어났다. 학생과 교사들의 일정과 참여자 수를 고려해 글쓰기반은 2021년 가을학기부터 낮반과 저녁반 두 개를 굴리게 되었고, 나는 낮반에 참여해왔다. 그런데 2022년 봄학기 낮반에 한글을 거의 모를 뿐 아니라—이건 좀 농담 겸 비밀이지만—내 보기엔 아마 한글이라는 것에 별로 관심도 없는 학생 2명이 들어왔다. 개강 직전 수강 신청 내용을 확인하면서 나는 두 사람이 한글반과 글쓰기반을 착각했다고 생각했다. 그런데 첫 수업에 이미 두 사람이 들어와 자리를 차지하고 있었다. 수업 진행을 맡은 나는 어떻게 하면 두 사람이 섭섭하지 않게 설명을 잘해 그들을 '내보낼지'를 궁리하던 차에, 그 둘을 포함해 다른 한 학생이 "그냥 같이 하자!"고 우겼다. 야학을 담당하는 상임활동가 역시 "뭐 알아서 하세요!"라는 거다. 하여 낮반 참여자들이 같이 의논을 했는데, "그냥 되는대로 같이 해보자!"로 결론이 났다. 글쓰기가 가능한 학생 3명과 글쓰기가 불가능한 학생 2명에 교사 3명이 정규 멤버가 되었다. 그 외에 오고 싶을 때 오는 학생도 있다. 학생이고 교사고 글을 쓸 수 있는 사람은 자기 글을 써오되, 글쓰기가 불가능한 학생은 "내가 글씨만 알았다면 짝짝 써내려가고 싶은(이 표현은 글 모르는 할머니들이 흔히 쓰는 말이다)" 이야기들을 교사를 청자로 하는 인터뷰를 통해 말로 풀어낸다. 그 인터뷰 녹취록을 교사들이 돌아가면서 만들고, 그렇게 쓰인 글을 읽거나 듣고, 내용에서 시작하는 각자의 이야기들을 함께 나눈다. 학생 한 명이 자기도 인터뷰 청자를 하고 싶다고 하면서, 청자는 4명이 되었다. 말하자면 '말 쓰기'를 병행하는 글쓰기반이 된 것이다.

그런데 글을 못/안 쓰는 그 둘이야말로 너무너무 할말이 많은데다 더없이 소중하고 아프고 재밌는 이야기를 좌르르 풀어내는 것이었다. 제대로 드러난 적이 없었던 노숙인 당사자의 입장과 생각과 느낌, 홈리스 중에서도 상대적으로 어려운 처지로 살아온 두 사람의 이야기가 쏟아져나왔다. 교회 꼬지•를 '신나게' 다녔던 이야기, 여러 염전을 돌아다니며 거의 감금 상태로 폭행당하며 강제로 일해야 했던 경험들, 고아원에서 도망쳐나와 너무 배가 고파 빵을 훔쳐먹

• 교회 등지에서 주는 구제금을 받으러 다니는 일.

었다고 소년원에 끌려갔던 이야기, 노숙생활중 밥과 돈과 잠자리를 얻기 위한 세세한 정보들. 어려 넝마주이로 시작해 늙어 폐휴지 줍기까지 생애 내내 일관된 생태 노동, 젊어 공장 노동할 때 늘 혼자 가서 즐겼던 음악다방 이야기 등 이제껏 글쓰기반 여타 글들과도 아주 다른 맛과 쓸모가 훨훨 풀려나왔고, 녹취록을 풀어 수업중에 이야기를 나누다보면 그들 경험과 심정에 대한 공감에 이어, 시절과 성별과 지역이 다르기도 비슷하기도 한 다른 참여자들의 기억과 이야기들이 너울너울 이어지면서 말 쓰기와 글쓰기의 화제들이 한도 끝도 없이 펼쳐졌다. 아직도 두 화자는 할말이 너무 많이 남아서 그걸 쫓아가는 나머지 사람들의 고생이 하염없지만, 모두들 그 재미와 쓸모에 푹 빠졌다. 게다가 글씨 모르는 두 사람의 글쓰기반 참여에 힘을 받아 2022년 가을학기부터는 아랫마을에서 할말도 가장 많고 목소리도 가장 큰 여학생 한 명까지 합세하겠다고 수도 없이 사전 수강신청을 해왔으니, 각오는 각오대로 해놓지만 결론은 가을학기 역시 되어가는 대로 하는 수밖에 없을 것이다. 그런데 그 '되어가는 대로'가 '하려던 대로'보다 한결 신나고 풍성한 것이 아랫마을의 특징이 아닌가 싶다. 와중에 기쁜 소식 하나 더. 청자를 겸하던 그 학생은 야학 글쓰기반을 통해 글쓰기의 맛을 깨닫게 되었다며 즐거워했고, 피해와 가해가 뒤엉킨 홈리스 바닥의 경험을 글로 풀어내며 글발이 창창해지던 터에, 올해 기초생활보장법 바로세우기 공동행동이 주관한 '기초생활수급자 수기공모전'에서 장원을 했고, 상금의 절반을 아랫마을의 새로운 공간 마련 모금에 기부했다.

아랫마을 야학에는 한글반 학생 중 가장 오래 다녔고 열심인 한글 실력이 가장 좋은 오십대 여성도 있다. 아직은 제대로 쓰거나 줄줄이 읽지는 못하지만, 수업뿐 아니라 일상에서도 늘 한글에 대한 관심이 아주 높아 실력이 일취월장이다. 어느 날 나는 그녀가 '빠떼리'와 '재떨이'를 헷갈려하는 장면을 만났다. 정확하게 말하면 빠떼리를 가리켜 "재떨이"라고 하는 것이고, 재떨이를 "빠떼리"라고 하지는 않는다. 그녀는 평소 스마트폰 배터리의 '만땅' 여부에 신경을 많이 쓰고, 그러다보니 늘 충전 케이블과 함께 보조 배터리 한두 개를 가지고 다닌다. 그녀의 스마트폰은 거의 가장 최신형이어서, 폰이 낡아 배터리가 오래가지 않는 것은 결코 아니다. 내가 보기에 그녀는 최신형 스마트폰과 보조 배터리와 배터리 만땅 상태를 좋아한다. 야학에서 스마트폰의 다양한 활용법도 배우는데, 그녀가 직접 사용할 정도로 익숙한 것은 통화 이외에는 아직 별로 없지 싶다. 나를 포함해 주변 누군가들은 비용과 무게를 이유로 '최신형'이니 '한두 개의 보조 배터리'에 대해 잔소리를 하곤 하는데, 그녀에게는 도무지 통하지 않는다.

그녀가 보조 배터리를 손에 쥐고 "재떨이"라고 말하는 장면을 목격하자, 나는 처음엔 상황이 이해가 안 돼서 순간 헷갈리다가, 곧바로 흥미가 확 돋았다. 3분 정도 주목하는 동안 그녀에게서 "재떨이" 소리는 세 번 나왔다. 나는 혼자 작은 소리로 느리게 여러 번 빠떼리와 재떨이를 발음하면서 자음과 모음의 소리 맛과 입 모양을 따져보고 나서, 그녀가 헷갈릴 만하다는 생각이 들었다. 그녀에게 "재떨이가 아니고 빠떼리"라고 여러 번 들려주며 발음을 따라 해보게 했는데, 계속 "재떨이"라고 소리 냈다. 그 발음의 차이 이전에 소리의 차이를 아직은 정확히 인지하지 못하는 듯하다. 사실 그녀는 남들과의 대화에서 자신의 생각과 주장에 꽂혀 있어 상대의 말은 별로 듣지 않는 편이다. 내 보기에는 태도가 자기중심적이기 이전에 뇌의 인지과정이 다소 자기중심적인 것이라 여겨진다.

이후 나는 그녀의 빠떼리와 재떨이에 자꾸 생각이 가곤 하다가, 결국 3~4일 만에 이렇게 글로 써본다. 글로 쓰다보면 내력과 생각이 좀 차분하게 정리되기도 하고, 그날의 장면에 이어 그녀의 다른 장면들이 연관되어 떠오르곤 하기 때문이다. 음성학적으로는 여러 설명이 있겠지만 그건 내 영역이 아니고, 두 단어와 발음을 놓고 내가 그녀를 가늠해가는 경로는 다음과 같다.

- 생애 과정에서 재떨이라는 물건과 단어를 훨씬 일찍 듣고 알게 되어, '재떨이'는 그녀에게 아주 익숙한 단어이자 발음이다.
- 성인이 되어 휴대폰을 사용하면서 필요에 의해 '빠떼리'라는 물건과 이름을 알게 되고, 소리를 듣고, 소리를 내게 되었으리라. 따라서 '빠떼리'는 '재떨이'보다 훨씬 익숙하지 않은 단어이자 발음이다.
- 두 단어를 발음할 때 입 모양은 다소 다르지만, 소리와 느낌은 상당히 비슷하다. 그런데 '빠떼리'를 두고 주변 사람들이 "배터리"로 말하는 것을 자주 듣기까지 해서, '빠떼리'는 여전히 어렵고 헷갈리는 단어다. 더구나 빠떼리든 배터리든 영어라고 하니 더 어렵게 느껴진다.
- 빠떼리도 어렵지만 배터리는 더 어렵다. 게다가 이미

익숙한 '재떨이'를 포함해 세 단어가 모두 소리와 느낌이 비슷해서 더 헷갈린다. 그러다보니 입에서는 자꾸 "재떨이"라는 발음만 쉽게 나온다.

다음에 만나면 빠떼리와 재떨이 실물을 나란히 놓고 구별하며, 빠와 떼와 리를 각각 입 모양을 보여주면서 발음하고 따라 하게 해보면 어떨까 하는 생각이 든다. 아주 성실한 여성이고 배우는 것에 호기심과 열정이 많으니 차차 진전이 있을 것 같기는 하다. 그런데 한편으론 솔직히 말해 그 '진전'이라는 게 그녀에게 꼭 필요한 것인지는 좀 헷갈린다. 명칭에 대한 그녀의 헷갈림에 타인인 나만 신경을 쓰는 것이고, 그 두 가지를 구별해주려는 내 노력이 오히려 그녀를 더 헷갈리게 하리라는 생각도 든다. 구별하지 않음/못함으로 인해 남들만 어쩌고저쩌고할 뿐, 그녀 자신은 불편도 불이익도 없어 보인다.

그녀는 아랫마을 야학의 방학중 모임인 '양동 책 읽기 모임'의 멤버다. 책 읽기 모임 첫날부터 "반장을 뽑자. 그리고 나를 반장으로 뽑아달라"고 적극적으로 호소했고, 두번째 날 만장일치로 반장으로 뽑혔다. 반장이 어떤 일을 해야 하는가에 관심이 많고, 일단 사람들을 모임에 더 많이 오게 해야 한다고 강하게 주장하며, 실제로 사람들을 열심히 꼬신다. 아랫마을 청소도 열심히 하고, 자신이 잘한 일에 대해서 주변 사람들에게 열심히 반복해서 자랑한다. 물론 남이 듣기 싫은 소리도 필요하면 잘하고, 어려운 일에 대해 도움을 청하기도 잘하는 씩씩한 여성이다. 자기가 참석한 집회와 행사, 쪽방 신문 돌리기 등에 대해 내게 반복해서 자랑삼아 이야기하며, "날라리•님도 와야지! 왜 안 왔어?" 하고 나무라기도 한다. 금요일 저녁에 서울역과 용산역으로 나가는 노숙인 아웃리치 활동에 참여하는 홈리스 당사자 활동가이기도 하다.

아 참, 내가 한글반 보조교사로 아랫마을 야학 수업에 처음 참여해 좀 쭈뼛거렸던 2020년 3월 봄학기 첫날, 처음 보는 내게 일부러 다가와 공책과 연필을 챙겨주며 "어르신, 잘 오셨어요! 같이 한글 공부 열심히 해요!" 하고 반갑게 맞아준 한글반 선배이기도 하다. 그 첫 수업에서 그녀는 내가 교사라는 걸 알게 되었는데, 놀라거나 나를 대하는 표정과 말투가 달라지는 게 전혀 없어서 나는 좀 안심

• 아랫마을에서 쓰는 내 애칭이다. 아랫마을에서는 실명을 드러내기 난처해하는 사람들이 많기 때문에, 모든 구성원이 본인이 원하는 애칭을 사용하도록 권하는 분위기다.

이 되었다. 첫 학기만 한글반 교사를 맡고 두번째 학기부터는 내가 글쓰기반을 맡게 되자, 그녀는 "왜 한글반을 하지 않냐?"며 내내 섭섭해했다. 더구나 "나도 글쓰기반에 들어가면 안 돼요? 날라리님이 나 이제 한글 잘 안다고 말했잖아"라며 자꾸 붙들고 따져서, 그때마다 나는 아주 난처했다. 그녀가 한글 공부를 열심히 하고 또 실력도 많이 좋아져서 내가 칭찬을 자주 했는데, 그 칭찬에 아주 좋아하며 반복해서 사람들에게 말하더니 이제는 아예 그 칭찬에 책임지라고 따지는 느낌이 들 정도였다. 그녀는 쉬운 한글은 잘 읽고 이제 조금씩 쓰기 시작하는 정도여서, 여러 개의 문장을 이어가며 제 생각을 쓰는 글쓰기반에는 맞지 않는데, 그 '맞지 않음'에 대해 기분 상하지 않고 충분히 이해하도록 설명하기가 내겐 너무 어려웠다. 그런 난처함에 대해 교사회에서 이야기를 나누다가 여유가 된다면 책 읽기반을 만드는 것도 좋겠다는 의논을 하기도 했다. 그러다가 마침 『힐튼호텔 옆 쪽방촌 이야기』(후마니타스)라는 책을 출간했고 글의 내용이 아랫마을 사람들의 생애 경험과 많이 겹치기도 해서, 우선 방학 동안만이라도 그 책을 읽는 모임을 만들기로 결정했다. 책 읽기 모임을 제안하면서 나는 그녀를 가장 먼저 떠올렸고, 결정 후 가장 먼저 제안을 했고, 그녀는 흔쾌히 하겠다고 했다. 이젠 반장까지 맡아 책 읽기에 이어 대화 나누기는 물론 사람 꼬시기에도 재미와 열심을 내는 중이다.

그러던 그녀가 올해 가을학기에는 글쓰기반도 함께하게 되어서, 그녀는 아주 신이 나 있고 교사들은 각오를 좀 단단히 다지고 있다. 그녀의 '할말 많음'이 가을학기 글쓰기반을 어떻게 흘러가게 할지 기대 반 염려 반이지만, 흘러가는 대로 따라가며 재미와 쓸모를 찾아낼 일이다.

'짤짤이 순례'에 대한 순례 전문가들의 수다

아랫마을 야학 겨울방학중 책 읽기 모임에서 『힐튼호텔 옆 쪽방촌 이야기』를 읽고 있다. 일주일에 2회, 한 번에 2시간씩, 보통 7~8명 정도가 참여한다. 2~3명 정도가 글을 잘 못 읽기 때문에 진행 방식이 독특하다. 읽을 수 있는 사람들이 돌아가면서 짧은 글을 또박또박 천천히 선창하고 나머지 사람들이 합창으로 천천히 큰 소리로 따라 읽는다. 글을 못 읽어도 두 번 들으면 내용이 이해가 되겠지 싶어서다. 2~3명이 나이와 장애로 인해 글씨가 잘 안 보여서, 각자 책은 펼쳐놓더라도 확대 복사한 것을 두세 장 따로 준비한다. 쪽방촌에 사는 가난하고 못 배운 사람들의 구술이 책 내용이다보니, 문장도 짧고 어려운 내용도 없다. 문단 하나를 마치면 문단 속 어느 대목에 관한 각자의 경험과 생각과 현재의 삶을 이야기 나누고 다음 문단으로 넘어간다. 책 읽기도 중요하지만, 이야기 나눔이 훨씬 재미있고 중요하다. 겨울방학중에 책을 끝낼 생각은 아무도 안 한다. 2명이 청각장애가 상당해, 책을 읽거나 이야기를 나누다보면 모두들 소리가 점점 커져간다. 방학중이니 아랫마을에 비교적 사람이 적은 편이어서, 마음껏 소리치고 웃고 떠든다. 나부터도 그렇고 방학이면 심심하니까 책 읽기 모임을 핑계삼아 모여서 같이 떠들고 노는 맛이 아주 쏠쏠하다. 시간이 너무 빨리 지나가버리는 것 같아 아쉬울 정도다.

어제는 책에 '교회' 대목이 나온 김에 교회들을 돌아다니며 돈을 받는 '짤짤이 순례'로 이야기가 흘러갔다. 한 번에 300원부터 시작해 1만 5천원을 받은 경험까지 나왔다. 1만 5천원을 주는 교회는 소문을 내지 않는 것이 아주 중요했다. 많이 주는 교회가 소문이 나면 사람들이 몰리면서 각자 받는 액수가 점점 줄어들기 때문이다.

유튜브에서 2015년 방영된 짤짤이 순례 관련 보도 영상을 볼 수 있다.• 2020년 이후 코로나19로 인해 사람들이 많이 모이는 장면은 상당히 달라졌지만, 홈리스 현장 속 짤짤이와 꼬지는 크게 다르지 않다. 어제 모임에서 내가 주목했던 바는 그 영상을 만든 사람들이나 영상을 보는 사람들의 느낌이나 문제의식과 달리, 짤짤이 순례를 이야기하는 당사자들의 말과 분위기가 아주 흥겨웠다는 점이다. 우선 당사자들의 말이 시작부터 끝까지 신나게 이어졌고, 듣는 사람들의 질문과 맞장구가 더해지면서 이야기는 동서남북으로 훨훨 날아다녀, 내내 시끌벅적한 이야기와 웃음과 추임새들로 어느새 끝날 시간을 넘겨버렸다. 제일 신나게 이야기한 당사자 노인이 마침 귀도 상당히 어두워서 목소리가 클 수밖에 없었다. 그는 글을 모를 뿐 아니라 별 관심도 없는데, 말에는 자신만만한 노인이다. 누군가 깜빡 잊고 목소리가 작아지면 크게 하라고 매번 잔소리를 하셔서 다들 까르르 웃고 하다보니, 그 시끌벅적함이야 각자 상상에 맡긴다. 그분은 짤짤이나 꼬지 외에도 한동안 어떤 교회에서 매달 지원금을 받기도 했다. 매주 주일예배에 '출근'해 '출근부'에 도장을 찍어 한 달 개근을 하면, 매달 일정한 지원금을 주는 방식이었다. 아래는 나온 이야기들 중 몇 대목이다.

• 〈노년…… 5백원 받으러 삼만 리〉, KBS News 유튜브 채널, https://www.youtube.com/watch?v=YZzcStph_Ds

장미(가명, 육십대 여성): 돈 주는 교회는 사람이 엄청나게 많이 줄 서 있어. 줄 서면은 어디는 이름을 적으라고 그래. 그러면 돈을 300원도 주고 500원도 주고 1천원도 주고 달걀 삶아서 두 개 주고 또 흰 우유도 주고 떡도 주는 데도 있고 빵 주는 데도 있고. 사람들이 엄청 많아요. 전에 응급구호방에서 잘 때 어떤 여자가 그러더라고. 일요일에 하루종일 다니면 1만 7천원 생긴다고. (…) 공덕동 어느 교회에서는 1천원을 주는 것 같았어요. 그 1천원을 보면 사람이 엄청 나와가지고 난리가 났는데, 한번 구정인가는 지갑을 주면서 5천원짜리 하나씩을 넣었어. 5천원짜리 상품권을 줬나 하여튼 다 5천원씩 주고 지갑도 이렇게 주고. 이제 그렇게 돈을 주는 데는 대략 예배를 잘 드려야지. 거기 갔다가 또 용산에 있는 교회로 가는데, 거기는 아주 반찬이 잘 나오는 교회예요. 그니까 공덕동 교회에서 고개를 넘어 용산으로 가서, 교회를 가려면 또 계단을 엄청 많이 올라가요. 거기 교회 가면 이름을 이렇게 적으면 매주 도장을 찍든가 뭐 그렇게 해가지고 한 달에 1만원인가 줬던 것 같아요. 그런 거 할 때는 지각하면 안 돼요. 체크를 하는 사람이 딱 와서 일일이 체크를 해요. 돈을 주는 거기 때문에 시간을 잘 맞춰서 체크를 한 게 몇 개가 되면 한 달에 1만원 주지. 안 늦으려면 공덕동에서 용산까지 막 뛰어가야 돼요. 근데 한눈에 봐도 할머닌데 그냥 짐이 짐이…… 나도 못 들어, 얼마나 무거운지. 머리는 하얗고 일흔 여든 그 정도 가까운 할머니인데 그것도 맨 짤짤이 젊은 애들하고 다 같이 다니면서 걸음도 안 뒤지고 막 얘기하고, 아유 대단들 하셔요.

날라리: 다음 스케줄 가야 하니까 빨리 걷는 거지.

명태(가명, 칠십대 남성): 난 어떤 교회에서 한 달에 한 번씩 꼬박꼬박 받았어요. 근데 첨엔 15만원이다가 10만원, 5만원으로 차차 줄었어. 5만원으로 줄고 나서는 잘 안 나갔어. 그러다가 한번 갔다가 목사님을 만났는데 왜 안 나왔냐 그러더라고. 목사님이 십일조를 내라니까 그것 때문에 못 오겠다고 했지. 나는 부담이 되지. 수급 조금 받아도 남는 게 없거든. 방세도 내고 밥 먹고 하면 남는 게 없는데 십일조를 어떻게 내? 매주 헌금도 내래고. 무슨 놈의 하나님이 돈을 그렇게 많이 받아먹냐 그랬지. 저기 박○○한테는 10원짜리 하나 안 받아먹고 나한테만 내라는 거야, 걔도 수급 나오는데. 5만원 받으면서 십일조랑 주일헌금이랑 내면 내가 교회에다 돈을 더 바치는 거다, 그 말도 했어.

날라리: 그 얘기를 누구한테 하셨어?

명태: 목사님한테 했지. 차라리 그 돈 안 받고 안 나간다고 그랬지.

날라리: 그랬더니 뭐라 그래?

명태: 오지 마라 그러지.

날라리: 진짜? 그런다고 또 목사가 교회를 오지 말래?

(일동 웃음)

명태: 나는 지금도 내 이름 딱 적어서 내가 알아서 헌금 정해서 내면서 교회 다니고 싶어. 근데 나더러 수급비 얼마 받냐고 물어서 거기에 또 교회에서 얼마 받고 하니까 십일조는 얼마를 내고 주일헌금은 얼마를 내라, 그런 게 나는 싫은 거야. 나 같은 사람은 그러면 교회 못 다녀. 그거 다 못 채운다고 눈치 주고 막. 그러면 다니기 싫지. 나는 예수님은 믿어. 하나님이 아니라 예수님을 믿어. 예수님은 마구간에서 태어났어.

장미: ○○교회는 밥도 주고 그리고 옷도 많이 들어와요. 모자니 뭐 운동용 여러 가지 많이 와가지고 그런 것도 주고 또 밥도 잘 주고 돈도 1천원 줘요. 돈 받고 이제 밥 먹으러 가는 거죠. 근데 요즘은 코로나 때문에 안 줄 거예요.

날라리: 그 교회 다른 신자들도 같이 밥을 먹어요? 교회들 보면 예배 후에 신자들이 같이 밥 먹고 헤어지잖아요.

장미: 노숙인들 오는 예배가 따로 있어서 신자들이랑 같이

밥 먹는 경우는 몇 명 말고는 없는 거 같아요. 어떤 사람은 노숙인 오는 교회라 싫다고, 그 옆에 ○○교회로 바꾸더라고요. ○○교회는 옛날에 국무총리였던 누구도 다닌다더라고. 목사님이 줄이 많은지 사모님이 줄이 많은지 뭐 연예인 같은 사람들도 많이 부르고.

아침 일찍 공덕동 교회 갔다가 11시에 용산으로 가고 그다음에는 여의도도 가요. 그래서 그걸 짤짤이 순례라고 해요. 누구는 절에도 가던데 나는 절은 한 번도 안 가봤어요. 나는 원래 교회 신자니까 다녀도 교회만 갔어요. 절에는 가기가 좀 미안하고 그렇더라고. 일요일날 가고 어떨 때 수요일날도 가고. 근데 어떤 절은 가면 있잖아, 내가 가져갈 수 있는 만큼 쌀을 가져가라 그런대. 그래서 쌀을 잔뜩 갖고 오는 노숙인이 있었어. 내가 어떨 때 필요하면 10킬로에 1만 5천원, 20킬로에 3만원 그렇게 그애한테 샀지. 그러면 이제 서울역에서 만나자고 해가지고 그애가 끌개에다 갖고 오지. 그럼 나는 그걸 사서 우리 딸 주고 그랬지. 절에서 쌀 받아다 판 그애도 살아온 게 파란만장하더라고. 여덟 살인가 일곱 살에 고아원에서 뛰쳐나왔대. 그런 얘기를 해서 그런지 어쩐지 하여튼 나는 필요하니까 그애한테 사는 거고. 그애도 무슨 설교를 많이 듣고 오나봐, 절에 가서. 일대일로 많은 얘기를 듣고 와서 상식이 많이 늘었더라고. 법회라고 그러더라고. 일대일로 뭐 가르쳐 주나봐요. 그러면서 이렇게 지원도 해주고 하나보더라고.

명태: 어떤 데는 돈은 안 주고 컵라면이랑 음료수나 빵이나 그런 거만 주는 데도 있어. 돈 대신 상품권 주는 데도 있고. 잘 주는 데는 소문이 금방 나니까 사람이 많이 몰려서 점점 주는 게 줄어들어. 그러다보면 개수가 정해졌을 거잖아. 백 개면 백 개, 오십 개면 오십 개. 그러니까 늦게 가서 뒤에 줄 섰다가는 못 받고 끝나지. 그러니까 행길에 차 다녀도 그냥 막 건너가는 거야. 그러다가 사고 나면 큰일나지. 사고 나는 건 못 봤어. 나는 저기 그냥 길 건너는 데, 거기로 천천히 다녀. 평일에 주는 데는 예배는 안 하고 그냥 요일하고 시간 정해서 줄 서서 받아오는 거고, 일요일에 주는 데들은 예배를 봐야지 줘. 그런 데는 밥도 주기도 하고. 어느 교회가 무슨 요일 몇시에 뭐를 주고 그런 거를 쫙 외우고 다니는 사람도 있어. 어떤 사람은 종이에 쭈르륵 적어 다니기도 하구. 근데 그게 자꾸 바뀌는 게 문제지. 하하하.

장미: 근데 물건도 그렇지만 돈 주는 데는요, 쌈 나요. 왜냐하면 전에 그 ○○교회인가 어디가 있는데 그게 남양주시야. 한 달에 한 번 화요일날 모이는데, 그렇게 한 달에 한 번 모이는 데는 돈이 더 커요. 근데 거기는 처음엔 많이 주는데 사

람이 많이 오잖아요. 그러면 돈이 만약에 이제 10만 원 갖고 10명을 나눠주다가 20명 오면 한 사람이 받는 게 줄어들 거잖아요. 그러니까 노숙인들끼리 막 사람 데리고 오지 말라는 거지. 안 보이던 얼굴이 오면, 누구냐고 누가 데려왔냐고 막 쌈이 나요. 또 서울역 건너편 보면 ○○공원이 있고 거기 가면 ○○복지관 있잖아요. 아는 사람 하나가 나더러 거기를 같이 가쟀어. 그래서 4시 반에 가서 이름을 적었어요. 그러더니 6시부터 나눠준대. 그러니 시간이 뜨잖아요. 그래서 ○○공원에서 같이 이렇게 얘기하다가 6시에 오니까, 그때는 빵인지 떡인지하고 음료수 이렇게 해서 담아서 주더라고요. 근데 사람이 엄청 많은데 날 데리고 왔다고 누가 쫓아다니면서 욕을 바가지로 하더라고. 돈 주는 것도 아닌데. 나는 사실 뭔지도 모르고 간 거고 거기서 준 거도 내가 좋아하는 것도 아니었어. 가자 그래서 한 번 갔더니 왜 모르는 사람을 데리고 오는 거냐고 막 우릴 쫓아다니면서 욕을 하더라고. 자기가 주는 것도 아니면서.

듣는 사람들이 누구이고 어떻게 질문하며 어떻게 경청하느냐에 따라 생애 이야기와 느낌과 해석은 아주 달라진다. 가난을 상수로 두고 살아가는 사람들에게 빈곤은 밑천이자 해결해야 할 일상이다. 빈곤에 따라붙는 고통과 질병과 못 배움 역시 현실이자 밑천이다. 빈곤을 바라보는 빈곤하지 않은/덜 빈곤한 사람들의 다양한 시선과 느낌과 해석들이 횡행하는 세상에서, 빈곤을 밑천으로 전략하며 몸소 살아가고 있는 사람들의 생생한 말을 얻어듣는 일은 개인적으론 '더 추락해도 살아지겠구나' 하는 안심을 얻고, 사회 속 저력(底力, 밑바닥 힘)을 확인하는 탐문이기도 하다.

더러워지기 혹은 익숙함

2022년 7월과 8월 내내 아랫마을이 이사를 했다. 이사 갈 곳 내부 공사와 이삿짐 정리에 예상보다 많은 시간이 걸렸다. 비용을 아끼려고 거의 모든 걸 식구들 몸으로 때우다보니 노가다 나선 사람들의 고생이 말이 아니었다. 그 와중에 세종시로 기자회견을 가느라 차를 함께 타고 간 여럿이 코로나19에 확진된데다 폭염과 폭우까지 겹쳐, 이사 기간이 무작무작 길어지고 힘들었다. '손 보태러 가봤자 걸리적거리기만 할 거다'라는 핑계로 어쩌다 들여다보기만 한 (필요할 때만 자칭) '노인네' 눈에도 그랬다는 거다. 몸으로 때운 사람들의 고생이야 어찌 세세히 알까. 들여다보기도, 아는 체하기도 미안할 정도였다. 그사이에 나도 새 아랫마을 신작로 건너로 먼저 이사를 해놓고, 속으로만 몰래 '얼른 와라, 얼른 와라'를 외고 있었다.

하여 그해 8월 새 아랫마을은 정리중이었다. 살림 정리야 살아가면서 두고두고 하는 걸로 쳐도, 밥을 함께 해 먹지 못하고 있으니 여전히 이사중인 느낌이었다. 평일 두 끼를 돌아가면서 밥을 해대는 상근활동가들 느낌이야 또 다르겠지만, 아랫마을 밥을 좋아하는 내 감각으로는 이사가 안 끝난 거였다. 며칠 지나 가보니 부엌 정리가 거의 끝나 있었고 그다음주 어느 날부터는 밥을 해 먹을 수 있다고 했다. 그러고 나면 9월 초 어느 날 집들이를 할 예정이었다.

10년을 살았던 낡은 이층 주택과 옥상과 지하와 마당과 텃밭과 나무 등 이전 아랫마을에 담긴 기억과 느낌들은 마음과 기록으로만 남기고 접어야 했다. 이사할 곳을 찾던 초기인 6월 어느 날 지금 이 집 이야기가 나왔고, 보자마자 속으로 '딱이다!' 싶었다. 다들 괜찮아했는데 몇 가지 조건이 안 맞아 더 알아보다가, 돌고 돌아 결국 지금 이 집으로 정해졌다. 남영역과 서울역 사이 굴다리를 조금 비껴난 장소인데다 오래 비어 있던 공간이라, 처음 보기에도 상당히 허름했다. 누구는 '귀곡산장' 같다는 말을 해서 함께 웃었다. 첫눈에 '딱이다!' 싶은 느낌은 그 허름함 때문이었으리라. 이 집을 자주 드나들 사람들이 편하게 느낄 공간이라는 이야기다.

모 여성기관에서 일반 주택을 개조한 '여성 노숙인을 위한 공간'을 서울역 인근 쪽방촌 근처에 마련해 1년째 운영하고 있고, 나도 홈리스행동 담당자로 참여하고 있다. 그 공간에서 두어 가지 프로그램도 시작했고, 금요일 오전에 서울역 여성 노숙인들을 직접 찾아가기도 한다. 쪽방촌 여성들 중 이곳을 기억해두고 정해놓고 오는 사람도 있다. 이제 시작이니 길게 생각하고 꾸준히 나아가자며 활동과 논의를 이어가는 중이다. 칠십대 초반 여성인 기관측 담당자 김 선생님이 자주 하는 질문은 "이렇게 좋은 곳을 왜 여성 노숙인들이 찾아오지 않을까?"이다. 그녀의 안타까움과 열심과 고생을 알기에, 조심스럽게 내 생각을 말하곤 한다. "너무 깨끗하고 친절해서"라고. 노숙하고 있는 사람들이 몸과 마음 편하게 드나들기에는, 아니 그전에 들어서기에는, 너무 깨끗한 공간이라는 이야기다. 사실 유난스럽지 않을 정도로만 깨끗하고 친절할 뿐이다. 그러니 "너무"라는 단어가 좀 과한 측면이 있지만, 다른 사람이 아닌 노숙인들 입장에서는 '너무 깨끗하고 친절하다'고 느껴질 거다. 친절함으로 인한 불편을 덜기 위해 유난스럽지는 말자고, 존중받는 느낌만 들게 하자고 하는 중인데, 친절이니 존중이니 하는 여러 추상명사의 실체가 헷갈리는 건 물론 주는 자와 받는 자 사이의 거리를 어떻게 줄일지가 오리무중이다. 내 보기에는 친절함보다 깨끗함이 더 문제다. 거리에서 사는 사람들이 들어서서 씻고 빨래하고 쉬다 가라고 만든 공간이니 더러운 몸과 차림과 짐으로 우선 들어서야 한다. 들어섬부터가 쉽지 않고, 들어서도 좀 낯설고 불편한 거다. 한 노숙인 언니는 "거길 가려면 좀 씻고 가야 하는데……" 하며 오는 걸 계속 미루고 있다. 한 번 왔던 여성 노숙인들도 다시 오지 않는 경우가 많다. 익숙하지 않은 거고, 익숙해질 것 같지 않은 거다. 그들이 우선 들어서고 계속 드나들기 위해서는 이쪽이 좀 더러워져야 하는데, 공간을 운영하는 김 선생님으로선 더러워질 방법이 별로 없거나 혹은 '더러워지기까지 해야 하는가'라는 의문도 드는 것이다.

그녀의 고민이 이해되지 않는 것은 아니지만, 이럴 땐 누구 편에서 생각해야 할지를 명확히 해야 한다. 초대한 사람의 환대하는 마음과 상관없이 초대받은 어떤 사람들은 깨끗함 자체에서 불편함을 넘어 배제나 모욕까지 느낄 수 있다. '그럴 의도는 없었다'는 말이나 '좋은 마음으로 한 건데,

어떻게 그렇게 받아들일 수 있냐?'라는 반론은 감수성 없는 발언일 뿐 아니라 모욕을 느끼는 사람의 입을 다시 닫게 하는 말이다. 특히 다양한 소수자들과의 관계에서 역지사지는 필수적이다. 게다가 신자유주의사회에서는 깨끗함이나 친절함 역시 돈과 생애 동안 얻은 자원의 덕이 크다. 차이는 늘 차별로 이어져왔고, 그전에 차이 자체가 차별이다.

여기는 노숙인 광장이다

“아니, 지가 뭔데 나더러 서울역엘 나오지 마라 어쩌라 그러는 거야, 대체?” B가 영주(가명, 사십대 후반 여성, 16세에 노숙 시작)에게 알려준 바로는, A가 B에게 ‘서울역에서 영주를 보면 서울역에 나오지 말라고 하라’는 말을 했다는 거다. 그 말을 전해들은 지 보름이 넘었지만 영주의 심정은 아직 부글거린다. A도 B도 그런 말을 하거나 그렇게 전할 사람이 아닌데, 그녀가 한번 열을 내며 우기기 시작하면 당장 다른 말은 통하지 않는다. “내가 여기서 코로나에 걸려 죽든 술 먹다 쓰러져 죽든 싸움질하고 감방에 가든, 지가 무슨 상관이냐고 대체? 그 말을 들으니까 확 뒤집어지더라고. 내가 열여섯에 집 나오자마자 고속버스 타고 바로 찾아온 데가 서울역이야! 50년이 다 되도록 살면서 젤 오래 살아온 곳도 서울역이야! 제2의 고향이야, 여기가. 아니, 나 태어나고 자란 고향보다 여기가 더 고향이야, 나한텐." 다른 이야기들은 본인 말마따나 못된 성질머리 때문에 쏟아내는 말이라 치고, "태어나고 자란 고향보다 여기가 더 고향"이라는 말만은 그녀의 진심이다. 청주여자교도소 '빵살이중'에도, 장기 입원중이던 경상도 어느 병원 흡연실에서도, 울산 엄마네 옆에 잠깐 살 때도, 엄마 묻은 자리를 뒤늦게 찾아가다 허탕치고 내린 지방도시 기차역에서도, "늘 서울역이 그리웠다"는 거다. 1990년대 초 노숙 초짜 시절의 영주를 향해 "어린 것이 어쩌다……" 하고 안쓰러워하며 있는 돈 다 털어 김밥과 음료수와 담배를 사준 서울역 구역사 전라도 언니. 그 언니는 언제 어디를 가야 밥을 먹을 수 있고 잠은 어디서 자야 하는지, 어린 여자애가 광장에서 살아가는 방법을 일일이 가르쳐줬단다. 1997년 IMF 때 쏟아져나온 실직자 삼촌들한테서 돈을 얻어 쌀이랑 국수랑 김치를 사다, 옛 서소문공원에서 가출한 십대 애들 여럿을 한동안 챙겨 먹였다. 2011년 '서울역사 노숙인 강제 퇴거 조치' 때 홈리스행동 등 노숙인 인권단체 사람들과 둘러앉아 "서울역장은 당장 나와라!"라고 악을 썼다는 신역사 점거농성. 성폭력을 당하거나 명의 도용에 속거나 한끼 밥과 적은 돈에 남자를 따라나서면서도 삶을 이어온 곳. 최근 3년여 서울역 근처 고시원이나 여인숙에 주소지를 두고 살지만, 그녀는 여전히 서울역 광장 사람이다.

신역사라 불리는 현재 서울역의 주소는 서울 중구 한강대로 405다. 코로나19 서울역 임시선별진료소로 운영되던 컨테이너의 주소도 한강대로 405다. 그러니 신역사와 선별진료소와 구역사를 아우르고 있는 서울역 광장의 주소 역시 그냥 한강대로 405라고 해버리면 된다. 사실은 주소를 따질 일이 아니다. '서울역 노숙인 광장'이라고 하면 누구나 다 안다. 서울역 광장이라기보다 명실상부한 서울역 앞 '노숙인 광장'이다. 지금 이 시각 그곳에 가장 많이 있는 사람들이 노숙인이며, 대형 집회라도 있어 잠시 예외적일 수는 있겠지만 언제라도 그곳에 머물거나 지나는 사람들 중 가장 많은 비율이 노숙인이고, 가장 오래 머물러 살고 있는 사람도 노숙인이다. 구태여 주소를 따지는 것은 광장 노숙인들은 주소지가 없다는 이유로 복지와 행정에 관한 시민의 다양한 권리에서 배제되기 때문이다. 그러거나 말거나 그곳 사람들은 서울역 광장 근처 어딘가에서 밥을 먹고 잠을 자며, 돈 생긴 사람이 밥과 술과 담배를 쏘며, 함께 놀고 싸우고 울고 웃으며 살아간다. 민원을 핑계로 서울역측과 구청과 서울시와 정부가 수시로 그들의 살림살이와 잠자리를 쓰레기차와 물차로 청소해대고 쫓아내고 흩트려놓아도, 금세 또 모여 다시 삶을 이어가는 노숙인들의 삶의 터전이고 주거지다.

서른한 살 이주현. 2020년 7월 6일 광장에서 쓰러져 병원으로 실려갔고, 의식을 찾지 못한 채 7월 7일 사망. 병원 냉동고에 시신이 있던 9일, 그의 사망 소식을 들은 서울역 사람들끼리 주현의 사진을 들고 광장을 넓게 돌았다. 주현과 가깝게 지낸 서울역 형 하나와, 누가 죽었는지도 모른 채 그냥 서울역 사람 화장해주러 가는 거라서 따라나선 서울역 아저씨 하나까지, 혈족 아닌 다섯 사람이 함께한 7월 16일 승화원 공영장례. 영정 대신 얼굴 사진이 담긴 휴대폰이 놓인 소박한 빈소. 광장에서 사는 동안 '막내'라고 불렸다던 주현은 마음이 여리고 눈물이 많았으며, 시비 거는 사람한테는 대들고 싸우다가도 혼자 따로 떨어져 울곤 했단다. 죽을 작정한 사람처럼 아무리 말려도 술을 퍼마시더니 마침내 죽음에 도달했다. 신분등록 서류가 알려주는 서른한 살 생애 내력은 여덟 살에 부모를, 열일곱 살에 할머니를 잃고, 해병대를 다녀와 인천을 거쳐 서울역 광장에서 5년여를 살았다는 것이 전부다. 서울역 광장에서는 매년 12월 22일 동짓날, 거리와 쪽방에서 살다 죽어간 사람들의 삶과 죽음을 기리는 '홈리스 추모제'가 열린다. 돈과 가족이 최고라는 세상에서, 공리公利를 위해 그들을 삭제하려는 힘에 맞서 홈리스들의 삶과 죽음을 기억하고 기록하는 저항의 추모제다.

노숙인 광장 사람들은 미래에 희망을 걸 여지도 가능성도 없고, 그 김에 미래 따위에 삶을 저당잡히지 않고 현재를 살아가다가 어느 날 죽음으로 들어간다. 때때로 그들의 죽음이나 자살을 보면서 '마침내 고통이 끝나고 죽음에 닿았구나' 혹은 '정말 죽고 싶었겠다'라는 생각을 한다. 미래 없음이라는 그들의 상시적 재난 상황이야말로, 미래에 대한 염려를 버리고 오늘을 살게 하는 동력이며, 그 재난 공간의 작은 구석에서 조건 없는 호혜와 자유의 실천을 오늘 하게 하는 동력이기도 하다. 선별진료소 옆 육십대 후반 이씨는 거주지 주변을 늘 깔끔하게 청소하고, 움직일 수 없을 만큼 몸이 상한 노숙인들을 곁에 두고 먹이며 보살피고, 자신의 생각과 주장을 자보 형식의 글로 써서 남들이 읽을 수 있도록 걸어놓는다. 활동가들의 일상적 지원에 대해 그로서는 큰 보답을 챙기기도 한다. 그 보답이 마땅하다고 생각하지는 않지만, 거절하는 것이 무례일 뿐 아니라 그의 마음이 끈질겨 거절이 불가능하다. 그는 노숙생활이 더 자유롭고 익숙하다며, 쪽방이나 고시원에 갇혀 살게 될 주거지원이나 시설 입소를 거부해왔다. 코로나19로 몇 년간 난리를 치며 노숙인들을 바이러스 취급하는 세상에서, 그는 오만 가지가 재난 상황인 거리 생활의 오늘들을 30년째 하루씩 하루씩 살아가고 있다.

광장 안 사람들은 바깥사람들과는 다른 욕망을 품고, 다른 질서와 다른 관계를 만들며 살아간다. 동류와 모인 곳이니 남들의 시선에서도 한결 자유롭다. 누구는 이 광장을 노숙자들의 소굴이니 서식지니 부르지만, 뒤집으면 점거와 점령이기도 하다. 돈 세상에서 밀리고 밀려 가족과 집에서도 떨려난 이상하고 불온하며 일탈적이고 비정상적인 잉여들, 차후로도 더 모이고 확산될 잉여들의 비규범성이야말로 노숙인 광장의 특성이자 힘이다. 미래가 없는 사람들끼리 현재를 살아가는 방법을 찾고 배우고 알려주며 '함께 모여 사는 곳'이다, 서울역 노숙인 광장은.

영화 〈쇼생크 탈출〉에는 50년간 수감생활을 한 장기수

노인 '브룩스'가 '석방당하지' 않기 위해 살해 소동을 벌이는 장면이 나온다. 소동이 무산되고 출소한 후 그는 살아보려다가 곧 자살한다. 출소 전 한동안 교도소 내 도서관 업무를 맡았던 그를 두고 다른 장기수는 "바깥에서는 아무것도 할 수 없는 사람"이라고 했고, 비슷한 처지인 자신의 출소도 걱정했다.

쪽방촌 사람들이 쪽방을 떠나지 않는, 못하는, 떠났다가 다시 돌아오는, 떠났어도 자꾸 찾아오는 이유도 쪽방촌이 익숙해서다. 물론 쪽방촌보다 한결 나은 주거에 대한 가능성이 없었고/없고/장차에도 없을 것으로 인한 포기의 측면이 크다. 하지만 임대 아파트에 입주하고서도 자꾸 쪽방촌을 찾아오는 사람들이 있는 걸 보면, 관계와 장소에 대한 익숙함이 그들을 계속 다시 돌아오게 한다는 생각이다.

"저기가 나 살던 곳인데……"

늪에 사는 사람을 구해줬더니 구출된 사람이 한 말이란다. 평생 방이라 할 곳에 살아본 적이 없다가 육십넷에야 양동 쪽방촌에 방 한 칸을 얻어 살게 된 석기(가명, 남성)님은 쪽방 주거개선 관련 설문조사를 하러 다니던 활동가에게 "나는 이거 하나면 됐다!"고 강조했다. 좀 낫게 사는 사람들 입장과 느낌에서가 아니라, 그곳에 사는 사람들 입장과 느낌에서 시작해야 한다.

희망 없이, 하염없이

"페미니스트로서 5년 후 내일을 꿈꾸는"이라는 문구가 요점인 원고 청탁서를 읽으며, 우선 이질감부터 느꼈다. 내게 요청될 글이 아니라는 생각에서다. 어느 때부턴가 나는 내일을 꿈꾸지 않는다. 우선 개인 차원의 꿈이 없다. 67년이나 살았으니 언제 죽어도 좋고, 언제 집어들거나 도착할지 모를 죽음까지 하고 싶은 일을 하고 사는 데 지장이 없을 만큼 돈은 있다고 여겨져, 생존에 대한 불안도 더 갖고 싶은 욕망도 없다. 주변에서 자주 만나는 먼저 추락한 사람들 덕에, 더 추락해도 그럭저럭 살아지겠구나 싶다. 그러다가 죽음이 오면 마침내 끝이어서 나름 또 좋은 거다. 살아온 대로 살다가 죽음에 도달할 생각만 하며 산다. 새로운 일을 하지 않겠다는 것이 아니라, 걸어온 길을 벗어나지 않겠다는 말이다. 이만하면 족하다 싶다. 그러니 스스로에 대해 나는 꿈이 없다.

개인을 넘어 사회에 대한 꿈도 없다. 2000년 민주노동당에서 시작한 10여 년의 진보 정치 활동을 접고 탈당한 2010년, 내 생애 동안 제대로 된 진보 정치가 안정적으로 제3당의 자리를 잡으리라는 꿈을 접었고, 그러니 국가에 대한 일말의 희망도 접었다. 때때로 일말의 싸움거리가 있을 뿐이다. 실현 불가능하다고 판단되는 것에 나는 꿈도 희망도 갖지 않는다. 더구나 5년 후라니? 5년의 시간 동안 정권이 주도하는 사회에 대체 어떤 희망을 꿈꿀 수 있는가? 전염병이든 기후 재앙이든 전 세계적 재난들이 계속될 테고, 더 많은 사람들, 특히 가난한 사람들이 가장자리로 밀려날 테고, 경계를 넘어 죽어갈 거다. 페미니스트 정권입네 하던 문재인 정권이 그 지경이었으니, 여성주의자들에게 윤석열 정권은 싸움의 꿀맛 말고는 기대할 것이 없는 터널일 거다. 물론 그동안의 오래고 질긴 싸움 덕에 21세기 사회로서 불가피한 면피성 진전이 법제도 영역에서 있을 테지만, 그 진전이 밑바닥 사람들의 삶을 얼마나 변화시킬지에 대해서는 기대하지 않는다. 어떤 정부가 들어서든 벌거벗은 존재들에 대한 정책은 없이 거짓말만 해대며 재벌들을 위한 정책부서 역할에 더 노골적으로 충실할 테고, 그 대가로 자기들끼리 싸우고 잡아넣으며 번갈아 정권 재창출이든 탈환이든을 위한 돈과 인물의 카르텔을 확장할 거다. 앞으로의 정치가 현정권이나 전 정권에서 한 치도 나아지지 않고 오히려 부패와 정쟁만 확장될 것임은 불을 보듯 뻔하다. 정치에 무심할 수는 없지만 관심을 갖기 위한 감정과 시간의 낭비가 아깝다.

제도정치에 희망을 접고 탈당한 후, 나는 남은 인생이 아주 간단해졌다. 가고 싶은 곳에 가서 하고 싶은 일을 최대한 즐기다 죽으면 되는 것이다. 나는 가난하고 소외된 사람들을 좋아하고, 그런 사람들이 모여 사는 곳에 가고 싶다. 게다가 그들과 어우러지는 동안의 촉감이 더없이 좋다. 사실 진정한 촉감이란 부딪쳐 뒤엉기며 시간을 흘려보내야 아는 건데, 다행히 나는 가난하고 소외된 사람과 장소에 관한 촉이 있더라. 지난 35년여의 사회운동과 특히 최근 10여 년의 구술생애사 작업 과정에서, 어둡고 지저분하고 위험하다고 분류되는 사람과 장소에 대한 끌림이 나를 이루는 정체성이라는 것을 알게 되었고, 점점 더 그 촉과 정체성이 확실하고 중요해졌다. 게다가 그 축의 출발 지점이 내 속 상처와 어두움과 혼돈이라는 것을 최근에 깨달으면서, 어떤 상황에서도 헐벗은 존재들과 장소를 떠나지 않으리라는 믿음이 두터워졌다. 사실 이제는 떠날 돈도 관계도 없어졌다.

믿을 거라곤 돈과 가족밖에 없다고 아우성들인 무한 경쟁과 각자도생 사회에서 맨 끝자리로 밀려나 몸도 마음도 망가져, 이젠 근로자로도 가족으로도 회복가능성이 없고 의지마저 잃어버린 사람들과 그들이 모이는 장소야말로, 페미니스트인 내가 장차 5년의 내일을 떠나 늘 다시 쫓아가 함께 뒤엉켜 즐겁게 놀며 질문을 이어갈 곳이다. 예를 들어 서울역 노숙인 광장은 생명의 근본 욕구이자 필요불가결한 조건인 먹고 잠자는 일 자체가 매일매일 재난인 사람들이 모인 장소다. 게다가 사회체제가 근본적으로 바뀌지 않는 한, 빈곤이 유일한 밑천인 사람들은 더 늘어날 것이다. 적어도 21세기 정치가 그들을 거리에서조차 쓸어내 사회 바깥에 가둬버리지 않는 한, 그들은 전국 곳곳에서 점점 더 모이고 확산될 것이고, 그들이 모이는 광장의 수도 늘어날 것이다. 신자유주의와 가족중심주의가 이 사회의 근본 문제라면, 그 대열에서 쫓겨나 회복가능성조차 잃어버린 사람들이 모이는 노숙인 광장이야말로 근본적 변혁의 실마리를 엿볼 수 있는 장소다. 터전이 불타버린 자리에서 비로소 제대로 된 시작이 가능하다. 그곳은 광장 바깥 사회에서 당연한 것으로 합의되고 통용되는 가치관과 욕망과 규범과 질서가 깨져버린 재난 공간이다. 내일도 꿈도 희망도 없이 늘 위험하고 불온하며 지금 당장의 불행과 다행만으로 삶이 이어지고 끊어지는 공간이다. 그러니 머물든 드나들든 들여다보든 이곳에 오는 사람들이 견지할 태도는 '희망 없음'과 '하염없음'이다. 어떤 실패나 실패들의 반복에도, 애초에 희망이 없었으니 실망할 일도 없다. 있는 것 털고 생기는 것 받아 함께 즐기며 놀다보면 다시 힘이 날 테고, 기회 봐서 가진 자들을 향해 한번 더 싸우면 된다. 성취를 기대하지 않으니 실망도 없고, 요행히 어떤 성취가 오면 달콤하게 즐기면 된다. 어떤 실패에는 신경질도 나고 쌍욕도 내지르겠지만, 그건 사느라 싸우느라 그런 거다. 재난의 와중에도, 아니 재난이어서 오히려 더, 소위 하느님 나라니 유토피아니 하는 것들이 문득문득 보인다. 재난에서 멀리 떨어진 사람들, 재난에서 재빠르게 빠져나갈 수 있는 사람들은 그러라고 하자. 그들 역시 자기들 몫의 재난을 살다 결국 죽을 거다. 어차피 피할 수 없고 닥쳐버린 재난이라면, 그 안에서 불행을 뒤지며 불안해하느냐, 다른 가능성을 보고 즐기느냐는 생애를 털어 언어내는 관점과 태도의 문제다.

홈리스, 정신장애인, HIV 감염인과 에이즈 환자 들과 함께 놀려면 경계를 넘어 내 길을 벗어나야 한다. 우선 내 삶의 터전과 언어를 떠나야 하고, 계급에 대한 관점과 페미니즘도 찢으며, 양심이니 윤리니 상식 따위는 물론 질병과 장애에 관한 규정과 구분도 의심하면서 처지에 주목해야 하고, 법과 사회질서가 누구를 위한 질서이고 보안인지를 노려보아야 한다. 여성다움이 학습된 것이라면 어떤 피해자성 또한 학습된 것이라는 의심을 놓지 말아야 한다. 여성 홈리스 영주에게 몸과 성은 좀 나은 잠자리와 한끼 밥을 얻기 위한 협상 수단이기도 했다. 임신은 그저 재수에 맡길 수밖에 없었고, 그 재수는 좋기도 했고 나쁘기도 했다. 꼭 한 번 낳을까를 고민했는데 자신이 없었고, 여러 차례의 임신중단을 거쳐 요즘은 피임시술을 하고 있다. 성폭력이나 성매매라 할 것도 없는 하룻밤들에 대해 낙인이나 자괴 따위는 없다. 경우에 따라 빡치고 화딱지가 날 뿐 수치심 따위도 없다. 자유가 가장 중요하고, 나머지는 생존 전략이다. 살아내느라 생긴 힘으로 여태껏 살아왔다.

가족 타령이 유난히 심한 명절에는, 가족에게서 도망치거나 쫓겨나거나 도저히 집에 안 가고 싶은 사람들이 모여 함께 놀면 된다. 되는대로 전과 잡채와 갈비 요리를 만들고, 송편과 과일과 술도 챙겨놓고 노래 부르고 춤추며 먹고 놀다가, 못 온 사람에게 줄 음식을 챙겨 나눠주러 간다. 당장 맨 밑바닥에서부터 뒤집을 수는 없으니, 그 자리에서 싸우며 즐기면 된다. 어린이대공원으로 가을 소풍을 간 김에 단풍과 바람과 시민들 속에서 차별금지법 행진을 하고, 기후정의 행진에서는 음악에 맞춰 막춤을 추며 놀고, 봄 모꼬지를 간 강화도 바닷가에서 부닥친 소낙비에는 깔고 앉았던 돗자리를 뒤집어쓰고 옹기종기 모여 〈바위처럼〉을 불러젖힌다. 신체장애, 발달장애, 정신장애, 무학 등 오만 사람이 다 있다보니, 서로에 대한 배움 자체가 그야말로 좌충우돌이고 무한 도전이다. 가능하면 함께 시간을 보내는 것이 가장 중요한 태도다.

모든 '비정상'에는 우울과 분노, 도발과 저항이 뒤엉킨다. 상대를 단단히 쥐고 마음과 삶의 향방을 최대한 주도할 일이다. 불온함과 변태야말로, 돈과 가족이 최고라는 세상의 가장자리에서 재난을 즐겁게 통과하고 다음 재난을 맞이할 힘을 키우는 잉여들의 가오다. 불온함이란 사상이나 태도가 통치 권력이나 체제에 순응하지 않고 맞서는 성향을 말한다. 진정한 인간의 길은 불온한 잉여들이 만들어낸다. 하염없이 희망 없이, 때론 전략적으로 좀 쉬면서, 우리들의 놀이판을 벌이며 싸우자. 즐겁게 놀며 싸우는 것이 사는 맛 중 최고임을 아는 사람은 안다. 그 끝에 죽음을 만나거나 적당한 때에 죽음을 집어들면 된다.

다행히 나는 재난의 광장에 이미 맛들였고, 향후 5년간 더 넓어지고 시끄러워질 헐벗은 자들의 광장에 나누고 놀고 돌보고 싸울 친구들이 모여들 것을 기대한다. 물론 꼭 이 광장일 필요는 없다. 혹 지금 각자의 자리에서 터전을 불태울 수 있다면, 각자의 광장이 열리기 시작한 그 자리가 곧 다른 재난들과 만날 곳이다.

두려움은 소문일 뿐이다

초판 인쇄 2023년 6월 23일
초판 발행 2023년 7월 5일

지은이 최현숙
책임편집 김수현 | 편집 김봉곤 권한라
디자인 김유진 이주영 | 저작권 박지영 형소진 최은진 서연주 오서영
마케팅 정민호 김도윤 한민아 이민경 안남영 김수현 왕지경 황승현 김혜원
브랜딩 함유지 함근아 박민재 김희숙 고보미 정승민
제작 강신은 김동욱 이순호 | 제작처 천광인쇄사

펴낸곳 (주)문학동네 | 펴낸이 김소영
출판등록 1993년 10월 22일 제2003-000045호
주소 10881 경기도 파주시 회동길 210
전자우편 editor@munhak.com
대표전화 031) 955-8888 | 팩스 031) 955-8855
문의전화 031) 955-3579(마케팅) 031) 955-8868(편집)

문학동네카페 http://cafe.naver.com/mhdn
인스타그램 @munhakdongne | 트위터 @munhakdongne
북클럽문학동네 http://bookclubmunhak.com

ISBN 978-89-546-9388-2 03810

www.munhak.com